U0902207

魅丽文化
心晴坊
女性新阅读

阅读越美丽

开卷好心情

前任博物馆

戴日强——著

江苏凤凰文艺出版社
JIANGSU PHOENIX LITERATURE AND ART PUBLISHING, LTD

图书在版编目（CIP）数据

前任博物馆 / 戴日强著. — 南京 ： 江苏凤凰文艺出版社，2018.9

ISBN 978-7-5594-2277-4

Ⅰ. ①前… Ⅱ. ①戴… Ⅲ. ①长篇小说—中国—当代 Ⅳ. ①I247.5

中国版本图书馆CIP数据核字(2018)第124412号

书　　名　**前任博物馆**

作　　者　戴日强
出版统筹　汪修荣　邹立勋
选题策划　石　颖　李璐君
责任编辑　胡小河　姚　丽
文字编辑　李璐君
责任监制　刘　巍　江伟明
出版发行　江苏凤凰文艺出版社
出版社地址　南京市中央路165号，邮编：210009
出版社网址　http://www.jswenyi.com
印　　刷　湖南凌宇纸品有限公司
开　　本　880mm×1230mm 1/32
字　　数　206千字
印　　张　9.5
版　　次　2018年9月第1版，2018年9月第1次印刷
标准书号　ISBN 978-7-5594-2277-4
定　　价　39.80元

序

七年一别流光速
怎忍忆，太漫长
半为浮名半虚妄
已闻婚期
伊人红装
而君非新郎

当时年少轻别离
杨柳依依归故乡
不复旧时模样
芭蕉夜雨
一曲离殇
小楼明月光

多年前我回到老家泉州，回到平静的洪濑小镇，听闻前任要结婚的消息，默然感伤，填了一首新词纪念青春的种种。

那时候我还想写一部关于前任的长篇小说，只不过这些年忙于创业没有多少时间，一些琐碎的时间都写了短篇，长篇小说一直搁浅。

去年我家的煲汤锅破了，张轩洋感慨说：“前任留下的最后一个物品也坏了，是不是预示着和前任的故事也到此结束了？”有一次我跟宋小君聊天，他说每次乘坐地铁都很害怕，因为当年他分不清哪边开门时，前女友告诉过他，广播说的左边就是顺着地铁开去的方向的左边，现在每次广播声响起，他都会看着车开去的方向，一路感伤。

也许是受了身边朋友的“点化”，我便动笔写了《前任博物馆》，关乎前任，关乎你我，无论是对是错，是爱是恨，过去的已然过去，新生活已经开启。

遇见前任，想说的话有很多，可话到嘴边却只剩寥寥几个字：“你好前任，谢谢，再见。”

这本书写的是有关前任的奇幻故事，但内核并不是前任，而是寻找最初的自己，找回初心。

长大以后离开家乡，人生的旅途会遇到很多人，有的只是匆匆的过客，有的陪我们走过很长一段路，但终究还是离开了，最后发现这条漫漫长路我们依然要孤独前行，和最初离开故乡的自己一样。

有一次跟朋友聊天，他问我这些年故事的创作思路，我想了想，三十岁后我仿佛一直在寻找那个奔跑在童年的稻田里追风的少年郎，然后慢慢追忆着故乡的古厝，追忆着洪濑小镇的雨季，追忆着长大后离开故乡、去大城市寻找未来，却发现找到的还是童年的自己的那些经历……

我在以前的很多故事里写过母亲，《前任博物馆》用了不少笔墨写父亲。从小到大母亲会不吝言辞鼓励我，而父亲只要不骂我，我都可以开心一整天，所以从小特别怕父亲，读大学之前跟他的交流用十根手指头都能数得过来，直到长大后才明白原来父亲对我的关心是藏在心里的，

他用他的严厉陪伴着我长大。

之后我很多次跟朋友们交流是什么时候开始觉得自己长大了，有的说是回家时父亲忽然给他倒酒，然后边喝边交流家事的时候；有的说是有一天父亲忽然找他说商量点家里大事的时候……似乎中国的父子关系大同小异。而我则是有一天夜里父亲忽然找我谈论家事，我有点纳闷平时都是自己决断的父亲怎么会找我商量，也就是在聊完后，我仿佛明白了父亲开始把家庭的重担移交到我的肩上，好像自己长大了，父亲变老了。

有一次我跟一个导演聊到这个话题，他说曾经有一个小女孩说她的父亲不疼她。那年她离家求学，一家人在车站为她送行，最后她上车了，父亲竟然背对着她不看她……导演已是两个女儿的父亲，他太懂这份情感了，马上让那个女孩子去问当时站在她父亲身边的人，看看当时她的父亲在干什么。

女孩去问了亲戚，得知答案后，女孩马上哭着打电话给父亲。因为亲戚说当时她的父亲之所以背对着她，是因为他泪流满面，不想让女儿看见这样的自己。

这部小说里的父亲，虽然笔墨不多且把父亲写得比较“刻薄”，但是我对父亲的情感跟所有子女一样，也借此书跟父亲说一句未曾说过的话：“爸，我爱你。”

回到前任这个话题，每个人心中都有一个前任，无论当初是否在一起。

而《前任博物馆》是有一个有趣的故事，在书中我构想着来过博物馆的人都走出了失恋的阴影。写完以后，我希望读者看完这本小说后都能走出前任的故事，迎接明天新升起的太阳。

我一直在知乎上“开车”，偶尔写写读书时的故事，也会写到“前任”。高中死党“屎块”发来当年的毕业照，里面有我，有你，有伊人，就是没有酒，何以慰风尘？

“菜花”也看到了我在知乎上写的故事，便来问我怎么没把他的故

事写下来。

我说：“是写你因为失恋剃光头的事吗？”如今已是孩子父亲的他笑得跟傻子似的。

岁月不止，青春不在。

我自填的诗词里有这么几句：秋水涨愁阑珊处，往事如烟人如暮，夜深灯千户。

希望这本书能给正在这座孤单城市谋生谋爱的你我带去一些慰藉，毕竟人生漫漫，无论你经历了什么，光芒依然照亮前方。

戴日强
2018 年 04 月 05 日

目录

CONTENTS

目录

CONTENTS

楔子

初恋变成了我的前任

关于初恋，每个人都有一些说不出口的故事。

初恋其实是一个很奇怪的胎记，因为之后的人生里遇到的每一个人，好像都有他或她的影子。

记得死党胡萝卜跟我说过：男人之所以忘不了初恋，是因为没跟初恋一起为爱情鼓过掌。这点我并不完全同意。

而我的初恋，我第一次遇见她时在读大一，那是一个飘着桂花香的夜晚，我原本跟舍友约好去网吧，却因为会画漫画被宣传部的学姐征用去当苦力画板报。

一到现场我才发现，整个文学院的大厅就我一个人，周围是四五块大黑板。我抱怨了几句后，就开始涂鸦。

我原本以为整个晚上都会浪费在这里，耳边却忽然传来一阵动听的歌声，那是王菲的《红豆》。

窗外月光皎洁，花香四溢。我寻着歌声一路走过去，竟然发现还有一个美女在黑板的另一端画画。我很想过去打个招呼，却又不忍打破此时此刻的安静，或者可以理解成当年的我太过羞涩，不懂得如何搭讪。

她的侧脸就像是姑苏城外的钟声一样，如此美丽却又如此遥远。

彼时，我仿佛明白了什么叫一见钟情。

我们的第一次见面并没有产生任何交集，因为没一会儿便来了

很多同学，她画完后就匆匆离开了。

我想，都是一个学院的，要找到她应该也不难。果然，我很快就打听到了她的名字和班级——她叫杨杨，然而不幸的是她已经有男朋友了，男友在同城的另一个高校。

于是，在接下来的大学生活里。我随时可以感受到暗恋的痛苦：我会在上课路上遇见她，却不敢正视；我会在食堂里跟她一起排队，几次想拍拍她的肩膀，告诉她我的名字，却怎么也抬不起手……

记得学校举办新生足球赛，我们班和隔壁班在进行足球对战。赛场上，我偶然看到杨杨坐在观众席上，于是就拼了命地踢球。我摔倒了、磨破皮了、流血了也不怕，起来继续跑，因为我知道这是我难得的表现机会，我想抓住这次机会让她记住我。

果然功夫不负有心人，在下半场双方僵持的情况下，我破门进球。那一瞬间我发了疯般地往她的方向跑去，我似乎看到她站了起来在为我喝彩。

那时候我真的很想立马跑到她眼前，一把抱起她，大声地告诉她：“杨杨我喜欢你，做我女朋友吧。”

但是在和她对视的那一瞬间我就了，直接冲向围栏踢了几下，又跑回球场。

我知道这一切都是我单纯的臆想而已，她有男朋友。

果然上帝真是爱捉弄人，隔天我在海边散步时，就看到她挽着男友的手向我走来。

我突然不知道是该停下脚步，还是该转头离开。我迟疑了一下，还是低下头，与她擦肩而过。

彼时，烟城冷冽的海风突然打在我脸上，疼得我掉下了眼泪。

也许上苍真的会眷顾痴情人，在我万念俱灰的时候，听到了杨杨跟男友分手的消息。可是心里没底的我又担心她正处于失恋期不

愿被打扰，于是一直拖到了大三。

一个偶然的机会，我在奶茶店遇到了她。那天我下课后在奶茶店买奶茶，突然瞥见了抱着书本打算回寝室的她。我想，我马上就要大四，大家很快就要各奔东西了，再不说出来也许以后一辈子都没有机会了。

我走过去对她说：“同学，本店正在开展扫码免费送一杯奶茶的活动，你参加吗？”

她说：“好啊。”

她拿起手机扫了扫我已经打开的二维码，点击添加的时候发现有猫腻。

她纳闷地问：“怎么是你的微信号？”

我笑着说：“对啊，加我微信，我请你喝奶茶。”

她没有生气，嘴角扬起了一抹如彩虹般灿烂的微笑。

当天晚上我们聊了很多，我发现原来她竟然也关注我很久了。她说很喜欢我画的火柴人的故事，听完后，我内心有些许感动。

送她回宿舍的路上，我牵起她的手，她看了我一眼并没有拒绝。在宿舍楼下，她还赠予我一个深情的拥抱，仿如春风拂面一般温暖。我没有表白，但彼此心照不宣。

接下来的进展如春笋抽芽般迅速，学校北区三餐厅的一个鸡蛋灌饼就够让我们开心一天，周末我们会去海边，手牵着手光着脚漫步。涨潮时，海水漫过脚踝，痒痒的，就像蚊虫叮咬似的，直到夜深时山上的灯塔亮起我们才肯往回走。

烟城盛产葡萄酒。有一天晚上我们特地买了一瓶尝了下，那味道就像是我们的初吻一样酸甜。

幸福的巴士一直开到了北城，我放弃了保研的机会，随她来北城找了一份与漫画相关的兼职，因为我怕一旦我们分隔两地她会孤

独，更怕我们会因为异地而分手。

在北城我们过着同居的生活，她最喜欢入睡前我身体在被窝里撑起的城堡；亦喜欢我一大早去菜市场买来的打折菜和用三个小时煲好的汤；以及到周末时用我们攒了很久的零花钱跑到商场买一条连衣裙。我清晰地记得，她穿上裙子对着镜子端详的那一瞬间，眼睛都红了。

我本以为只要再坚持一下，我们北漂的生活会有所改变，毕竟是我们一起努力，却没想到这一切都只是我的臆想。

不知道是杨杨抵挡不住这座繁华城市的诱惑，还是我们的爱情在物质面前本来就不堪一击，又或者是我的问题，如果我不是那么不求上进，如果我能做得更好，能让她幸福，那么等更好的选择出现在她的面前时，她就不会那么轻易地放开我的手。

分手后杨杨曾问过我为什么不喜欢喝咖啡，我们在一起时，她总是很想跟我分享咖啡的美味，而我总是喝白开水。

其实我并不是不喜欢咖啡，而是两杯咖啡的价格有点贵，她想要的我就给她，我喝白开水就好。

然而对于我和杨杨来说，并不是每一份真切的爱都能在同一个频道产生共振。我想把美好的东西留给她，而她希望跟我共享，何况，我们中间隔着物质。

是的，杨杨哭着跟我说，她不喜欢我将自费的漫画书当作礼物送给她，她不喜欢我写给她的情诗，她说一百首情诗也不如一个包。

是的，从大学时的无忧无虑到工作后的千疮百孔，并不是这个世界改变了我们的爱情，是我们的爱情适应不了这个世界的变化。

所以，我的初恋成了我的前任。

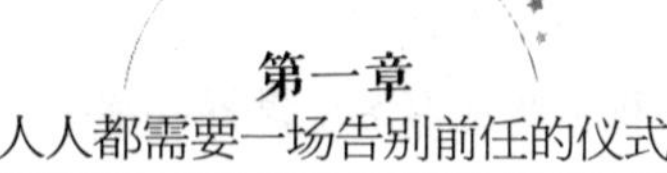

第一章 人人都需要一场告别前任的仪式

（1）

在一线城市奋斗的同学都知道，人生最悲催的事不是打手游时遇到一批“小学生”队友，而是租房子。我们的工资根本不够在城里租一个单间，若租城外的单间，上下班就要三四个小时不说，而且租房子本来就很难碰到八字和段位都匹配的室友。

我好不容易在五环外找到一间大厅隔出来的次卧，之所以住进去除了价格还算公道，还有一个重要的原因就是没有室友。中介说主卧不出租，那是房东留给孩子的婚房。

起初我还挺开心的，可后来听说有很多合租房都锁着一个房间，里面放着一些带不走的东西，比如骨灰盒或者逝者生前的东西之类的，就有些别扭。我本想换一个地方，但是考虑到同地段没有这么便宜又临近地铁的房间，忍一忍还是租了。毕竟我不是一个人在战斗，还有一个从大三长跑到现在的初恋女友杨杨陪着我。

然而，就在我准备在恋爱纪念日向她求婚，给她一份惊喜时，她却以面带微笑坐进一辆华晨宝马车的方式，消灭了我脑中分泌了一千多个日夜的多巴胺。通俗地讲就是女友劈腿了，我失恋了。

失恋了就需要发泄，特别是对于一个荷尔蒙爆棚的男人来说。于是，除了胖揍一顿那个所谓的“宝马男”——不对，“华晨男”外，我还举行了一场“恋爱葬礼”。

你们别想多了，我并没有用烧掉她所有留在我这里的爱情“遗

物”方式告别初恋，虽然我会在夜深人静时回忆过去，但也会重整旗鼓，去遇见下一段幸福。可是为什么别人失恋不到三十三天就能遇到一个“周一见”的“萌萌哒”，我都膜拜了两个月的岛国女神，却依然活在失恋的阴影里？

午夜醒来的我忽然觉得这个世界异常冰冷和孤独，像往常一样，我把手往右边的枕头下一伸，突然想到手伸那么长会压到杨杨的头发，就赶紧缩了回来，脑海里仿佛又听到那夜里的情话：坏蛋，你又压到我的头发了。

可就在我的手缩回来的零点一秒的瞬间，我扭头一看，立马悲伤了起来。哪儿还有什么杨杨，那个位置空荡荡的，连残留的气息都快没有了。人家说，爱上一匹野马，可我的家里没有草原。是的，我的那匹野马已经在几个月前脱缰而走，我的内心早已长满杂草。

我起身，借着月光环视着整个房间，这里的每一个角落都藏着杨杨的笑声。我记得月光洒落在她的酒窝上，就像是井水泛起涟漪一样美丽。

而这份美丽已成前尘往事，不知道为什么，任何美好的东西只要加上一个“前”字，就会变得很悲伤，比如前妻、前男友，还有前列腺炎……

前任的所有东西都在一个月前趁我不注意时被她悄悄搬走了，搬走也好，要不我真的不知道该如何处理那么多的“爱情遗物”。

所幸还有一群对我不离不弃的宠物——蟑螂，它们总是神出鬼没，与我为伴，仿佛是在提醒我，我的另一个外号叫“小强”。

我曾经在它们出没的各个地方对前任说过我想和她过一辈子，可惜只是曾经。

前任，其实你并不知道：你来过我的人生一阵子，我却记得一辈子。

（2）

我从来没想过自己会成为一个“怨夫”，成为一个怨夫也就罢了，关键是我忽然发现自己似乎精分了。

那场噩梦之后，只要看到有关前任的一切，我就会突然变得很失控，甚至做出很多匪夷所思的举动。比如用火烧了电脑，哦，是别人的电脑，因为点开 U 盘时看到了前任的照片。

后来状况越发严重，那天我清醒后发现自己竟然在广场的喷泉里裸泳——不对，我有穿着内裤。

过后我仔细一想，似乎是失恋导致过度悲伤造成的，以为自己是跟前任来到家乡的东溪，她喊我赶紧脱衣服去游泳，所以我才……

我本以为这事就结束了，谁知道上了头条，网友还赐给我一个“局部裸泳男”的外号，曾以为我会以漫画火遍大江南北，替国漫出口气而出名，没想到却以这样的方式成为热门。

深感愧疚的人除我之外，还有我那长发飘飘、自带“杀生丸皮肤”的陈年基友胡萝卜。他实在看不下去了，拉我去宇宙中心五道口。

“我说你至于吗，至于吗？”胡萝卜喝完一杯酒，朝我吼道。

“我知道不至于，但就是忘不了她，我的初恋怎么就成了前任了啊……”

胡萝卜打岔说：“你别跟我扯什么初恋情结，你之所以忘不了初恋，无非就是因为没为爱情鼓过掌。”

我纳闷：“你别老抖机灵，为爱情鼓掌是什么鬼？”

胡萝卜双手鼓掌发出“啪啪”的响声，我秒懂，然后一脸鄙夷地说：“这个理论只对你有效，我跟初恋是有一起度过美妙夜晚的经历的。”

胡萝卜又说：“那不就得了，你又不亏，上帝把传播人类文明的基因植在男人的脑袋里，所以从一开始，生命的诞生就是要跑赢两亿个对手，这是大自然的准则，谁也逃不过。所以你现在要做的

不是像孙子一样悲伤，而是放手去开荒，继续奔跑，跑赢其他对手，直到遇见更漂亮的姑娘。”

我接话说：“老胡，你在拍国产青春电影吗？我怎么听不太懂你的台词？”

“得，跟你来文艺腔你不懂，非要哥们直说是吗？”

我点点头：“你还是说人话吧。”

“哥们的意思是前任已成往事，奶茶会有第二杯，只要你向前看，就会发现未来反过来撩你的女神还在学校里打疫苗呢。”

我喝了口闷酒说：“你说起来容易，前任哪能说放下就放下，要不怎么说人人心中都住了一个不可能的人呢。”

胡萝卜给我斟酒，继续说：“你胡爷我什么世面没见过，前任这事不是放不放得下的问题，而是你缺乏一场遇见。”

我疑惑：“遇见？”

胡萝卜喝一口酒继续说：“对，听哥们一句劝吧，我已经受够了你这种傻兮兮的暖男风格，幸好你前任没跟你结婚，要不然她今天约一个明天劈腿一个，到时候你十八辈子祖宗都抬不起头来了。”

我愤愤然地道：“不对，我说胡萝卜你是来安慰我的还是来挖苦我的？合着我被劈腿是活该……”

胡萝卜连忙给我倒酒解释说：“怎么可能，上次我不是跟你一起去打他的吗，医药费还是我赔的……但这事翻篇了知道不？车轱辘话我就不扯了，但是我告诉你，师傅领进门，上炕靠个人。”说完，他跟我碰杯。

喝完酒后我说：“行，我会好好考虑下，兄弟的好意我也大体听明白了，虽然你说了那么多没一句在重点上。”

胡萝卜一拳招呼过来。

（3）

胡萝卜循循教导了我一晚上，我依然还是听不太明白他在说什么，相信你们也是吧？亏他还是中文系毕业，且搞写作的，再这样下去，准被网站以一千字五毛钱买断了事。

不过下了地铁后我细细一想，胡萝卜有些话还是在理的，过去的我走的真的是傻兮兮的暖男风，总以为投之以桃，她就会报之以李，却不承想原来恋爱要讲究一个度。说出去的爱仿佛欠下的债，付出的感情不一定收得回来。

或许我真的不能再沉沦下去，借着酒劲，我朝着黑夜大喊一声，就像是《喜剧之王》里的尹天仇朝着大海大喊的情景一样："努力，努力，加油，加油。"

就在此时，一辆跑车从我身边呼啸而过，随即我就被溅了一身泥水。我本来就心情不好，又碰上一个赶着投胎的"坑爹货"，简直就是火上浇油。

可正当我想和对方争论时，竟然从车里下来一个二次元世界里才存在的小萝莉。

她穿着一身汉服，虽然没带头冠，但还是能看出她 cos 的是霹雳布袋戏里的清香白莲素还真。她脸上并未多加粉饰，上帝仿佛已经把最美的肤色安排给她。由于是女生，清新白的汉服里像是隐藏着一个不愿醒来的秘密，让她看起来竟然多了一份酥软。

不知道为什么，我心中的火一下子全熄灭了，难道真像胡萝卜说的，我就缺了一场遇见？

小萝莉越来越近，她该不会是过来道歉，然后留下联系方式，改天再请我吃饭表示歉意吧？

当然不是——小萝莉表达歉意的方式就是打了我一巴掌："你瞎啊，怎么走路的？"骂完后她开车离开，留下一脸蒙的我。

什么情况？等我晃过神来想要追过去，人已去无踪。

我本以为遇到美女是周易说的“利见贵人好事临”，没想到这件事却启动了我的噩运车轮。

大家都知道我是一个万事俱备只欠伯乐的漫画家，谁知道我辛苦画了大半个月的恋爱作品突然被主编骂成狗屎，说我没天赋。

“像你这种没有任何价值的人，留着还有什么用？画了一堆狗屎还讲什么爱情故事，你懂爱情吗？”

对于整天压迫我的才华、让我干杂活的主编，为了年终奖我可以忍，谁知道他非要在我的伤口上撒盐，说出“劈腿”“分手”等一系列语句。换平时我还是会忍，但是现在情绪不稳定的我一点也控制不了自己，直接一拳打了过去。

事情的最后当然是我赔款、被炒鱿鱼。我背上包离开办公室已是晚上，天气预报说北城重度雾霾，我找了一圈都没找到口罩，却离奇地找到一只耳环。仔细一看，竟然是前任的“爱情遗物”。

我都不知该如何表达此刻内心复杂的情感了，忽然想起陆游最悲伤的一句诗，“伤心桥下春波绿，曾是惊鸿照影来”，内心一阵唏嘘。

她不是把所有东西都带走了吗？怎么还留下了一只耳环？

该不会是留给我好让我睹物思人，或者是想跟我藕断丝连，给我机会挽回？

不过几秒后我就想明白了，我的微信已被她拉黑，每次拨打电话回应我的永远是周杰伦的《青花瓷》彩铃，一直响到结束电话也不会接通，这些早已说明一切。这是她无意落下的吧，否则怎么只有一只。

对于很多人来说，前任留下来的爱情遗物，要么丢掉，要么卖了，或者捐了，可是我手中猝不及防找到的前任的爱情遗物该如何处理？

此时，手机响起，是妈妈的电话。

一阵寒暄后妈妈说：“阿强啊，今天是老家的重大节日，你都

忘记啦？”

我忽然想起小时候过节时一片繁盛热闹的景象，再想想现在独在异乡，被抛弃、被炒鱿鱼，如果再配上一首《二泉映月》，我都能哭出来。不过我依然强忍着悲伤回答：“妈，我没忘，正准备上地铁呢，本来想着回家给你打电话呢。”

“晚上好多亲戚都过来吃饭过节，妈妈刚收拾完，你也很多年没回来过节了，每次都差你，你姑姑们都在问你的情况呢！”

“我也想回去，不过最近漫画要交稿，所以一直在加班。等明年，明年我来请客，我买单。”我说。

“唉，你也快一年没回家了，每次都匆匆忙忙。北城冷，你多加点衣服，别每次都吃快餐，让杨杨给你煲点汤补补身体。你们都谈那么多年了，什么时候带她回家让爸妈看看？”

听到前任的名字我一阵心颤，连忙打断说：“妈，我要进地铁安检了，先不说啦，你跟爸多保重……”隐约中似乎听到了父亲在旁边怒骂的声音，依旧是那些我常听到的教训话。

记得读书的时候，我跟父亲说要以画画为生，他直接一巴掌打过来，说如果看到我拿画笔就打断我的手。后来我在学校偷偷学画，毕业后跟他说要来北城工作，父亲直接拍桌大骂。

“北城有我的梦想。”

“白宫有我的梦想，我去了吗我？”

“我已经决定了，明天就走。”

“别以为你长大了我就治不了你。”说完父亲拿起了那把伴随我长大的鸡毛掸子，幸好最后被母亲拦下了。

所以每次只要听到父亲发火的声音，我就特别害怕，连忙挂电话冲向地铁口。

上地铁后我打开支付宝准备给家人汇点钱，毕竟每次过节的开支都不小，结果竟然显示我的银行卡余额不足。

天啊，北漂这些年我竟然连余粮都没有？现在女朋友跟别人跑了，工作也丢了，真是山穷水尽了。

但是如果我现在放弃北漂回家工作，爸爸应该会说：“怎么，学会做北城烤鸭，回来开分店了？”

如果只是些挖苦的话我倒无所谓，关键他绝对有可能再次请出鸡毛掸子这个法器。

我边想边翻看着手机，里面有一张读书时拍的关于孙悟空的国漫的照片。我找了这么多年都找不到这个作品的作者，也许真该放弃了。可它曾是我走进漫画世界的精神指引，如果这都放弃了，是否预示着我也要放弃漫画？

“是吧，大圣？”我看着手机自言自语地说。

此时地铁在广播已到达区间车的最后一站，我抬头一看，又到了霍营站！

（4）

我立刻想起自己曾做过有关霍营站地铁区间车的噩梦，可我在此之前从未在霍营站下过车。

从霍营站出来，我特意看了下手机，手机还真没电了，难道是噩梦成真？

我抬头一看，不远处有不少黑车司机在招手，我就放心了。我本想搭乘黑车回家，却发现钱包里一分钱都没有，看来上天真是要跟我作对了。不过想想也好，反正最近已经背到家了，干脆就走路回去吧，累一累自己，也许明天醒来心里会舒坦点。

走着走着我就发现原来霍营这个地方还是有点荒凉的，又看到不远处的路边有老人烧着纸钱，口中念叨着一些神秘的话语，顿时一阵哆嗦。突然一只枯黄的手拉住我的裤脚，吓得我差点狂奔而逃。

“小伙子，你踩到我的房子了。”那是一个老阿婆的声音。

我踩到房子？这句话吓得我直冒冷汗，我瞥了一眼，发现说话的原来是旁边收废品的老阿婆。我一不留神踩了一个裁剪成房子样子的纸箱，反应过来后，我连忙鞠躬道歉：“对不起，对不起……”

老人家摆手，随后关切地说：“小伙子，天色已晚，还不回去歇息呀？”

“马上、马上。”我赔笑着说。

“如果不着急可以先去阿婆家……”

一听到老阿婆的家我直接吓尿了，连忙拒绝溜走。此时，天还非常配合地下起小雨，真是屋漏偏逢连夜雨。

可能是我跑得太快，都快分不清东南西北了，我一不小心踩空滑倒，直接滚下一个小山坡。当我再次站起来时，看到眼前一片荒凉，不远处有燕尾屋脊的古厝建筑群，正中的古厝门口挂着大红灯笼。

北方怎么还有这种古厝呢？

我从小在古厝里长大，看到这种独特的出砖入石的古代皇宫建筑也不会害怕，倒是倍感亲切，而且看古厝里似乎有烟火，想来可能是老乡在这里盖的房子，便决定进去避雨。

我步入大门，映入眼帘的除了熟悉的“光厅暗房”，还有镂空木雕以及房梁上的即将失传的神仙漆画。最让我诧异的是，古厝的上下厅和走廊里竟然放了很多架子，上面摆了各式各样的物件。角落的架子上放了很多盆丁香花，这里就像是一个收藏各种奇怪物品的古董店。

难道是古房子改造的文艺商店？可如果是商店，厅堂正中摆放的神龛位和祭天用的三牲五谷却都在，怎么看都有种林正英僵尸片里摆祭坛的氛围，让人顿感阴森。

雨越下越大，没看到店主我便随意浏览起来。身边的下厅刚好有一个茶几，上面放着古朴的茶具，茶几角上有一个刻着篆书“梦”

的八角形盒子，盒子下面刻了一行隶书小字：梦不知因何起，非蝶也非庄子。我忽然想起小时候听过一个民国时期的《山海经》故事，里面提到一个“游仙八方盒”，很多事情都是在梦里找到答案。

不过这些都太玄乎，我也就没太在意，继续向走廊走去。

古厝的建筑风格古朴，十个房间环绕着天井排列，如果再以一个主建筑为核心，其余房间隔着巷廊向两边排列开，就像是一个小故宫。

我随意看了眼下厅旁的房间，古厝的每一个房间都相类似，有大门，有两个门窗，门口也会贴对联，但是出现在我眼前的小房间并没有贴对联，贴横批处挂了一个牌子，上面写着：一生只爱一人。

我好奇地往窗内瞥了一眼，里面像是一个小剧场，摆了很多道具，地上似乎有闪光，仔细一看是一枚小戒指。当我再仔细观察它时似乎有些眩晕，迷迷糊糊中看到了一个男生出车祸死亡的血淋淋的现场……

我吓了一跳，这是预知未来，还是我产生幻觉了？

我连忙摇摇头让自己清醒过来，继而怀疑可能是里面的香火味太浓以至于产生幻觉。虽然我从小在古厝长大，但这里还真诡异得我有点害怕，眼看雨停了就赶紧跑出去了。

我体验过通过技术手段实现裸眼 VR 视觉效果，也许这是一家古风主题的 VR 线下体验店，然后卖点周边呢？

对，肯定是这样的，我是吃马列主义的马铃薯长大的少年先锋队员，一定要科学辩证地看待一切事物。

此时我回头看了一眼古厝的大门，门匾上写的不是我所熟悉的“谯国传芳”“注礼传家”，而是“前任博物馆”；门上的对联也不是很常见的内容，写的是：一人独饮冰冷酒、丛山对看丁香花。

马铃薯似乎不太管用，我打着冷战，转身匆匆离开了。

然而，我并不知道，就在不远处，一个衣袂翻飞的白衣少女正

站在古厝顶上看着我离开的背影。

（5）

说来也奇怪，我刚回到合租房就接到一个通知面试的电话，而且是一份我期待已久的漫画新媒体编辑工作。

难道皇历说的真的没错，天上掉馅饼了？

第二天我起了个大早赶去面试，可是出现在我面前的不是坐成一排的面试官，而是一个长得不像男人的人。不对，他应该算是娘娘腔。

这让我产生了一种我仿佛不是在面试，而是进入了一个理发店的错觉。里面的理发师动不动就叫总监老师过来给我推销他们的增发、烫发新产品。

他看了看我的简历和漫画作品，憋了半天，终于问了我一个问题：“你什么星座的？”

我诧异这年头面试还讲究这个，他们不是应该问些关于日漫的冷知识吗？

“说天蝎的话，会不会不能愉快地交朋友了？”我小声嘀咕着。

他挥了挥兰花指，细声细气地说：“淘气……天蝎还好啦，就是腹黑了点。”

“但是天蝎座专情啊。”我说。

娘娘腔狠狠地拍了下桌子，我想这次面试一定砸了吧，遇到一个极品，被拒的理由是星座不搭。谁想他兴奋地说：“对，我要的就是这股劲儿，明天你来上班吧。”

“这么简单？不需要过五关斩六将，最后到老总那儿复试？”我疑惑地问。

“我不像老总吗？”他反问。

“可以说实话吗？”我反问。

娘娘腔点头。

我说：“一点都不像，我以为你是董事长。”

他愣了下，随即甩出两个字：“转正！”

从会议室走出来后，我突然有一种从非洲人飞升到欧洲人的庆幸。可是仔细一想又觉得不对，我已经放弃了漫画这个行业，也没投过简历，怎么就接到面试通知了呢？

借着人事安排我入职的时间，我随口问了一句，结果一查原因，竟然是行政打错电话，歪打正着。

天啊，这太神奇了吧，我走狗屎运了？

一听到我有了新工作，胡萝卜立马请我吃硬饭庆祝。

一听是硬饭，且地址是CBD，我立马来了精神，连忙换上了一套非常骚包的小西服，赶去和他会合。

下车后我打电话问胡萝卜在几层，胡萝卜说：“往后看。”

我转头一看，在北城四通八达、永远也绕不下来的立交桥下，土得不能再土的灰色建筑前，长发披肩的胡萝卜正西装革履地坐在小板凳上吃着串……

“老胡，说好的硬货呢？”

胡萝卜摆出两个烤馒头：“喏，够硬吧。”

“我说老胡你能不能别每次都那么抠，我衣冠楚楚地过来应你的饭局，结果……”

“吃串你还不爽啊？我告诉你，这是北城特色，只此一家。更何况我之前不是告诉你了吗，哥们我文可怀抱吉他和网红街边吃串自拍，武可开跑车带女神三环追尾，学着点。”

“呃……”也可能是肚子饿了，也可能是想着胡萝卜也没什么钱，我也就喝起啤酒吃起串来。很多年后，再回想起自己穿得人模

狗样地坐在立交桥下吃串的事，总是觉得那时的自己很傻。

“话说你小子最近是踩到狗屎了吗？怎么突然命运大翻车，让你找到那么好的工作？关键还转正了。”胡萝卜说。

“我说你就不能盼我点好吗？难道你希望我没工作，到时候蹭你的饭吗？”

“谁蹭谁的饭了……”

“这还用说吗？你在蹭，天在看。”

“行，这顿饭你买单。”胡萝卜笑了笑说。

我一脸鄙夷地看着他，其实如果胡萝卜真的请客我反倒惊讶，于是转移话题说起了这两天的奇遇。

胡萝卜嚼了一半的板筋直接掉了下来：“你是说遇见了一个身轻体柔易推倒的小萝莉，被她打了一巴掌，然后进了一个狗屁说不通的古厝，看到一些乱七八糟的古董后，就变得很幸运？”

我使劲点头。

胡萝卜反问：“你是失恋变神经病了，还是画漫画精分了？”

“怎么说？”我疑惑。

胡萝卜骂道：“你放着日和风的小萝莉不追，跑鬼屋过夜干吗？你这样跟孙悟空对七仙女喊‘定’，然后什么都不干跑去偷桃有什么区别？你不是傻猴吗！”

“你怎么什么事都能往那边扯，那凶神恶煞的萝莉打了我之后开跑车跑了，我怎么追？”

“那更应该追，她射了你一脸……”

“是溅了一身，注意用词，谢谢。”

胡萝卜把头发扎了起来，继续说道：“都一样，她开车溅了你一身，下车还不分青红皂白打了你一巴掌，你身为八尺男儿，再不复仇就是给天蝎座抹黑啊！”

我说：“这跟星座有什么关系，老胡你能不能挑重点？我的重

点是前任博物馆的奇遇……”

“这点我不关注，重点是你加那个日和少女的微信没？”

我简直想打人。

胡萝卜自顾自地骂，然后说道：“行，我也不多说了，买单吧，我们要干正事去。”

（6）

“你带我来这个地方干吗？”进入一个高档酒会后我问胡萝卜，确切地说我们好像不是走进去的，而是趁着门卫不在溜进去的。

“我找你还有别的事情吗？还不是帮你撩妹，让你快速脱单，走出该死的前任阴影。”

我拉住他说：“你的好意我心领了，这种场合我玩不转。”

胡萝卜硬是把我扯进去：“关键时刻怎么能认，听哥的。”

看着眼前我从来没有经历过的场面，人来人来，靡靡之音，男男女女觥筹交错，顿时浑身都不自在起来。可沉思了下，又觉得也许老胡说得没错，我得重新做人，不能再成为傻猴子，今晚我不能错过这次实战机会。

“怎么，没见过这种大场面吧？”说完，胡萝卜拉我走到附近空地上，继续说，“胡子兵法有云，‘退避三舍，察言观色，方能百战百胜’。”

“晕，说人话。”

“你有没有文化？听好了，通俗来讲就是开战前我们要先观察，所谓当局者迷旁观者清，我们要先分开，再寻找战机。”

“嗯？”

胡萝卜看我一脸蒙，十分鄙夷，继续说：“凡是参加这种酒会的姑娘都是楚楚待泡的‘小奶茶’，她们的内心比你还渴望被调制，所以时机和缘分很关键。比如……”胡萝卜指着不远处一个落单坐

在沙发上独自饮酒的姑娘继续说，“你看那个孤单女，乍一看谁都以为一撩一个准，其实不然，单独坐的人防备之心最高，第一个去撩的人准完败。”

“那就别惹她了。”我说。

“不是不能惹，而是黄雀在后，懂不懂？让螳螂先上，然后你假扮她的朋友过去解围，这样她对你就有亲近感。”

我诧异：“真的假的？”

“哥们什么时候骗过你？有了缘分，剩下的就交给‘撩妹三板斧’了。”

我疑惑：“什么三板斧？”

“这你都不知道？‘撩妹三板斧’：吉他、摄影和豆腐乳。吉他你懂的，所谓吉他一出，姑娘全酥；摄影更不用说了，每个男人天生自带三脚架。”

我嘴角抽搐了一下：“……你还可以再猥琐点不？那什么是豆腐乳？”

胡萝卜一脸贱兮兮地笑着反问：“想知道？”

我点头。

“不告诉你。”

“我也懒得听，一定是污到家。”

“好了，理论讲了，接下来就是实践了。”

一听实践我马上打退堂鼓，胡萝卜拉着我往前走，怒我不争地说：“今天必须让你脱胎换骨，整天一脸失恋后尿失禁的表情，哥们儿实在看不下去了，走。”

说完，胡萝卜死活把我拉走了，然后将我按在栏杆上进行胁迫。我生怕这样下去我们会因为姿势太过暧昧成为全场焦点，那样误会就大了，于是只能妥协地跟他走。

胡萝卜边走边说：“我们两个人要选群聊对象，切记不要和跟

你看对眼的女生聊天。”

不要跟看对眼的女生聊天？我纳闷，连忙拉住胡萝卜问：“这又是为什么？”

胡萝卜拍了下我说：“你是真笨啊，套路你都不懂？这叫欲扬先抑、欲擒故纵。你先冷落她去讨好别的女生，这样她既能从旁边观察你的谈吐，继而欣赏你，又会觉得你比较安全，最后再取得联系方式，这叫放长线钓大鱼，愿者上钩。”

听完，我真想膜拜大神了：“天啊，胡萝卜你不去写爱情小说真可惜了。”

“滚，我的爱情小说刚扑街……”

我诧异：“不可能吧，书名叫什么？”

“《全村寡妇都爱我》。”

我的下巴掉了：“懂了。”

“文学本来就是雅俗共赏，不能因为书名下里巴人就不把它当文学作品，每一个辛苦码字的人都值得被尊重。废话少说，走。”

经胡萝卜点拨，我们很快选中目标并融入到集体里，毫无疑问，他喜欢的永远是“胸器”能拍死人的姑娘。按照他的理论，他不能主动去搭讪，于是把革命的火种传给了我。

我就想，这厮是想教我撩妹，还是他自己想撩妹？不过想一想，自己既然决定要重新开始，那总该突破这一步，于是我豁出去了。

“小姐……你……”我吞吞吐吐说不出话。

“有事吗？”女生一脸疑惑。

“你……脸上有蚊子……”

女生一听往脸上拍了下，一看手上，哪有什么蚊子。

我正纳闷，再仔细一看，哪有什么蚊子，那是美人痣。

首战不利，正想着这尴尬的局面如何破解时，美人痣女生的闺密走了过来。这人怎么那么眼熟呢？仔细一想，她不就是开车打我

巴掌的凶神恶萝莉吗？

凶神恶萝莉似乎也认出了我，直接朝我态度恶劣地道：“又是你。”说完，她又伸手要给我铁砂掌，我连忙躲开。

看我躲开，她便拉着闺密离开。她闺密问：“这人谁啊？”

“变态。”

“你这小姑娘嘴怎么能那么恶毒？”我什么时候成变态了？

“就恶毒怎么了？再恶毒也比不上你这吃隔夜蟑螂还不刷牙的死变态。”

天啊，我是怎么招惹她了？我想上前问个明白，结果恶萝莉说我靠那么近是不是想要流氓，直接用高跟鞋踩了我的脚。

我还没缓过来，她的闺密就拉走了她：“小虾米，我们走，别搭理他。”

原来她叫小虾米，一听就知道这萝莉很浮夸。典型富二代海归，回来眼高手低，入职就要把办公室的玻璃都干碎的性格。

一旁的胡萝卜看她们走后笑个不停。

“你不帮我还笑？”

胡萝卜忙止住笑说：“吃一堑长一智嘛，总得让你独自体会世间冷暖，这样才有助于你得道飞升。”

“得了吧你，这地方我待不下去了，先走了。”

胡萝卜赶紧又拉住我说道：“大庭广众让你丢脸，我都看不下去了，难道你就不想报仇吗？”

“报仇？没必要吧，光天化日之下欺负一个弱女子，可不是我的性格啊。”

胡萝卜摇了摇食指说：“这你就不懂了，读书的时候，男生喜欢一个姑娘，通常怎么引起她的注意呢？”

“揪她的马尾辫？”

“你小子有天赋啊，就是这个意思。所以喜欢一个姑娘不要夸

她，而是先贬她，最后来个大反转。等到那时候，一句情话和一个壁咚、深吻比任何旋转木马都浪漫。懂了吗？”

“好像有点懂。”

胡萝卜拍了拍我的肩膀说：“上吧。”

“可关键是我没想过要追那凶神恶萝莉啊！”

“萝莉不坏，男人不爱……”说完，胡萝卜使劲把我推过去。由于他力道过猛，我撞到了小虾米挽着的男子。一看人家冲天的发型和手握三个不同型号的苹果手机，就猜得八九不离十，这人是个天生自带投胎技能的富二代。

果然，他很不客气地朝我吼着：“你走路不长眼啊？”

想到刚才小虾米挽着他，我就猜到了两个人关系应该不简单，行，今天我就来个一箭双雕，报复一下他们。

“对，我就是不长眼，我就是瞎了才喜欢小虾米那么多年。知道她喜欢霹雳布袋戏，我每次都去台湾给她淘素还真手办，还傻兮兮地每个月算她的例假，每次前后三天我都给她熬生姜红糖水。还有，就因为她喜欢漫画我拼了命学漫画，结果这几年来，她没画好，我倒是成了一个漫画师。唉，男人的梦想还真全是为了姑娘。”

小虾米直接蒙了，而一旁的富二代男脸色大变，直接怒斥小虾米：“我还纳闷你哪来那么多狗屎手办，还有每个月都去参加什么动漫展，你都背着我跑出去搞什么勾当？”

小虾米疯了，解释说：“志贤，你说话能不能尊重我点？他血口喷人你也信？”

我一想，要是被拆穿就全泡汤了，于是从有限的了解里随便胡编出几句话来强加掩饰：“原来这些年你都不知道啊……说到模仿……对，模仿，上次你模仿素还真的莲花发冠怎么丢了？我还想着模仿千叶传奇来配你呢……”

不知道为什么，那个叫志贤的男人直接吼了起来：“你不是说

模仿千叶传奇的也是女的吗？好啊，直接给我戴绿帽子了……”

他在说什么？我似乎听不太懂。但毫无疑问，我成功地瓦解了他们的约会，志贤愤然离场，小虾米直接被他甩开，她只能一脸哀求地追了出去。

临走前小虾米转头看了我一眼，眼神里有杀气，我则故意耸了耸肩一副事不关己的样子。小虾米恨得咬碎了牙，但又不能拿我怎样，只能转身继续去追他。

我一时赌气破坏了别人的爱情，还是有点内疚的，但是想了想，其实我的话没什么杀伤力，是个人都知道这是胡编乱造。但这段恋情里他们缺乏信任，恋爱双方如果失去对彼此的信任，那么这段爱情将很快走入穷途。

就在此时，有人拍了拍我的肩膀，转头一看，是两个保安。

“先生，请出示下你的酒会邀请函？”

完蛋，我没有邀请函啊，我们是偷偷溜进来的。眼看保安就要把我轰出去，关键时刻还是胡萝卜来救场，只见他摩拳擦掌地问两个保安：“你们有眼不识金镶玉啊，我们是 VIP。”

保安似乎被唬住，此时耳边传来一道熟悉而又冰冷的声音：“这里没有 VIP。”

我转头一看，是小虾米。

（1）

“我们真的是 VIP 啊。”我喊着。

然而几个保安还是恶狠狠地把我们架出去了，临出门口的那一瞬间，小虾米还踹了我一脚，她骂道：“你既不是‘V’，也不是‘I’，你就是个‘P’。”

上了地铁，我抱怨着：“本来好好的，偏偏遇到这凶神，身上还白白挨了那么多下。”

没想到胡萝卜却大笑起来，我纳闷：“你笑什么？”

胡萝卜笑着说：“我觉得挺好的啊。”

“我都这么惨了，你竟然还觉得挺好的？”

胡萝卜解释说：“哦，我是觉得那个美人痣美女挺好的，得把她追到手。所以下次你再碰到她，记得套点东西出来。”

“你神经病啊，还想让我再碰到那货？估计我还没套出东西，屁股就直接让她的高跟鞋踢开花了。”

胡萝卜拍了拍我的肩膀说：“小伙子，我看你骨骼清奇，天灵盖有股灵气冲天，假以时日一定能在情场扬名，是高手中的高高手。一只小虾米肯定不在话下，拌点醋就吃了，哥们的终身大事可全靠你了。好了，我到站了，回见。”

“滚吧你。”

很多时候我不得不佩服一些宿命的安排。比如你踩到了狗屎，就赶紧去买彩票，中奖的概率真的比较高；比如在厕所玩手游，抽中 SSR 级式神的概率要比在床上高；再比如我碰到小虾米就会变得很倒霉，这根本无从解释。

原本工作进展得很顺利，我画的漫画配上鸡汤文拥有成为爆款的潜质。我信誓旦旦地跟花姐姐（哦，就是娘娘腔，他的名字叫马春华，私底下大家都叫他春花或者花姐姐）保证：点击量一定破五万，否则我就裸奔。

结果都两天了，点击量不光没破五万，还创造了本月头条最低阅读量的记录。花姐姐把我叫到他的办公室痛批了一顿，说是痛批，其实也就是不痛不痒地说了我几句，作为一个脸皮厚如城墙的人，这种级别的训斥对我来说简直是小菜一碟。

他说：“我的祖宗，你不是说点击量一定破五万，不破五万就脱光衣服跑完全城吗？”

我嘴角抽搐，说：“是裸奔，我没说跑完全城。”

“不都一样嘛。反正你这次奇迹般地创造了这两个月来的最低点击量，想要我炖了你还是蒸了你？你自己选。”

我诧异地道：“炖，蒸？这是要干吗？”

“吃。”

“花姐姐，不，花总，不是，华总。”

我一不留神叫了他的外号，花姐姐怒了。他拍了下桌子说：“什么花姐姐？谁给我取的外号？谁干的好事？”

我连忙解释：“我……”

他双眼瞪着我：“你！”我连忙摆手想要解释，他继续说，“你真是吃了豹子胆啊，不过‘花姐姐’这外号我喜欢。嗯，下次我要用这个当笔名，开个教大家如何时尚穿戴的公众号。”

我的额头爬满黑线，都不知道是该开心还是郁闷。

我本以为自己可以顺利渡过九九八十一难取得真经，谁知道出师不利，花姐姐这下直接下令收回我的转正免死金牌，然后给了我三个月试用期，如果我表现不好，就让我回家裸奔去。

在接下来的工作中，我换了几个主题，由日漫变成美漫，甚至连九十年代国漫风都用上了，结果点击量还是差强人意。

下班后我在想：也许根本没有什么碰到小虾米就变倒霉之说，这只是一个借口。我清楚地知道是自己能力不足，胜任不了这份工作。其实我根本就没有画画的能力，只是一个狂热爱好者而已，根本过不了试用期。或许我应该早点提出辞职，换份安稳的工作，以后当一个漫画爱好者就行。

然而突然让我放弃坚持多年的梦想，就像是未婚先孕的少女打胎一样，即便打掉了，依然有种隐隐作痛的感觉。

进地铁前要路过商场，我无意地透过玻璃窗往商场里瞥了一眼，没想到却看到一个熟悉的身影。是的，她是我熟悉的杨杨，已成前任的杨杨。

不知道为什么，即便我们分手了，再次看到她，我的内心依然有一丝悸动。特别是此刻，她微笑着依偎在别人的身旁，那微笑就像是今夜落在天桥上朦胧而寂寥的月光。

我曾在天桥上对她说：“不曾醉酒的人怎能明了，世间最美的风景是你的笑。”

然而这些似乎都不是很重要。记得杨杨之前路过这个商场时看中了一个包，还提醒我说她的生日很快就要到了，我一看价格竟然是五位数，根本没能力买来送给她。后来她生日的时候，我傻兮兮地写了一首情诗作为礼物，还朗诵给她听。

那晚，我们因为一些琐碎的事大吵一架。她哭着对我说：“我不是你想象中的那种追求浪漫的女孩，你就是写一百首情诗，也不如给我买一个包。”

而今天，她的新男友在这个商场里满足了她的愿望。其实对于一个女孩来说，会有这样的要求并不过分，我只能怪自己不争气。

（2）

上地铁后，我发了条微信跟胡萝卜诉述烦恼。

胡萝卜语重心长地回了一个字：傻！

毫无疑问，这个字是送给我的。随后我们两人在地铁的换乘站碰面后，他又补了一句：“像你这样永远沉浸在过去、看不到未来的木头人，放在东城，是要被抓去当卷进煎饼里的大葱，被干掉的。”

“行了，你少挖苦我，你也好不到哪儿去。放在东城，蘸点酱油，你能直接被当三响炮干掉。”

“你还挺重口味的。”

刚说完，列车广播突然提醒我们下车，原来我们乘坐的又是到霍营站的区间车，我们不得不从刚坐暖的位置上起身下地铁，再去换乘。

胡萝卜问道：“哎，你之前不是 跟我说在霍营站碰到了什么奇遇吗？”

“是啊。先是做了一场关于霍营站区间车的噩梦，后来我从霍营站下车了，还真找到一个叫‘前任博物馆’的古厝。”

胡萝卜继续问：“是不是从那儿出来，你就吃狗屎了？”

“是走狗屎运，谢谢。”

“都一样。反正这种事啊，宁可信其有，不可信其无，既然在这里下车，就是跟神明有缘，我们一起去看看。”

我们出地铁后，我带着胡萝卜沿着记忆中的路线不停寻找着，但是找了两个小时都没看到“前任博物馆”的标志，确切地说，连个小平房都没发现，更何况是古厝建筑群。

胡萝卜也不耐烦了：“我说，强哥，你是不是白日梦做多了？还是进入了科幻世界的平行空间？等你找到那个地方，哥们儿估计都饿死了。”

“反正我看到古厝肯定不是做梦，可能是我们走错了，我记得那晚我滑下了一个小山坡。”

胡萝卜更不开心了：“这里都是平地，哪来的小山坡，你是不是梦游跑密云去了？那里山坡多。”

“你就不能相信哥啊？”

“不是我不相信你，主要是肚子饿。待会儿有个姑娘要来我家，想看我家墙上的明信片邮戳，我得赶紧回去收拾下。”

我一脸鄙夷：“你每次都让我邮寄明信片，我还以为你终于有点文艺些的爱好，原来你小子所有的爱好都跟撩妹有关系。”

“哥们儿的文艺心全用在刀刃上。不跟你说了，前面就是立水桥站，我先走了。”

胡萝卜走后，我开始怀疑自己最近精分了，怎么找了那么久也没找到“前任博物馆”？再说了，这里也不可能出现古厝建筑啊！

但是那晚的记忆那么清晰，一点都不像做梦，所以我一定要探个究竟。再说了，我还指望着进入“前任博物馆”沾点运气，搞不好出来就又能转正了。

我回忆着那天晚上看见古厝前所经历的事：下雨，然后我滑下了山坡。难道这些都是必要的条件？

想到这里，我故意从马路旁的斜坡草坪滚了下去，然后抬头一看，我的神啊，又是她！

老阿婆提着一袋子捡来的瓶子关切地说：“小伙子，怎么又是你？还摔了一身泥，要不要去……”

我吓得赶紧狂奔起来，没跑出多远，脚底踩滑，又滚下了一个小山坡。等我爬起来一看，只见不远处几盏熟悉的灯笼悬挂在古厝

门口。

“不入虎穴焉得虎子，我这次一定要查个明白。”我自言自语着步入古厝的大门。可能是因为还没开灯，除了厅堂里有昏暗的烛光，其他地方竟然是一片黑暗，这让古厝多了些阴森的感觉。天井有微风吹来，带来一丝丝的寒意，我下意识地抱了抱自己的双肘。突然，一道白色的影子从我眼前飘过，着实吓我一跳。

紧接着我听到一声猫叫，再仔细一看，那飘过来的白影竟然是一只从房梁上跳下来的白色的猫。唉，一只白猫都能差点把我吓尿了，要是传出去，以后我在漫画界还怎么混？

于是我深呼吸，给自己壮胆，继续往前大步迈去。谁知道白猫朝我龇了龇牙，害得我又缩回了脚。

不就是一只猫嘛，有什么好怕的，大不了和它打一架！于是我赤手空拳摆好大干一场的架势。

“你好。”

我的心颤了下。猫、猫会说人话？该不会是传说中的猫妖吧？

再这样下去，我真的会被吓出排泄物的！我赶紧转过身就跑，谁知道刚一回头，出现在我眼前的是一个穿着白色汉服宛若聂小倩的古代女子。我这是撞鬼了吗？下一秒我直接晕倒。

（3）

醒来的时候我发现自己躺在竹编的躺椅上，旁边坐着我刚刚看到的古代美女，一只白色的猫慵懒地窝在她的怀里。嗯，我也玩了一把真人版穿越，不对，是活见鬼了，想到这里，我吓得连忙坐了起来。

“鬼啊！”我喊出来。

“鬼？”那女子闻言不由得四顾。

我诧异了下：“难道你不是？”

女子指了指自己：“我？”

我仔细看了下，她有影子，面庞也有红晕，就是一个穿着汉服的美女，根本就不是什么幽魂。我竟然还被吓晕了，这简直丢脸丢到家了。

“我、我……不过猫刚才说话了。”我指了指她怀中的猫，此时猫还很配合地看了我一眼。

女子反问：“猫说话？”

我点头：“对，跟我打招呼了，说‘你好’。”

女子无奈地笑了笑：“‘你好’是我说的。你胆小被吓晕，我还以为你生病了。”

完了，我被发现胆小了，而且对方还是个美女，这可不行。我笑了笑说：“我不是被吓晕了，确实是病了，一种见到美女，多巴胺就马上运行到百会穴，造成供血过多、头部眩晕而倒下的病。”

“少贫。”说完她坐在茶几旁，给我倒了杯茶。

我拿起来品了一口就直接喷了出来：“这怎么可能是茶，这明明就是冷酒吧！”

“何人说是茶？”

“也对，不过怎么会有拿冷酒招待人的？”

女子说：“小馆特色。”

“说到小馆，我正想问你们到底是什么馆，一开始我还以为是鬼屋，后来想了想应该是什么体验店，但是我又查了下，没发现什么‘前任博物馆’体验店，这到底是怎么回事？”

女子淡淡一笑，说道：“小馆在此，梦起梦灭都在。是鬼屋、是体验店，还是其他，小馆依然。”

我诧异了，怎么有这样的店主？依然疑惑地问：“那好，既然你说这是‘前任博物馆’，那这到底是什么博物馆？该不会是埋葬

前任的地方吧？”

女子自顾自地摆弄着酒具：“随你。”

“那怎么叫‘前任博物馆’？直接叫‘前任停尸房’，或者‘前任太平间’就行啊。”刚一说完我就觉得瘆得慌，如果这里真是太平间的话，我岂不是不能活着出去了？

我又说道：“我说美女，你就不能解答下客人的疑惑吗？开店的哪有拒绝客人的。”

女子抬头看了我一眼说：“小馆自有规矩，要听便得遵守。”

我心想那应该不是什么杀人越货的规矩吧，如果太勉强，大不了我不听就好了。于是我点头说：“遵守，四肢都遵守。”

女子放下酒壶，用麻布擦了擦白如凝脂的手，淡淡地说：“小馆所藏之物，乃世间所有被遗落的前任爱情遗物。每一个爱情遗物都有灵气，都有故事，而博物馆只是它们的中转站。来小馆的有缘人带走别人的前任爱情遗物，并且替它找到了最终的归属，就等于帮那人走出前任阴影，而后，有缘人便可留下自己的前任爱情遗物和遗物的故事，待下一个有缘人出现。”

这是冰冷女子第一次对我说这么多话，但我却听得云里雾里的。整个古厝似乎也明明灭灭，搞得我的毛孔都张开了许多。

不过我依然礼貌地微微一笑，试图用科学的原理来思考她说的话：“听着还挺玄乎的哦，你应该是一个古典主义倡导者吧？”

女子淡淡地看了我一眼，那眼神就像在问：你是不是有病？

“我没别的意思，只不过是觉得带走爱情遗物就算帮别人走出前任阴影有一点点……扯。”

那女子倒是没有生气，反而淡然一笑，仿佛一切都与她无关似的。接着，她从茶几下拿出一个盒子来，就是上次我看到的那个镌刻着“梦”的盒子，我打开一看，发现里面放置着一枚戒指。

“你是有缘人，这枚戒指你带走吧，一切便明了。”

我傻眼，然后指了指自己问：“我？”

女子岿然不动。我心想：这年头还能白给戒指？我当然不能要。

再加上她的话从头到尾虚幻得像飘在半空中的烟雾似的，让我感觉像是进入倩女幽魂的世界里，于是我打算随便找个借口赶紧走人。我说：“糟了，我晾好的被子忘记收了！青山不改，绿水长流，告辞，女侠。”

然而女子依然岿然不动，下一秒忽然横抱起一个琵琶来。

难道她是用琵琶当武器？我被吓得赶紧夺门而出。谁知道她弹起琵琶，唱着儿时听过的“南音”，听着像是大唐盛世的歌谣：“夜清东阁红尘梦，梦去成空，月影憧憧，雨打梧桐泪几重……”

（4）

不管怎么说，我总算在“前任博物馆”这鬼屋里走了一圈，明天一大早醒来应该就是狗屎运来临的时候吧。

我幻想着一大早花姐姐就带着全公司的同事列队在门口迎接我，然后宣布正式提拔我当副总编，我的眼前好像有几个喷花筒瞬间喷射，热闹非凡。

果不其然，第二天我刚走出公司的电梯，远远看到几个同事兴高采烈地围在我的办公桌边。

我正想是不是来早了，不过看他们那么隆重我也怪不好意思的，边走过去边说：“意思下就好了，不用弄那么多彩花祝贺我。”

行政妹妹疑惑地看着我问：“祝贺什么？”

我指了指彩花。

她恍然大悟，笑着说：“这些是刚从仓库里清理出来的杂物，正准备拿去丢掉。”

我：“……”

虽然没有热烈欢迎，但我还是相信幸运马上就会降临在我头上。不出所料，花姐姐刚到就第一时间让我去他的办公室。

他开门见山提了工资的事，我谦虚地说：“马总，您不用给我涨太快，毕竟我才刚入职，这样我会骄傲的。”

花姐姐愣了一下说：“谁说要涨工资了？这几天粉丝出现负增长，按照公司规定，要扣你三百块工资。”

我当场傻掉。怎么会这样？不是去了“前任博物馆”就能立马脱离非洲，移民欧洲变幸运的白种人吗？

也许真的是我想多了，这世上根本就没有什么否极泰来的事。因为花姐姐又给我安排了一个没人敢接的任务，就是去搞定女漫画师新音的作品授权，还美其名曰“给你一个将功赎罪的机会。”

一开始我觉得这不是什么难事，不就跟一个漫画师合作吗。结果一打听，新音早年是我们公司的签约画手，结果公司用各种霸王条款坑了她，合约到期后她就断绝了和公司的来往。花姐姐给我下这个任务，明摆着就是要顺水推舟把我开除嘛！

但无论如何，本着爱拼才会赢的精神，为了我拥有的那 1% 的漫画天赋，我决定还是依靠着爸妈赐予的好基因赌一把。

都说有颜值的人就像是手持一张 VIP 卡一样，到哪儿都能享受优惠，可没想到这招居然不管用，我第一次去新音家拜访直接吃了闭门羹。

万般无奈之下，我打了电话找胡萝卜求助，他给了我一招锦囊妙计，屡试不爽的几个字：你自己看着办。

关键时刻兄弟也靠不住，只能靠天赋。

我坐在门口，拿出纸笔画了一只戴着牙套的鲸鱼塞进门缝里。

一分钟之后，门终于打开了，看来漫画爱好者之间还是惺惺相惜的。

只见新音手里提着垃圾袋，里面似乎有我的漫画作品的尸体。

我坚决不能看着她把垃圾倒掉，于是大喊起来：“你怎么可以这样对待这只那么可爱的鲸鱼啊！”

“呀，你还在啊，我以为你走了。再见。”说完，她退了回去，然后关上了门。

我：“……”

男人哭吧哭吧不是罪！

原本以为一切都完了，谁知道隔天新音竟然主动打电话给我，约我在咖啡厅见面。

为了联系我，她一定煞费苦心吧，一定是的！

“没有啊，你不是把手机号写在鲸鱼旁边了吗？”新音很实在地回答。

我：“……”

真是的，跟我配合欺骗下读者她也不乐意，在哥的漫画世界里，你绝对活得过第三集。

不管怎么说，按胡萝卜说的：约出来见面就是通往盘丝洞的第一步，剩下的，我就是要祭出我的三寸不烂之舌来说服她与公司合作了。

偏偏此时走过来一个熟悉的身影。

“怎么是你？”

（5）

来人正是我的死对头，凶神恶萝莉——小虾米。

她什么话都没说，直接坐到我旁边，眼泪“哗啦啦”地掉了下来。

她这是要演哪一出呢？该不会是要以其人之道还治其人之身，说我是负心汉吧？

如果她哭诉我是一个负心汉也就罢了，结果她来了更猛的一招。

“你怎么可以这样无情无义？我怀上宝宝你不仅不要，还逼着

我打掉。”她边说边哭着捶打我。

我如遭五雷轰顶，这是闹哪出啊？

新音也是一脸尴尬，说：“你们的私事你们先好好处理吧，我先走了。”她说完，起身就要离开，我连忙拉住她正要解释，小虾米又补了一刀：“原来你不要我是因为这个小三，你怎么能这样对我？”说完又是一阵号啕大哭。周围的人都向我投来鄙夷的目光，新音更是如坐针毡，甩开我的手直接走了。

我要追过去，结果这凶神恶萝莉竟然直接坐在地上抱着我的腿。她可真能豁得出去啊，这场面简直让我凌乱不堪。

一看新音走开了，小虾米也站起来擦了擦泪水，凑到我耳边说道：“其实我还蛮喜欢新音的作品，这次我应该是彻底把你的工作搅黄了吧。”

我气得抓起她的手：“你没拿金鸡‘影后’真是可惜了。”

小虾米变本加厉地喊了起来：“救命啊，这负心汉居然要拉我去堕胎。”

我简直被气炸，想直接给她一巴掌。可我还没动手，就被一个围观群众打了一拳，鼻血直接流了出来，小虾米也借机逃走。

这次我真的是赔了夫人又折兵，公司我也不敢回去了，一想到花姐姐会变着花样玩我，我就浑身打战。

更逗的是，我的好哥们胡萝卜还过来找我借钱交房租。

“你不知道地主家也没余粮了吗？”

胡萝卜笑着说：“知道啊，所以过来找贫农借啊。”

“你还嫌我混得不够惨啊？”

胡萝卜说：“所以我过来找你借钱，然后给你支招啊。”

“我说老胡有你这样做兄弟的吗？”

胡萝卜非常肯定地回答：“没有。但是房租合同是你帮我签的，

你知道西二旗那带黑中介非常狠，到时候……”

“行，老子算是眼瞎，交了你这兄弟。”

他笑着拍了拍我的肩膀说：“兄弟不会亏待你的。作为回报，我给你支一招空前绝后的必杀技帮你逆袭。”

我问：“什么必杀技？”

“复仇！”

“还联盟呢，复个屁仇。她不过来找我麻烦，我就谢天谢地了。”

“喂，你还是不是男人？大庭广众之下，让一只小小的虾米调戏了还不追究，怎么对得起伟大的天蝎座？怎么对得起日日夜夜守在电脑旁等，着我更新的读者？”

我愣了下：“你说什么？你把我的糗事写成故事直播出去了？”

“那个……我晚上好像还有约。你记得打钱啊，哥们儿先撤了，后会有期。”

看着胡萝卜离去的背影，其实我很想说，我没有怪他的意思啊，万一他的文 VIP 上架真的赚钱了，记得跟我五五分啊。

前任博物馆并没有给我带来好运，但是凶神恶萝莉带来的那些倒霉，我一个也没避免。

花姐姐又来催问我谈得如何，并且表明这是很重要的任务，如果搞砸了，就把我掰弯。

看到这条信息，我简直形神俱灭，赶紧给新音打电话解释，结果直接被拉黑。是可忍孰不可忍，正如胡萝卜说的那样，我再不去找小虾米复仇，就真的对不住广大追更的读者了。

于是我跨上已经太久没骑的凤凰牌三脚架单车直奔战场，但是小虾米此刻在哪儿，我却一无所知。

所幸我打小数学及格逻辑性强，想想几次遇见小萝莉的地方都在霍营站附近，再加上她一副欠抽的样子，一定是经常逛奢侈店的

人，我就在商场门口守株待兔，不信碰不到。

功夫不负有心人，商场临近关门的时候，我还真碰到了小虾米。只见这家伙上了男友的跑车，而我则继续骑着我的凤凰单车，一路狂追过去。

经过五百多次剧烈呼吸，外加八百个立体环绕脚踏，我终于成功地被他们以漂移的方式摆脱了。

这还没结束，因为我也加大马力跟着漂移了，结果只有自行车漂移，而我则以经典的李小鹏式三百六十度无死角后空翻完成了自由落体动作，整个人砸到了草坪里。

我是真想破口大骂，但前提是我得把嘴里的草吐完。等我起身一看，前任博物馆和白衣女子赫然出现在眼前。

白衣女子似乎无视我的存在，自顾自地斟茶。旁边的白猫正一脸慵懒地看着我，仿佛在说：朕要就寝了，跪安吧，奴才。

其实她不跟我说话，我反倒不是那么害怕。我也自顾自地环视四周略微熟悉的环境，知道大概里面的每一个房间都有一个主题，有神话传说，有惊悚故事，有略带妖气的故事……于是我更加确定这是一个线下主题体验店。可能是它还在筹建，因为没宣传所以没人气。

走到厅堂时，出于对过往者的尊敬，我还特地在公婆龛前双手合十，鞠躬拜了拜。嗯，我死都不会承认是因为害怕。

我无意间瞥了下牌位上的字：“先妣戴母黄小娟之灵位”，再看看其他的牌位，竟然都是姓戴的——跟我一个姓，我还真有一点毛骨悚然。不过想想这是体验店，设计者一定是照搬古代的传统，又觉得还算正常。

虽是这么想，但我还是快步顺着天井小跑到了下厅，跑到正在泡着茶的女子面前。我笑着问：“我都进来那么久了，你也不请我

喝茶啊？”

她都没抬头看我，淡淡地应了一个字：“坐。”

女子的茶道还是一流的，用一式“凤凰三点头”给我斟了一杯，我兴奋地拿起来喝了一口问：“怎么又是冷酒？”

她看了我一眼，想要说什么。我连忙止住她说：“行，你又没说是茶，当我没问。”

女子也没搭理我，收拾了茶具后开始整理一旁的丁香花。想来她应该是精通插花艺术吧，这个年代崇尚复古艺术的人还真是难能可贵。

不过她一直不怎么说话，气氛比较尴尬，我仔细观察了一百遍后终于找到了一个突破口：“姑娘，你的裙子好像……破了一个洞。”

她吓了一跳，急忙转身看了一眼，随后怒冲冲地盯着我。

刚才灯光昏暗，现在我仔细一看才发现那是一朵小绣花。可是从我的角度看过去，反光的效果让那朵绣花看起来真的很像一个洞啊。我说：“我真的是无辜的，我这个角度真的看不清那是绣的一朵花啊，抱歉，抱歉。”

她反问：“你眼神可好？”

“当然，我打小视力就 5.2，后来又经过一百多场考试训练，十米开外的考卷的答案写的是 A 还是 B 我都一目了然。”

她冷笑下说：“这绣的不是花，而是我的名字。”

这丢脸丢到石器时代了，我赶紧凑过去一看，果然绣着一个小篆体的“娟”字。因为是圆形印章风格，看起来真的像一朵花。

一般来说，靠近一个美丽的女子都会闻到她自身夹带的体香。但是我靠近她时，感受到的却是一股淡淡的冷气，让我有种打开冰箱的感受。

我依然礼貌地笑着问：“‘娟’是你的名字？”

她点了点头说：“黄小娟。”

我说："你好，小娟。我叫戴阿强。"

说完我突然发现不对劲。黄小娟？刚在那牌位上看到的名字不就是黄小娟吗？名字刻在上面的都是死人了，难道出现在我眼前的人是……鬼？

（6）

"我刚才……在牌位上也、也……看到了你的名字，你该不会是……鬼魂吧？"

黄小娟淡淡一笑说："无奈重名。"

她轻描淡写地说出来，即便我有一百个怀疑也问不出口。

只见黄小娟自顾自地整理丁香花，我一想，如果她真的是灵魂什么的话，我早就死翘翘了，再说了，我一个大男人，都来过这里三次了，要是害怕一个手无缚鸡之力的弱女子，那得多啊。于是我底气很足地说："嗯，要是没什么事，我先走啦。"

黄小娟突然说："等等。"说完就朝我走了过来。

我心想：她这是想干吗？难道是想吸我的精髓？

我正准备来个三十六计走为上计，她就伸手递来一枚戒指，还是我上次见到的戒指："带上。"这明显是命令的语气。

不过我却想着，上次是不是因为我没拿戒指所以出去就没有好运？反正不要白不要，拿去卖了好了。

可是就在取走戒指的那一瞬间，我跟触电似的。也许是静电，我没有多想，便赶紧撤退。

走出前任博物馆时，我又回头看了看门上的对联，"一人独饮氷冷酒、从山对看丁香花。"

"氷冷酒"好理解，繁体书法中，冰写成"氷"。"氷冷酒"就是一点水、两点水、三点水的结构，这个在对子上属于高难度的

存在。但是下联怎么对的是“丁香花”呢？是不是有什么含义？而且博物馆里有那么多丁香花，不知道之间有没有什么联系？

我猜不透，也不敢去猜，跨上凤凰单车后赶紧飞奔回家……

一到家我才想起今天的公众号没有更新，再这样下去我不光要被花姐姐开除，这个月的工资也别指望拿到手了。

但是画什么呢？上次我追热点画的《如何优雅和姑娘滚床单》《玩命爱一个姑娘》全都扑街了，再这样下去，我玩命也爱不了姑娘，还得玩死自己。

我忽然想起前任博物馆里面有好玩的周边产品，还有神秘的体验店，更主要的是有一个猜不透又总想去读懂的姑娘。那么神奇的地方，就像是古代文人墨客都想膜拜的地方——对，没错，就是青楼。

灵感一来，挡都挡不住，我马上在画板上画了一幅名叫《逛青楼是怎样一种体验》的漫画，也赋予黄小娟一个非常特殊的身份。别多想，不是花魁，是老鸨。

我画得很顺利，收工后，我还美美地洗了一个热水澡，顺便打扫了下卫生间，顿时整个人神清气爽。

临睡前我看了下床头柜，上面摆着前任博物馆里黄小娟硬塞给我的戒指，和前任留给我的爱情遗物——只有一只的耳环。

记得恋爱三周年的时候，我们去商场买礼品，正好碰上一次婚纱活动，她就特地去试了下婚纱。看她穿着婚纱的样子，我感动得落下了眼泪，就像是完成了一个本该完成的承诺，正式宣布眼前这个女子是我一辈子的女人一样。

那时我擦拭掉脸上幸福的泪水，走过去偷偷在她耳畔说了一句情话：“走遍大江南北，只觉得世间你最美。”

杨杨笑着说：“少嘴甜了。”

“可惜少了耳环。要是你打了耳洞，带上耳环就完美了。”

杨杨说："这不是以前怕疼就耽误了吗，不过我答应你，结婚前你陪我去打耳洞。"

我说："一言为定。"

那天我为她买的礼品就是一对耳环，而现在耳环只剩下孤零零的一只。我真的想笑，也更想哭。可是，此刻已经夜深人静，我又哭给谁看呢？又有谁能明白一个老男人在深夜流泪的原因？细想一下，这红尘中又有谁能陪我走到世界荒芜？

更重要的是，搞不好我因为想念前任哭成傻子的时候，前任和现任男友在酒店里"点炮仗"呢。

我知道，即便我努力把自己塑造成一个二货，用很多自嘲的言语自黑，甚至努力像胡萝卜一样蜕变成一个撩妹狂魔，可到了晚上脱光衣服躺在床上时，我还是会发现自己根本就忘不了那个给了我很多回忆的人。

我忘不了第一次遇见她时，她沉默的侧脸；忘不了她唱的王菲的《红豆》；忘不了第一次吻她的额头，月光洒在她脸上像是涂了一层霜，情到深处时她还朝我嘴里打了一个喷嚏；忘不了第一次和她去学校旁边的宾馆，出来还跟辅导员撞个正着的尴尬场面。

突然，一阵温热滑过脸颊，我抬手一抹，原来，我还是会哭得跟一条落水狗一样。

流泪的人很容易入睡，我以为这次梦里依然会见到杨杨，然后我们又会复合。谁知道今夜画风突变，我一直徘徊在十字路口，无论我怎么走都还是绕回原地，就像遇到鬼打墙一样。

过了会儿，我看到一个男子满头大汗地从一家首饰店里匆忙跑出来，可能是太着急了，他没注意拐角处冲过来的车辆，直接被撞飞。

我吓得大声喊起来，却发现自己发不出声。更奇怪的是，那个被撞飞的男子还能自己站起来，他的脸已经血肉模糊了，却还像一

个丧尸一样缓缓地朝我走来，而我却无法动弹。就在即将碰到我时，他伸出了手，递给我一枚戒指说：“帮我、帮我。”

我瞬间被吓醒了，一身冷汗，差点就在被单上画地图了。我转头看了看床头柜的戒指，内心一阵悚然。

我拿起戒指对它说：“你破坏我的好梦，还给我带来噩梦，我再也不能留你在这儿了，下班后一定要把你还回去。”

第二天上了地铁，我打开公众号后台后直接傻眼了，阅读量竟然超过了十万！天啊，趁我没注意竟然破了十万！我的内心还是有一点点小激动的，于是给自己的早餐加了个卤蛋，就连进公司的步伐也显得很矫健。

如我期待的一样，这次花姐姐对我态度来了个一百八十度转变，不光主动道歉，还给了我一笔额外奖励，并承诺如果阅读量再超过十万三次，就提升我当项目组组长。

最最神奇的是，新音也看到了我的漫画。她竟然主动给我打电话，还找我要白名单转载。趁着这次联系，我跟她解释了下之前的误会，她甚至表示不在意。难不成前任博物馆真的会给我带来好运？

答案当然是否定的。上次我出来也没好过，我只会承认是颜值和才华给我带来了好运气。

下班后我直奔霍营。可是找了一圈，不管是湿身还是滚了一百次草地，直到凌晨，我都没找到前任博物馆。

真是奇怪。但无论如何，这枚戒指我是坚决不能带回去了，我看了看周围，只有垃圾桶适合当它的窝。

“行吧，这就是你的窝了。”我自言自语着，把戒指丢进垃圾桶里。

就在此时，一个白色的影子从我眼前晃过。我惊了下，仔细一

看是一只白猫，似乎有点眼熟，该不会是前任博物馆那只吧？

想想世间那么多白色流浪猫，也许它也是其中一只，我便没再管挡在我眼前凶神恶煞地朝我嗤着的白猫，转头离开了。

然而我不知道的是，在我转身后，有一双眼睛在我身后看着我，如梦里出现的那般。

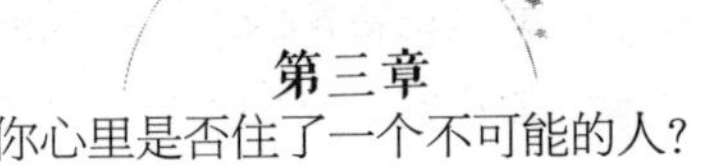

第三章
你心里是否住了一个不可能的人？

（1）

我本以为丢掉了戒指就告别了噩梦，结果睡着后，我又一次在梦里的那个十字路口绕不出去。而且更惨的是，那个血肉模糊的男子，竟直接冲过来掐住我的脖子，于是我再一次被吓醒了。

看时间已经凌晨三点了，我实在是困得要命，但又怎么都睡不着，于是念了几百次“阿弥陀佛”，才好不容易睡着。可一进入梦乡还是回到了那个地方，不过这次我学聪明了，为了避免看见车祸，我躲在了垃圾桶里。谁知道垃圾桶里竟然有一只血淋淋的手，手指上还戴着一枚戒指。

再次醒来后我干脆不睡觉了，整个人躲在被窝里，我就不信自己还能再回到那个十字路口。

忽然一阵脚步声传来，我心想：难道是隔壁舍友起夜？

我嘴中不停地念着“阿弥陀佛”，脚步声也随即消失了。我刚松了口气，被子就被掀开了！依旧是血淋淋的面容，那只手上还戴着戒指！

他怎么跑到我的房间的？我大叫了起来。

此时我发现我坐在床上，周围异常安静。原来又是梦！

一夜就是一个死循环，天还未亮我就赶紧洗漱完去挤地铁。路上，我忽然想起黄小娟之前说过的话。她说：“前任博物馆收藏的

都是世间所有被遗落的前任爱情遗物，每一个爱情遗物都是有灵气的，它们都有属于自己的故事，这里只是它们的一个中转站。来前任博物馆的每一个有缘人，如果带走别人的前任爱情遗物，并且替它找到最终的归属，就可以帮那人走出前任的阴影。”

如果她这个奇妙的设定成立的话，那么这枚戒指就要去它该去的地方，而我就是那个有缘人？细思起来，怎么有点惊悚的感觉呢？

被选中的有缘人是不是有什么命运安排？我如果不这么做，是不是就会遇到什么倒霉事？可问题是我早把戒指丢了，该不会出什么事吧？

坦白说，我是一个唯物主义者，不会相信任何怪力乱神，但也可能是从小在闽南长大的原因，对于一些事，我虽然不信，但不得不敬。

也许那个戒指是某人丢失的，也许他是要拿来跟女朋友求婚呢？嗯，我给自己找了一个非常合理的理由后，我决定地铁一到霍营站，我就马上下去找那个垃圾桶。

我费了老大劲，终于找到了那个垃圾桶。突然，一辆垃圾车从我面前开过去，我赶紧跑过去一看，垃圾桶里面是空的。

“大爷，你等等。”

此时，一个戴着鸭舌帽的小伙从车里伸出头喊了一句：“等你个头，每天倒那么多垃圾，想累死我啊。”他喊完后垃圾车开始加速了，我一脸无语。

我回到公司，花姐姐并没有因为我迟到而生气，还破天荒给我准备了一杯咖啡。

花姐姐挨着我坐下，伸手似乎要摸我的大腿。我一阵难受，赶紧起来换了个位置。

我喝了一口咖啡，差点吐出来。这是什么鬼？

“是不是很惊喜？这是我精心调配的风干的琯溪蜜柚配洞顶乌

龙茶，再添加点陈年的白蜜，味道不错吧？”

我勉强点点头说：“嗯，不错。”其实内心的潜台词是：这是什么狗屎味，不就是蜂蜜柚子茶吗？搞这么长的名字，这家伙该不会偷偷加入鼻屎什么的了吧？

“强仔呀……”

我慌了一下，连忙摆手说：“叫我阿强就好。”

“听说新音的合同到期了，她的公众号也转了你的漫画，你能否跟她谈谈合作的事？虽然上次你没谈成授权，但这是小事。如果这次你能签下新音，那你就算是将功赎……不对，是功德无量！”

我嘴角抽搐了一下，功德无量？

不过自从进来我就知道没什么好事，果然，花姐又开始安排大任务了。身在其位就得谋其职，我点头说：“我试试。”

花姐姐一乐，站起来狠狠拍了我的肩膀一下以示他很开心。

我一阵狂晕。真是的，高兴就高兴，拍什么人啊！

虽是这么想，被拍完后我还得伸手和他击掌。这奇葩的惯例，我也是醉了。

（2）

约新音应该是一件非常难的事，于是我搜集了她所有的资料和信息，知道了她的爱好后开始对症下药。我先是买好了她小时候最喜欢吃的马蹄酥，又找人代购来了一包公豆咖啡。咖啡也分公母？这世界真神奇。接下来我又顺手拿出了收藏了很多年的佐助限量版手办。

打电话给她时，她竟主动约我去“静吧”看一场原创民谣演出，这让在一旁协助我的胡萝卜都蒙圈了。按他的话来说，我要是早出道几年就没他什么事了，可是我什么事都没做啊，礼品还在手上，都不敢送出去呢。

胡萝卜叹息说：“女人啊，都是颜性恋者。这世界现在都是小鲜肉当道了。”

“我都大叔了，还小鲜肉什么。”

胡萝卜笑着说：“你别多想，小鲜肉指的是我。时间快到了，你赶紧去吧，别让姑娘等久了，记得骚起来。”

“我这是工作，工作！”

“哦啦，多注意身体，晚上别太累。”

“滚！”

舞台上的民谣歌手唱着熟悉的曲调：

你说你的床有点大，一个人睡真的很害怕。

想钻你的被窝你知道吗，还假装自己很优雅。

偷偷撩起你的长发，在你耳边说一世的情话。

……

听完这首歌，我瞬间明白为什么吉他一出，姑娘会酥。我怀疑自己是不是走错路了，当初我就不应该画漫画，而是应该去弹吉他，这样前任就不会跟别人跑了。

我一边听着歌曲，一边满心期待能搞定这桩世纪大合作，结果一直等到十点多都不见新音，她的电话也打不通。

她不会故意放我鸽子吧？是继续等，还是先走呢？我变得很被动，偏偏此时从门口走来一个熟悉的身影。

又是这凶神恶萝莉，怎么她每次都能找到我啊？这家伙一定又是来破坏我的工作，这次我一定不能让她得逞。

正当我准备撤退时，却发现她并不知道我在这儿。只见她一个人径直往工作间走去。

难道她是这儿的老板？

等她重新出来，看到她身上靓丽的着装后我才恍然大悟：她是这里的啤酒妹啊。

可她不是富家女吗？总不会是来这里体验生活吧？

为了验证真假，我特地躲在角落里观察。看她轻车熟路的样子，想来她应该是长期在这里打工，而不是简简单单地来体验生活。也就是说，小虾米骨子里就是一个虚荣的人。

我本想过去羞辱她一番，但看她工作认真，无论客户提出多么无理的要求，她都会微笑着应对，完全不是我之前见到的那个动不动就亮出铁砂掌的凶神恶煞。也许她有她的不容易，也许这家伙是纯粹把我当出气包了。无论如何，每一个认真工作的人都值得被尊重。为了避免不必要的冲突，我决定还是先走了。

这时，我的耳边传来一个男人的骂声："你瞎啊。"

"对不起，对不起。"

我转头一看，可能是小虾米放酒时不小心弄坏什么东西，引发了客人的强烈不满，男人厉声道："一句对不起就能完事啊？"

小虾米在旁边一脸歉意地站着，那几个客人可能喝多了，也不管场合，竟然要她留下来陪酒来补偿。

一旁的经理过来交涉，竟然也默认了他们的要求，毕竟小虾米弄坏了别人的东西。一开始，小虾米可能也以为陪几杯酒表达歉意就完事，谁知道几个客户变本加厉，手上的动作多了起来，小虾米愤然起身要离开，老男人直接把她拽了过去。

原本我也是想看平时一脸嚣张的小虾米被别人教训下，但是看着一个弱小的女子被欺负，我还是有点于心不忍，在内心沉睡已久的超级英雄瞬间打破了封印："放开这个姑娘。"

老男人一脸蔑视的样子对我说："你谁啊你？"

"我是你大爷。"

"浑蛋！"骂完，男人挥着拳头就打过来，我也是手快，直接就接住了拳头，往下一拉，一声骨折声伴随着他的尖叫响起，我一

拳直接打到了他的鼻子上。

他身边的几个朋友见状，立马提着啤酒瓶迎了上来。也不知道为什么，我忽然像海贼王路飞附身一样，一身橡胶果实能力大爆发，三两下就把他们打趴下。

小虾米看到这样的情况都惊呆了。是的，她终于明白，以前她打我，我不还手不是因为打不过她。她似乎不知道该如何表达内心的感激，踮起脚直接想用吻来表示，但是那个吻给我的感觉却不是一阵湿润，而是一阵眩晕。

等我回过神来才知道那个并不是小虾米的吻，而是男人的拳头。因为刚才的路飞附身都是自己瞎想的，此刻的我正躺在地上让他们围殴。

说来也奇怪，工作人员不拦着也不报警，小虾米似乎也没扑上来挡在我上面，看来电视剧都是骗人的。可能是一伙人终于打累了，又骂几句就散了。

更让我郁闷的是，当我起身要关怀下小虾米时，竟发现她坐在旁边的椅子上跷着二郎腿，合着这丫头全程都在看表演啊？

也许我误解了，人心怎么可能这么坏。我走过去试着关心一下小姑娘："哥替你挡了一架，你要怎么感谢我？"

"感谢个屁，谁让你多管闲事！"

"你恩将仇报啊？"

"是你这个变态闲着没事干，非得来搅和我的事。"

我愤然："我不过来帮你，躺地上的人就是你了。"

小虾米并不领情："我乐意。"

我都无语了，碰到这样一个不光凶神恶煞，还蛮不讲理、无理取闹、不分黑白是非、简直一无是处的女人，我真的倒了八辈子霉。

"行，你自己乐意去吧。下次再遇到这种事，我要是再帮你，我就是变态，再见！"说完，我转身气冲冲地走开了。

没想到，小虾米还补刀一句：“拜拜，死变态。”

回家的路上我在想，下次再碰到这个凶神恶煞，我一定要躲得远远的，看到她从来就没有什么好事。最可恶的是，我还白白挨了一顿打，找谁说理去？

可谁知道我刚一走到合租屋门口，小虾米赫然出现在我眼前。

（3）

我双手蒙住眼睛说：“我当没看见你，你走吧，见你一眼我就感觉全身晦气。”

小虾米说：“你以为我想看你这死变态啊？看见你我就恶心，我是过来还你这个的。”

“你不用给我钱，那顿打我认了，我们两不相欠。”

“谁给你钱了？你想多了，是这个，你看一眼。”

我拿开手睁眼一看，竟然是那枚戒指！

“虽然你是死变态，但是晚上的事让我觉得你应该也不算特别渣。这枚戒指是你掉的，我想应该是你求婚用的，现在还给你，祝你幸福。”说完，她把戒指塞我手里就准备转身离开。

“等下，什么叫我是死变态，也不是特别渣？本来我就一顿子火，因为不想见你，所以没跟你计较，现在老子还不想就这样算了。”

谁知道小虾米比我更嚣张，直接大声喊出来：“我怕你啊？你想怎样？你说！”

我这个铁骨铮铮的男子汉怎么能认？于是开口说：“喂，你说话能不能别这么冲？”

谁知道小虾米变本加厉，更大声道：“不能，谁让你欺负我。”

此时，一束手电筒光照射过来，是巡逻的保安大爷。

一看有人来，小虾米直接号啕大哭。

我的天啊，她又想演哪出？

大爷停下自行车，赶紧跑过来好言相劝：“大晚上的小两口有话好好说，床头吵架床尾和，没有什么过不去的。”

小虾米还在大声地假哭，大爷拿着手电筒照着我，语气很坚定地说：“你一个大男人还欺负一个小姑娘，多不像话啊，快哄哄。”

什么鬼，怎么又成了我的不是了？

“大爷，她不是我女朋友，我们……”

我还没解释清楚，小虾米就哭得更大声了：“我不是你的女朋友是谁的，把我睡完就不要我了。”

我直接傻了，大爷非常严肃地瞪着我，厉声说：“小同志，这就是你的不对了。身为男人就要负责任，你一定要珍惜身边人啊，别觉得自己年轻可以一片桃园。现在男女比例不协调，你不要人家姑娘，后面还有很多同志过来追的，到老了你会后悔的。这事大爷最有发言权，别像大爷我一样，现在还是光棍一个。”

这几句话让老大爷顿时有种唐僧即视感，我连忙拦住大爷不让他继续说：“大爷，我懂，我哄。”

“这才像话嘛小同志，那你们好好聊聊，大爷我先走了。”

说完，大爷骑着自行车屁颠屁颠地走了，留下一脸愤然却只能非常无奈地看着小虾米一脸得意微笑的我。

我咬牙切齿地说：“我真想生吞活剥了你。”

“来呀。”

我：“……”

“我给你机会了，可你不剥我，那姐真的走了，再见。”说完，小虾米朝我吐了吐舌头。

看着小虾米离开的背影，我欲哭无泪，我想我上辈子一定偷吃了她家很多米，否则这辈子怎么什么都得还？

回到合租房，我突然发现有件事不太对劲，戒指我不是早丢垃

圾桶了吗？而且不是被垃圾车运走了吗？怎么又回来了？这到底怎么回事？

难道是那只白色的猫给我带回的？这个太灵异了吧，还是我当时就没丢掉？又或者是我丢错了？我觉得自己脑子不够用了，疯了。

就在我还没想通时，手机响起来了，是新音的电话。她在电话里道歉，说突然生病晕倒了，现在还在医院，于是我和她约好了我明天去医院看望她。

（4）

隔天我早早来到医院，一见到新音就和她聊了起来。之前买的礼物我并没有带过来，但我如实跟她交代了自己之前的所作所为：“之前为了讨好你，我查了很久你的资料，买了你最喜欢的马蹄酥、佐助限量版手办还有公豆咖啡。但来的时候我想了想，还是没有带过来。平时送你东西的人一定很多，所以你也不会太看重这些，我还是靠其他技能获得你的信任吧。”

新音笑了笑说：“你不会是要你说靠的是颜值和才华吧？”

我诧异：“你怎么知道我想说这个？”

新音说：“上次我找你要授权肯定是认真看了你的作品啊，你通篇想表达的只有两个字。”

“哪两个字？”

新音说：“自恋。不过你还是有才气的，作品里很多细节都做得不错，有些地方甚至能看出有六十年代上海美术电影制片厂做的《大闹天宫》的风格。”

“你这是给我一棒槌后再给我一颗糖。说到《大闹天宫》，有个事想请教你下。”说着我拿出手机，翻出之前那张仅剩的孙大圣国漫照片递给了她，我继续说，“这是我中学时看到的一本国漫杂志，里面连载了一部叫《大圣传》的漫画，后来杂志因意外丢失了，

只剩下当时拍下来的这张。我之所以走上画画这条路，都是因为这个。这些年也一直在寻找这个漫画的作者，却怎么也找不到，不知道你了解吗？”

新音仔细看了看说：“作品画得很扎实啊，是八十年代末的国漫风。不过那时候我还在读书，估计不认识作者。现在这本杂志也停刊了，当年我还供稿过，很可惜……”

我叹了叹气说：“好吧。”

新音说：“不过我认识原来的主编，待会儿我把他的联系方式给你，你可以问问他。”

突然有了线索，我兴奋地道谢。

随后新音就我的作品跟我深入交谈了一个多小时，而我也本着不耻下问，不对，是“三人行必有我师”的态度跟她求教漫画创作的技巧。

“你画技勉强还可以，就是不太会讲故事，我看了你那么多作品，唯一一个有亮点的就是逛青楼那个。”

听到这儿，我第一时间想到的是以后要跟我那过气的网络作家死党胡萝卜合作讲故事。

“好吧，下次我找个搭档。”

“对，本来画漫画就需要团队协作。”

我们两人越聊越投机，我也开始大胆地批判新音的不足：“不过说实话，其实我很喜欢你早期的画风，比较唯美，有新海诚的风格，但是最近几年，你的画风似乎突然有点悲伤系的感觉？”

新音迟疑了下说：“大概是因为男友离开。”

我心直口快地说：“这年头怎么什么都要跟前任扯上关系啊？唉，有时候我觉得前任就像一坨狗屎，你好不容易丢了它，随着日久天长，它就风干在地上了，可总有一些时刻会想不开想去舔它。”

新音叹了口气说：“说是前任好像也对，毕竟我们分开的原因

是他去世了。”

“啊？对不起。”

新音勉强一笑说：“没事。”

说完她转头看了看窗外的雾霾天，心情显得更加沉重，她迟疑会儿继续跟我说：“那天晚上他跟我求婚，我答应了。可他给我戴戒指的时候发现戒指买小了，我不介意，但他非要让我等下说要跑去换。可是我怎么等也等不到他，再次有他的消息是一通告知他死讯的电话。”

新音说着，眼泪就落了下来，我连忙递给她纸巾：“对不起，勾起你的伤心事。”

新音擦拭了下泪水，摇了摇头说：“没事，我一直不敢提这事，现在说出来心里舒服多了。也许你说得对，这些年，前任在我脑子里挥之不去，经常会做梦都梦到他，明知道一切都不可能了，但是我还是忘不了他。”

“一切都过去了，你应该向前看。”

她继续说：“我知道，朋友也都在劝我。这几年我情绪也比较稳定了，微信里取消了他的置顶，有新的消息发过来，他的位置就会越来越靠后。但他始终在我的通讯录里，那些翻不完的聊天记录，都是美好的往事。我还是舍不得删除他，有些时候忽然看到这些聊天记录和图片，都会哭得很厉害。”

不知道为什么，她这个生活细节忽然在我心里敲击了下。记得当初分手后，我也是取消了杨杨的微信置顶，取消了置顶后看着她的微信名就慢慢沉下去，可有时候我又拉到下面去翻看跟她的聊天记录。

不过我不能跟她感慨这些心酸的回忆，于是就给她讲了一个小故事：“之前看到过一个故事，说一棵树爱上了马路对面的另一个棵树。然后就没有然后了。很久以后我才懂，不可能的事，开始就

是结束。”

“嗯？”

我继续说：“所以你要做的就是，像处理小时候那些穿不了又舍不得丢的衣服一样，把它们藏在柜子深处，仅供回忆。”

“真的可以？”

我笑了笑说：“是的，因为人人心中都住了一个不可能的人。”

说完后，我又联想到自己，想到离我而去的杨杨。不知道为什么，此时她劈腿的事，我已经不在乎，关于她的回忆全是美好的。我也多少次问自己，我真的能放下她吗？

新音点头认可：“可是说也奇怪，不知道为什么，我在梦里每次都梦到他换好了戒指，没有出车祸，但是戒指却丢了。是不是冥冥之中注定了我们不能在一起？”

“日有所思，夜有所梦。弗洛伊德不是说了吗？梦是人的潜意识，可能是你平时太过在意这些，所以这些都在梦里体现出来了，你不用在意，是你的总会出现的。”

我一说完忽然觉得有些不对劲，我好像从前任博物馆带出来一个戒指，而且自从有了这枚戒指后我也经常做着奇怪的梦，梦里也是一场车祸，那个男子一直拜托我把戒指……难道，这些是真的？

想到这里，我赶紧从包里取出戒指递给新音，她诧异地看了我一眼，然后把戒指拿过去戴在手指上，戒指大小刚好合适，新音顿时泪流满面。

（5）

很多时候我不相信宿命，我更相信这一切都是巧合。是我刚好捡到一个她能戴的戒指，然后顺水人情把戒指送给了她。

而新音似乎不那么认为，她相信这就是冥冥中的物归原主，她相信这戒指就是她去世的男友要送给她的求婚戒指。

戴上戒指后她告诉我，她答应他以后会好好生活，以后会幸福。

我一头雾水，但是看着她幸福的笑容，我多少也有些欣慰，更主要的是，我不仅丢掉了一个“戒指噩梦”的包袱，还顺利跟她达成了版权合作，什么转正提薪都是小事，花姐姐信守承诺提拔我当了小组组长。

组长也是干部，虽然整个组只有我一个人，但新官上任必须烧起三把火，必须招兵买马大干一场。不过我又想起了新音的建议，确实，讲故事是我的弱点。

我必须得找一个会写故事的搭档。我把这个告诉了胡萝卜，恰好他也很想在文学创作上更进一步，于是他咬咬牙辞掉了最有前途的工作——小区保安，加入我的小组。

同时，本着互帮互助的兄弟情义，他住进了我的合租房，抢了我的床，占用了我唯一的二手电脑，并开始创作一篇关于山海妖怪的网络小说。

我问：“老胡，你不是以我为原型在连载小说吗？这么快就完结了？订阅量多少了？”

胡萝卜愤愤地说：“你别提了，都怪你跟那大胸小萝莉没有任何进展，读者都在抱怨我都写到第三章了男女主都还没滚床单，让我负分滚出，然后就扑街了。”

我诧异地问：“什么鬼，现在读者是不是霸道总裁文看多了，没有‘肉’就不看了吗？不对，你说谁是女主角？”

“大胸小萝莉啊！”

我傻眼了：“我都不知道我的另一半在哪儿，她怎么就是女主角了？你怎么搞的？”

胡萝卜一脸怒其不争地说：“谁说男女主角就一定是 happy ending？在我的故事里，天下所有有情人都成前任，或者都是离散

多年的兄妹。反正故事都用一个流星砸向地球完结了，你也不用操心了，这次的新故事我构思很久了，准备大干一场，写一部像马丁老头的《权利的游戏》一样，吃一辈子的大作。名字我都想好了，叫《山海御龙》，你就安心等着哥成大神再膜拜吧。”

“万一你成不了神怎么办？岂不是天天在哥这里混吃混喝？”

胡萝卜拍了拍我的肩膀说：“放心，以哥的天赋短则三两个月，长则四五年必成大器。你要是不放心的话，我可以再给你写个欠条什么的。”

“少来，从大学认识你到现在你没少写欠条，一次都没兑现，最后搬家你还把欠条烧了。”

胡萝卜举双手投降：“我真不知道那是欠条，还以为是前任爱情遗物。”

“别扯，你的前任爱情遗物都挂网上当二手货卖了，别以为我不知道。”

被拆穿后他马上嘿嘿笑起来：“我这不是辞掉前途一片光明的工作，跟兄弟一块打天下嘛。”

“前途光明的工作，指的是小区保安？”

“小区保安怎么了？这就是你不懂了，我所在的地方是富豪区，那里可是一片桃源。在这两年时间里，我可交过两个女朋友，现在跑你这儿来，简直就是从蟠桃园到吐鲁番盆地，天天闹饥荒啊。”

我踢了下他坐着的椅子说道：“你不感恩戴德，怎么还一脸委屈啊。”

胡萝卜说：“我哪儿委屈了，还不是你叨叨叨。”

我被绕晕了：“合着最后还是我的错，行吧，我说不过你，刚好主卧的两个小夫妻退租了，我们努力赚钱，把主卧租下来，一人一个房间。”

胡萝卜反驳说：“还租什么主卧，浪费钱。我们住一个房间多

好啊，反正你现在被前任抛弃了，我和你都是一个人，凑合着一起住吧。春天一起梦见美女，夏天有人搓背，秋天一起开黑王者荣耀；冬天有人暖床。”

“老子才不跟你一条被子，这样下去没被你掰弯还好，万一哪天哪个姑娘过来看到了，还以为我们‘断背山’呢。万一再给我起个‘东方不败’的称号，老子找谁说理去。”

胡萝卜一脸委屈地说：“哥们又不是‘断背山’，我说的是回到大学宿舍，体验集体生活的日子。”

“信你才有鬼。”

“反正就是省点钱的意思吧，这么多年的兄弟了，你知道哥有多直！”

“直个屁，你不是说你‘左卧龙’吗？”我笑了笑说，“好了，不扯这些。床就这么大，如果是加一个姑娘还能勉强，但是加一个男的，那清晨起来的时候帐篷也撑不开。公平起见，我们轮流睡客厅沙发。”

胡萝卜说：“这个靠谱，万一我睡客厅的时候带姑娘回家，你记得别出门就行。”

“滚，你那边快被淹死，我这边闹旱灾呢！”

胡萝卜笑了笑说：“哥们儿跟你说过多少遍了，失恋并不可怕，你只是失去一段感情，而她失去的是一辈子对她好的人，算起来亏的并不是你啊。”

“别拿网络段子给我灌鸡汤了，你不懂。”

“不懂个屁，你怎么就这么死心眼？撩妹三板斧也教你了，走出前任阴影最好的方法就是赶紧进入下一段感情。赶紧把你心里的那条饿狼放出来吧，关久了会憋坏自己的。”

我没有回应胡萝卜，找了个借口去洗手间。坐在马桶上，我看着前任留下的耳环静静地想着，在这个快节奏的时代，对于我们来

说东西坏了就要换掉，而非重新修补，因为换一个更省时省心。可是东西坏了并不一定非要换，因为它是可以修的，修一修就好了，为什么非得换呢？同理，情感也是如此。所以最美好的爱情，就是不要让对方成为前任。

这段日子，我一直忘不了杨杨，是因为在我的潜意识里我始终认为她还是我的女人，但是她已经跟别的男生过上了她想要的幸福生活，不会再回头，这些我非常清楚。

可是当别人再次提起她，再次看到她留下的东西，我就会情不自禁想她。就像我跟新音说的那样，我的心里确实住了一个不可能的前任。

也许，前任，你来过我的世界一下子，我却记得一辈子。

（6）

由于近期文案都阅读量相当高，开始有广告商过来谈植入合作。一大早到公司，行政妹妹就和我说有一个客户在会议室等我。

我忽然想起昨晚花姐姐微信告知我这事，一看时间，我竟然迟到了十分钟，于是赶紧冲进会议室。一推开门，看着眼前的人，我心里一惊，竟然直接叫了出来：“黑寡妇？”

她也吓了一跳，但还是站起来笑着说：“蓝皮鼠！”

“黑寡妇”是我大学的学姐，本名叫茹静。当年她是学生会文艺部部长，负责接待新生。遇见她的那天，天气燥热，由于她本人比较傲娇，基本上不怎么待见新生。

而我当年第一次从南方到北方读书，又是自己一个人坐火车过来，对环境比较陌生，于是一心想着快速融入集体，在了解她是南方人后就十万个为什么不停地追问。结果，把学姐问急了，她直接摔杯子走人了。后来她想想觉得自己挺没礼貌的，于是在当晚就请我喝了杯奶茶。我们开始一起吐槽豆腐脑可以是咸的、馒头可以从

零食变成主食、粽子竟然可以又小又甜……从那以后，我们成为了好朋友。

至于为什么叫她“黑寡妇”，那是因为她常年穿着黑色衣服，而且是紧身款。学姐是身高一米七的霸气狮子女，凹凸别致的身材，就像是小时候看到的从清澈的溪里走出来的水牛一般性感。

当时我很崇拜斯嘉丽·约翰逊，所以就私下给学姐取了同款外号。后来我们一起组团参加话剧比赛时，我跟她说了这个秘密她也不介意，反而欣然接受。当然，为了报复我，她也回敬了我一个“蓝皮鼠”的外号。同时，她也问了个一直想问我的问题。她问：“一直想知道，你到底是不是 gay 啊？”

我简直无语了：“你怎么想的？难道真是腐女看道德世界全部弯吗？学弟我是直得不能再直的美少年了。”

“那好，算学姐误会了，那你能不能当我的男闺密？”

“虽然说闺密是那种最容易打入敌军内部的身份，但学弟可是一个很 MAN 的男人，怎么能当男闺密呢？笑话！”

黑寡妇说：“当我男闺密，我请你喝一个礼拜的奶茶。”

我冷冷地笑了，身为一个霸道幅天蝎男，我怎么能屈服呢，于是我说：“低于两个礼拜免谈。”

她笑着说：“成交。”

成为她的男闺密后，我们真的无话不谈，哪怕到了大二最忙碌的时候，她都会过来找我聊一些少女心事。

虽然学姐是一个霸气的御姐形象，平时叱咤风云，可是到头来还是一个人。大一时还有几个学长追她，到了大二大三，身边的男人都对她敬而远之，她都不知道是自己太优秀还是被嫌弃，所以，每次她想不通的时候，总会约我到篮球场的台阶上看球、喝奶茶、聊天。

我说：“学姐，其实你终究还是一个女子，还是需要一个男人

来陪伴的。”

她迟疑了下问：“那你当我的男人怎么样？”

我将嘴里的奶茶喷了出来，不敢抬头看她，只能低头说了一句：“不好意思，我有喜欢的人了。”

接下来的日子我就跟杨杨在一起了，学姐再也没来找过我。后来，我听说她考研考到北城了。

虽然我也在北城工作，但是因为跟杨杨在一起，我又不想让杨杨误解，也就没再找过学姐。

多年后重逢，看着和当年一样穿着一身黑衣服的学姐，我才发现她的身上早已没有了当年的稚气，迎面扑来的是一股成熟的诱人气息。记得钱钟书在《围城》里有一段情节是这样的：方鸿渐和鲍小姐温存一夜醒来后，觉得这一夜睡得很美，所以认为睡觉是“黑甜乡”，又想到鲍小姐皮肤暗，联想到黑而甜的朱古力糖，可以叫她“黑甜”。

那么按照这个说法，学姐是否是那种奶油夹心巧克力糖呢？

合作谈得也非常顺利，结束后她如当年一样约我去喝奶茶。

一坐下来学姐就问：“你跟杨杨怎么样了？什么时候请学姐吃喜糖？”

我笑了笑说：“让学姐失望了，我们分手了。”

“为什么？”

我迟疑了下，叹了口气说：“还是因为不合适吧。踏入社会后我们两人追求的东西不一样，所以后来我就提出分手了。”

学姐一脸惊讶地反问道：“你提出的分手？”随后她沉思了下又说，“我不信。虽然我们有段时间没联系，但是我不相信你会是那么轻言放弃的人。跟学姐你还不说实话吗？还是怕我又追你？”

“我……好吧，是她跟别的男人好了。”

学姐又如当年一样，摸了摸我的头发安慰我说：“不怕，有学姐在。”

“喂，虽然你是学姐，但是我们都这么大了，你还这样摸我头，就搞得好像我是你养的宠物似的。”

学姐笑了笑说：“我也不知道为什么，总是情不自禁地就摸你头了。不过这些年除了你，我真的没再摸过别人。”

“真的假的？你一直单着没对象？”

学姐鄙夷地看了看我说：“我是说摸头，不是摸男人，学姐身边男人一大把。”

我笑了笑说：“也是，现在你都是高管了。”

谁知道学姐冷笑下说：“那有什么用，不还是嫁不出去。”

我纳闷：“你身边不是男人一大把，怎么就嫁不出去呢？从里面挑一个就好啊。”

学姐看了我一眼说：“你还是老样子，这么可爱。”

“我明白了，就像之前看到一个诗人写的一首诗一样：‘一把钥匙开一把锁，一盏灯思念一个人，我们缺的不是遇见，而是合适’。”

学姐喝了一口奶茶，没有回应，表示默认。

李志的《天空之城》，衬得奶茶店的灯光多了点灰暗，就像是有很多诉说不完的往事划过了天空，停靠在回忆的海岸线上。

我转头看了一眼学姐，看到的是那么成熟美丽的侧脸。大学时期我们在一起喝奶茶的无数个夜晚，我也觉得她很美丽，但是那是一种如远方一样遥不可及的美丽，我不会想拥有她，所以我情愿陪伴在她身边当她的学弟，让这段友谊无限期地保鲜下去。

而物是人非事事休的今天，我们分散后又重聚，会如何延续这个故事呢？也许，我们喝着奶茶，听着民谣，彼此谈心交流，便是人生最好的旅途；又或许，岁月是块香香的肥皂，为了“菊花”的安全，丢掉的时光你永远也别去捡回来。

回到家里，我和学姐互道晚安。凌晨两点，她给我发了一条微信说睡不着，我看着手机愣了十几秒，没有回复，可是我失眠了。

（7）

胡萝卜说得对，走出前任阴影最好的方法就是赶紧进入下一段感情。我是失恋了，但是我会把原本对前任的好加倍给下一个恋人，算起来亏的人是前任。

那个不可能在一起的前任住在了心里，她成全了我的过去，但不代表她就占有了我的未来。

到了天亮，我终于下定决心告诉自己，无论如何我一定要走出去试试，随即我起身把床柜上的前任耳环收进盒子里，拿起手机给学姐发了一条微信，约她下班后见。

她很快回复：好。

下了班，北城雾霾严重，目光所及之处一片白茫茫，我担心我们出来见面变成了“聚众吸毒”，就发微信问：雾霾已攻破北城，还见？

她还是秒回：不顾一切。

很多时候我们都应该珍惜秒回的人，我觉得我真的需要给自己一次机会。

我：晚上去哪儿吃，你想吃什么？

学姐：来我家，我已经开始做饭了，也给你煲了你最喜欢喝的玉竹枸杞老鸭汤。”

我回复了一个微笑的表情。

开门后，看到学姐扎着马尾和脸上扬起的微笑，我仿佛瞬间回到了那个单纯的年代，情不自禁地说了一句：“学姐你很美。”

学姐笑了笑说：“这话怎么听着有点小流氓的味道呢？”

“你别误会，我是真心赞美。”

“开玩笑啦，你赶紧进来。”

学姐依然是一袭黑衣，连围裙也是黑色的。我开玩笑地说：“学姐，难道你所有衣服都是黑色的吗？没有其他颜色吗？”

“肯定有啊。外套是黑色，里面是其他颜色啊，浅蓝色、粉红……”说完，学姐发现自己心直口快了，害羞地回避了下。

“哦，我懂了，是……袜子。不过，袜子粉红色一定很可爱。”

学姐扑哧一笑，说：“不过今天暖气供应不足，你一提袜子，我的腿还真有点冷，我穿条长袜你不介意吧？”

我笑了笑：“介意什么？你忘记大学话剧比赛的场景了吗？当时时间来不及，还是我帮你拉着帘子让你换道具服的。”

学姐笑了笑说：“我时常怀念大学的时光。”说完她从抽屉里取出一双长袜，我是回避也尴尬，不回避也尴尬。

看着她俯下身穿长袜的样子，我瞬间明白，女人这一生有两个姿势是最好看的。一个是午后的课堂，她坐在夕阳西下的窗台旁，手托着下巴，长发像是月光一样铺散开来；另一个就是一脚沾地一脚抬起穿长丝袜的姿势，这姿势把女性特有的性感曲线全部展现出来，配着长腿屈伸，有如武夷山的九曲溪美妙。

穿完后她站在我面前，笑了笑说：“怎么了，看呆了？”

“没、没，只是……”

“好啦，赶紧吃饭吧。”

看着满桌的佳肴，我十分诧异。

“学姐，我记得你不会做饭啊。”

她说：“我这么心灵手巧，早上上网查查，买好配料，一个下午就学会了。你试试味道，这是你最喜欢吃的青椒炒鱿鱼。”

说完她给我夹了一块鱿鱼，我本以为要哭着咽下去，没想到还真很好吃，隐约有家乡的味道。

“哦，忘记你是饭前喝汤了。我先给你盛汤，桌上还有你喜欢的虾和猪蹄，你先试试。”

“学姐，我自己……”还没等我说完，她就往厨房走了。

胡萝卜曾对我说走出失恋的方法就是快速进入到另外一段恋情，而眼前的学姐，我们从前就十分投机，如今重逢依然如初，是否是我最合适的人选？

吃完饭后我主动去洗碗，学姐说她下载了我最喜欢的意大利导演托纳托雷的新片《最佳出价》，到时候一起到房间看投影。

走进厨房洗碗的时候我着实诧异了下，看到一袋袋废弃的食物，我便知道她是失败了多少次才做好了这一桌菜。所以，这一整天她并没有出门，而是把时间都用在做饭上。想到这里，我内心一阵暖流。

我忽然明白了一个很简单的道理：除了珍惜秒回你的人，也珍惜为你学会做饭的人。

洗好碗后，我走到学姐的房间门口敲了敲门。

“进来吧。”

开门那一瞬间我却有点紧张，阿里巴巴在芝麻开门后发现一堆宝藏；至尊宝开门后得到了盘丝大仙；陶渊明开门后发现世外桃源……而我开门后看到一片远方，有山有水，还有月亮。

有一个流氓诗人曾这样写过：“姑娘，你躺下去是山水，坐起来是菩萨。”

按照这个说法，此刻半卧在床上的学姐是桂林的山水，看到我推门而进后她坐起来的样子又是度我的菩萨。

所以，姑娘是菩萨，喜欢你是我最高的信仰，喜欢我是你最大的慈悲。

看到房间没椅子，我还傻兮兮地问：“我们坐哪儿？”

学姐迟疑了一下，随后说：“我们就坐床上看吧。”

于是我慢慢地挪步走到床边坐了下来。

不知道为什么，看电影的时候我忽然想起小学时学校组织一起看《地雷战》，因为观看的班级特别多，所以班主任特别要求所有学生必须坐得笔直，不能给班级丢脸。

由于我是班长，坐在前排，不远处就是校长，于是影片播放过程中我都是挺直腰板，双手放在膝盖上。而此刻我跟学姐坐在一起也是如此。

随着影片的深入，学姐离我的距离似乎也越来越近。

耳边似乎能感受到她急促的呼吸，我瞥了她下，能清晰地看到月光透过窗帘折射在她脸上，勾画出的模样像是初升的月牙一样隐隐若现，伴着她胸前缓缓起伏，我竟如痴如醉。我忽然发现自己的脸上似乎有点发热。

学姐突然转过来看我一眼，我连忙看向影片。

她笑了笑说："还记得大学的时候我们经常坐在台阶上彻夜聊天吗？"

"时常想起。"我回答。

她看了我一眼，然后笑了起来。

我继续说："记得当时我们无话不谈，记得当时烟城的海风有股酸涩的味道，记得当时的月亮很圆很美。"

学姐说："是不是文艺青年表达喜欢的方式都是说月亮很美？"

我愣了，突然不知道该怎么解释。

她看出来了，善解人意地打趣说："我跟你开玩笑啦，你别当真，何况后来你有女朋友了。"

其实，当时我对她更多是一种仰慕。虽然内心有些许喜欢，但总觉得高攀不起，所以未曾有非分之想，只是单纯地想当她一个非常要好的异性朋友。

而现在我心如乱麻，时隔多年，我真的会喜欢上眼前的学姐？

接着她又说了一句：“你知道我当时为什么非得请你喝那么久的奶茶吗？”

我笑了笑说：“难道是因为我人神共愤的才华和颜值？”

“这么多年了，你还是那么自恋。”

“本来就没人恋，再不自恋点那岂不是可怜死了。嗯，说回来，当时为什么请我喝那么久的奶茶？”

“因为喜欢你。”

突然被表白了我有点惊慌失措，不过我转瞬似乎又明白了。她说的是当时，不是现在，可为什么她还旧事重提呢？

正当我犯难时，学姐突然吻了我一下，我惊讶地看着她，她却含情脉脉地看着我。

我看过无数个电影镜头，接下来的剧情应该是男主二话不说直接封住女主的嘴，然后两人顺势倒下，像水蛇一般缠绵。

可是现实真的跟电影不一样。我跟傻子一样愣着，没有进行下一步，脑子一片空白。

“叮……叮……”此时，一阵手机铃声打破了我们此刻的僵局，我拿起来一看，打来电话的竟然是凶神恶萝莉——小虾米。

她怎么会有我的手机号，怎么在这个时候给我电话？

按了接听键后，只听到她在电话那头喊着：“死变态，谁让你多管闲事。我告诉你，三十分钟内出现在我面前，如果不出现，我就从二十八楼跳下去。”

什么情况？我愤然挂上电话。

学姐看了我一眼问：“女朋友？”

我摇头说：“不是，一个扫把星。”

“那就不用搭理。”

我打断说：“可是她说要跳楼。”

学姐反问：“是不是你抛弃了人家？”

“我……真不是，我们根本不熟。”

学姐笑了笑，过来握住我的手想缓和下气氛。

谁知道此时手机铃声又响起，我接起来正要大骂：“哎，我说你这人……”

小虾米也不管我说什么，抢着喊：“听到没？这是汽车的声音，我已经在天台上了，再不出现我真跳下去。”

来真的啊？人命关天啊！我傻眼了：“你别冲动，把地址发给我，我马上过去。”

挂上电话后，我跟学姐道歉，表示要先离开。

她笑了笑说：“没事，你先去处理吧，我等你。”

说完我满是歉意地抱了下她，走时忽然想起纳兰的饮水词：辛苦最怜天上月，一昔如环，昔昔都成玦。

而我真心不舍得离开这温柔乡。

第四章

得认命，遇见你就像肥尾效应

（1）

怎么回事，电梯竟然迟迟不下来？眼看时间来不及，我只得愤然爬了二十八层。

我到了天台，除了看到一对情侣在做热身运动，并没有看到小虾米。这家伙不会真的跳下去了吧？

我被吓得赶紧打电话试试，结果这凶神恶萝莉竟然在一层，而且还是坐在咖啡厅里，于是我又风尘仆仆地杀到一楼。本想着她应该是被人解救后在咖啡厅里哭泣，没想到她竟独自一人跷着二郎腿，优哉游哉地在那儿喝着咖啡。

老子舍弃温柔乡过来拯救你，你却在这里喝咖啡，这不是玩我吗？我气呼呼地走过去，正要打开机关枪跟她大吵一架，一个背包就砸了过来。

千真万确，那背包是小虾米丢过来的，而且是一个巨重无比的包，里面装的是铁还是炸弹啊？

“走，还债去。”说完，她拉着我走出咖啡厅。

“喂，你搞什么鬼？你一会儿要跳楼，一会儿要还债，到底想怎样？”

“老娘想清楚了，跳楼成本太大，万一砸坏了别人的花花草草就不好了。把这债还清了，老娘还可以潇洒过活。”

“什么债？”

“去了你就知道了。”

我郁闷：“你还债关我什么事？”

我还没弄清楚，她就打算把我拽上车，一个大男人哪能让她就这样拽上去？笑话。

我一个反抗，她直接铁砂掌伺候，我怒了再反抗，她再来一个铁砂掌。好了，我不怒了，自己进去。我正要做最后的反抗时，她也坐上来了，又给我一记铁砂掌。

我安静了……

没想到，她带我见的人竟然是上次酒会碰到的富二代。

此时小虾米突然挽着我的手跟他说：“上次没机会好好介绍，这次我们正式认识一下。”说着她指了指他，跟我说，“这是我前男友。”又指了指我说，“这是我家亲爱的。”

我傻眼了，合着我被她当枪使啊！

不过想着上次似乎阴错阳差破坏了他们的事，这次就当补偿吧。我故作镇定地伸出手说：“嗯，你好，前男友。呃，搞错了，你好，亲爱的……”这是什么跟什么啊？

他也没搭理我，矛头直接对向小虾米：“你怎么能这么自甘堕落？随便找一个人就在一起了，什么品位？”

靠，怎么说话呢？我正要反驳，小虾米又抢先说了：“是的，他没你有钱没你帅，但是他懂得陪我。真正的爱情并不是用手包换来的，你懂吗？”

虽然小虾米平时咋咋呼呼的，但关键时候说话还挺有道理，符合我的三观，除了那句“不如他帅”。

“行，我不跟你争这个，来谈谈‘黑比’的事。”

我还没反应过来“黑比”是什么鬼，小虾米就发飙了：“志贤，你跟我见面就只为这事？”

“那还有其他什么事吗？该说的我们已经说得很清楚了，除了那辆跑车，我妈妈说不能给你，但是包和首饰，每一样我都留给你。”

“你怎么什么都是你妈说你妈说？你到底是要跟你女朋友过，还是在跟你妈过？”

志贤显得很不在意：“现在再争这个还有意义吗？”

“行，你是妈宝你牛，那你还找我干吗？‘黑比’又不是跑车，不是两清了吗？”

“黑比”到底是什么，竟然比跑车还生猛？

只听他突然有点忧伤地说：“毕竟‘黑比’是我养大的，也是我唯一养过的狗。”

原来“黑比”是狗啊！

多年后我问小虾米为什么把狗叫“黑比”，小虾米说因为它的鼻子是黑色的啊，我听完简直一脸蒙。按这个道理讲，那全世界的狗都能叫“黑比”呀！

他继续说道：“对它，我还是挺有感情的，所以你能不能把它给我？”

我在一旁听得耳朵都起茧了，这个男的是怎么想的？合着小虾米还不如一条狗？要不是看他有一个有钱有势的妈妈，真想给他一巴掌。

小虾米也生气地说：“‘黑比’是我买的。”

“那你开个价吧，我买。”

我终于忍不住说：“你有钱了不起啊，什么都想买啊！”

“十万。”

要不是君子动口不动手，我真想揍他一顿：“你以为我们跟你这类人似的，什么都用钱来衡量。”

“那好，五十万，我可以先转账给你们。”

虽然我顿时有一种被钱砸晕的感觉，但想想，这个叫志贤的人

怎么能说出这样傻的话？两人的感情最后变成金钱买卖，这厮的情商真是够够的了。

眼看着愤怒的小虾米一把拽过我背着的包打开，然后把里面的东西倒在地上，里面全是她的首饰和化妆品。我心想：这一地得多少人民币啊？

“‘黑比’我是不会卖的，老娘不是虚荣的女人，这些都是你送我的礼物，我全还给你。”

这下子变成他傻眼了。小虾米继续说：“另外，我去酒吧打工是我靠自己的劳动生活，你叫你那帮狐朋狗友别再来烦我，不然，下次我就不会那么客气了。还有，上次你的朋友打伤我男朋友，这个包我留着，当他的医疗费。”

说完小虾米把包塞给我。我内心一万只草泥马欢快地奔腾而过，我一身伤，赔给我一个包包就敷衍了事啊？

等一下，我似乎想明白了一件事：跑车是她前任的，酒吧是她近期找的工作，那群人是她前任的朋友……看来我一直在误解小虾米啊。

原本我还想着多要点医药费，但是身为一个经历过风风雨雨，已经到了而立之年的老腊肉，我决定真真切切地扮演她的男朋友，狠狠教训一下这个只会投胎的妈宝男！

是的，跟这种人讲道理是没用的。流氓动手不动口，我一把揪住他的衣领狠狠地给了他一拳，直接把他干趴在地。

那厮也不服气，跌跌撞撞地站起来后也准备还击，可他哪会有我快？我抬脚正要踹过去，谁知道地滑，而我因为平时训练太少，直接摔倒在地。

眼看这妈宝男就要打过来，千钧一发之际，小虾米双手张开，挡在我们中间。她说：“他这拳就当是你还我的，你走吧。”

小虾米这段话我不是很懂，仿佛他们之间还有其他难以言喻的

事情。

妈宝男看了小虾米一眼，愤愤地跺了下脚，把地上的首饰捡起来，又愤愤地离开了。

看着他远去的身影，我正准备跟小虾米理论一番，谁知道她竟然瘫坐在地上哭得一塌糊涂，嘴中含糊地骂着：“你这个王八蛋，说好的在一起一辈子永不分开的，你就是王八蛋。”

我听得一脸蒙，但转瞬就明白了，这大概才是真实的小虾米吧。

是的，她在人前可以无底线调皮，甚至在前任面前也可以表现得很骄傲很要强，但是当前任离开时她还是会哭得一塌糊涂。

其实，我们每个人又何尝不是这样呢？前任是一个情结，无论那人离开多久，在我们心里总会留下一个印记。见面会吵翻天，但看到离开的背影，就会想冲过去抱住那个人不让他离开，却再也鼓不起勇气。

哎，小姑娘也不容易。我心里默默想着以后还是不欺负她了，嗯，只撩不欺负。

小虾米哭着哭着就躺地上了，我拉都拉不起来。

“小伙子，你怎么可以这样欺负你的女朋友？要对她好点，赶紧抱起来哄哄。”

我转头一看，说话的是一个热心的大妈。我刚想解释，小虾米哭得更凶了，我只得点点头，然后赶紧伸手去抱她。

不知道她是真的哭得厉害，还是故意折腾我，使劲挣扎着就是不起来。

“小丫头，你认识他吗？如果不认识你就说一声，大爷是这片扛把子，分分钟能叫一批人过来打他一顿，给你主持公道。”又来一个穿戴朴实的老大爷叫嚣着要打我，我赶紧拉小虾米起来想要解释，可是她哭得一把鼻涕一把泪的，怎么也说不出话。

“丫头，你不说话就是默认了，那好，我马上打电话。”

我赶紧阻止大爷说：“大爷你别，她是我女朋友。”

“懂了，小两口吵架闹分手啊。可别这样，分手快乐嘛，别这样影响市容。”

“懂，大爷我懂。我马上哄好，大爷您走好，好好遛鸟。”

大爷横了我一眼后慢悠悠地走开了。

可是他还没走多远，又有一大堆路过的大爷大妈围观，有指着我鼻子骂的，还有很多拿着手机直播的，弄得我简直无地自容。

看着小虾米实在起不来，我也是没办法，干脆也往后一仰，只好跟她一起躺尸啦。

不一会儿小虾米终于冷静了，她站了起来，吃瓜群众也就散了。

我赶紧站起来说：“你恩将仇报啊。”

“我干什么恩将仇报了？我这是痛苦无处发泄，就地哭一场，这样有罪啊，犯法啊，惹你了？”

我气得说不出话，只能瞪着她，只想把她吃掉，让她马上消失。

“瞅我干吗？再瞅我试试。”

我心想还怕她不成，我就使劲瞅着，她敢打我？

“再瞅我就跟你走。”

我实在无语：“我没瞅你，我在看飞机，又一架飞机飞过……”

“得了吧，大晚上哪看到飞机？”

我继续说：“你管我呢，反正接下来的故事我们各讲各的剧情好了。”

“非常好，我也不想在下一集的故事里再看到你。那个包就送给你了，就当是给你的补偿。”小虾米说。

我愤然：“一个包就想打发我啊？”

“怎么，嫌不够？那再给你一百块当扮演假男友的劳务费，我们两不相欠。”说完她直接塞给我一百块，转头走开。

这一百块钱我拿也不是，丢掉也不是，追上去还她又怕再起瓜

葛，心想碰到这凶神恶萝莉真的是倒了八辈子霉了，下次她再寻死寻活我也不管了。

（2）

果不其然，我又陷入那可怕的魔咒，在前任博物馆积攒的运气，一碰到小虾米就全没了，就像是上帝跟我开了一个大玩笑。

我回公司第一件事就是挨骂，因为昨天发的内容犯了很多低级错误，封面和说明文搞错顺序不说，连评论我竟然都给忘记点了，结果被客户投诉，明天又得重新发一条。

学姐重新约我看电影，但我一想到现在的倒霉魔咒，只能用各种理由推托。

谁知道我刚见完客户走出国贸，她竟然出现在大门口。她该不会看我不赴约就过来堵我吧？算了，来都来了，搞不好她的爱心能修补这个上帝的 bug 也说不定。

于是我热情地走过去，看见学姐伸开双臂走过来要跟我拥抱，我赶紧也敞开怀抱迎上去。

嗯？此时，一个老男人抱住了她。什么情况？

原来她不是在等我，她是在跟另外的男人约会，而且还是一个老男人。难道她是既想傍大款又想养小狼狗？我顿时有种被欺骗的感觉。

看着他们勾肩搭背地往电影院走去，我突然有种心凉的感觉。我本以为命运转了一圈让我又遇到了她，结果我遇到的只是一个笑话。

也许人生便是如此。你在苹果园里看到一个很好的苹果，却舍不得摘，若干年后再次回来发现苹果还在，你去取的时候才发现原来这片园子已经被人承包了。

看着不远处华灯初上，立交桥车水马龙，就像是黑白电影落幕

的结束曲一样渐行渐远。我强忍着泪水，想了下，好像没必要哭，于是拍了拍衣裳，转身离开。

回到合租房里，胡萝卜打来电话说今晚加班不回来了。

我还天真地问：“是不是找了兼职，想要分担房租？”

他回了一句：“在酒吧‘捡尸’。”然后我就秒懂了，骂了几句就放下手机。

桌上还有半瓶胡萝卜喝剩下的威士忌，我喝了半杯便微醺。椅子上是小虾米给我的包，我提起来发现还有一个夹层没打开，本以为里面会有很多首饰作为我的精神损失补偿，结果都是一堆烂货：千纸鹤、爱心石头……我差点气炸。

不过里面有一个盖满邮戳的本本我倒是很喜欢，就拿出来放进了自己的包里，其他的，我连包包一起烧掉了。

清理完垃圾后我又把酒喝完了，整个人醉醺醺地坐在椅子上看着书架上满满的书，最边上的一本是我的日记本，里面记载的全是我跟前任的美好回忆，如今我想再去打开却总有些不忍。

都说无失恋不青春，无痛苦不回忆，可经历过那么多充满戏剧性的故事后，我都不知道自己还有没有勇气去玩命爱一个人。

日记本的最后一页被撕掉了，我不知道是我哪次喝多后撕掉的，我恍惚记得上面写满了我对杨杨的爱情承诺，写满了步入婚姻殿堂的攻略，如今一条都实现不了。

也许撕掉是最好的结局，否则让我独自一人去完成一场空欢喜，我又该如何承受？

手机响起，是母亲的电话，我赶紧镇定下来，打起精神接起电话。

没聊几句，我发现她说话的声音怪怪的，我连忙问：“妈，是不是你跟爸爸又吵架了？”

母亲虽然一直否认，却哭了出来。后来我打电话跟父亲大吵了

一架，父亲说别以为我长大了翅膀硬了他就管不了我，有本事别回家，最后说了一声“你给我滚得远远的”就挂掉电话了。

从高中开始，我便开始一个人的漂泊、求学，而且越走越远，远得一年只能回一两次家。每次下雨的时候，母亲都会发短信问是不是想她了，我总是笑着回答：“天在下雨，我在想你。”

而这些年，自从我北漂后就再也听不到母亲开心的笑声了。每次打电话只要我追问到底，总能问出他们最近又因为我而吵架。

想起当年我执意要出来闯荡，想从事漫画工作却遭到了父亲的强烈反对，而平时很少反对父亲的母亲却站出来支持我。因为这个，这些年母亲不知道挨了多少骂，而我这些年的不争气也给她添了很多麻烦，甚至有些时候我交不起房租还是她偷偷赞助的。

想到这些，我突然特别恨自己。

这些年很多人会问我为什么去北城，这个问题跟问什么时候结婚一样让我倍感紧张。

每次我都跟采花贼被审问一样小心翼翼地反问：“说因为梦想会不会太矫情？”

是啊，北城这座城市，无论你拥有多少套房子都找不到家的感觉，无论你遇见什么人都会问一句你老家是哪儿，这是一座让人永远没有归属感的城市。可为什么那么多五行缺虐的人傻兮兮地过来找虐呢？包括我。

可能是喝多了的原因，不知道隔了很久，或者是不到一秒，我就有了答案。或者这个答案我一直都有，就像一开始决定以画漫画为自己的追求一样，是为了那个渺小得不值得一提的英雄梦。我想这就是答案。

并不是说我非得实现多大价值，我要做的并不是非得改变世界，而是不让这个世界改变我，是想让自己不忘初心。

现实的生活有太多无奈，而我们又过分妥协，很容易淡忘最初的坚持。找回初心，谁都可以不孤独。

虽然我现在落魄得跟一个傻子似的，但是我依然相信我可以过上想要的生活，而且能够不忘初心。

想到这些，我发了疯似的跑了出去。

我跑得很快，感觉呼吸和呼啸而过的风融为了一体，就像是童年的时候，在万里无云的稻田里奔跑，让我感受到了自由。我记得稻田的尽头有山和水，记得稻田的右边是村落和古厝。

是的，我仿佛看到了古厝就在身旁。不对，我好像又跑到了前任博物馆？

（3）

也罢，我有太多问题想要跟黄小娟聊聊，于是推门而入。

迎接我的依然是一声猫叫，只不过这次我不会再被吓到。我走过去摸了摸它的头，谁知道猫的脾气还挺大，它“哈”了我一声后就跑开了，我想它内心的潜台词一定是：朕的头是你这等凡人能随便碰的吗？退下吧，你这猫奴。

顺着它一路跑过的足迹，我看见它跳进了一个女子的怀抱，而这个女子就是黄小娟。

“来啦？”她问道，就像是问一个熟悉的人一样自然。

我点头。

“坐。”

我坐到茶几旁。

她又问：“吃茶？”

“吃。”说完我突然觉得用“吃”字怪怪的，不过在古汉语里，吃确实是喝的意思，比如《水浒传》就经常写“吃酒”，小时候爷爷奶奶他们也都是说“过来吃茶”。

这次小娟并没有再让我喝冷酒，而是给了我一杯乌龙茶。

我说：“这乌龙茶很好啊。”

黄小娟看了我一眼问道：“懂茶？”

这个时候我肯定要装模作样地展现出一副我很懂茶的样子。我点了点头说：“略懂。首先是观茶叶，这茶粒饱满带有霜层，茶叶被泡得舒展开后镶有金边，汤色橙黄明亮如玉石；再闻茶香，”我拿起茶壶盖子闻了下说，“果然有一种悠悠的兰花香，饮一口嘴中微涩，而后反甘，有一种涩后甘美的味道。这便是极品铁观音吧？”

她笑了笑说：“这只是普通的乌龙茶而已，你莫要深解。”

“即便是普通的茶，在你的茶道之下也变得非常甘甜。”

她似乎不在意我的赞美，自顾自整理着旁边的丁香花，而我讨好不成突然卡壳。

良久，她说：“说吧。”就像是我所有的心事她都能看透似的。

我笑了笑说：“之前你给我的戒指，我给了一个朋友，她似乎相信这就是她男朋友生前想要给她的。”

“戒指非我赠你。”

我不解：“难不成还是我抢的啊？”

“你是有缘人，它选了你。”

我有时候搞不懂一些人。比如卖玉的店家，明明就是买主看上了一块玉，卖家非得说是玉石选择了买主，说玉有灵气。

黄小娟见我没说话，跟我解释说：“每个前任爱情遗物皆有灵气，皆有故事，古玩也如是。这里的每个厢房都藏着一个故事，而小馆仅是前任爱情遗物的中转站，或说是它们的暂住地。有缘人带走别人的前任爱情遗物，帮它圆了未了的故事，也帮那人走出前任阴影。至于有缘人的前任阴影就等着喜欢他的故事的人带走他的爱情遗物，帮他了却心事，释怀遗憾了。”

有时候我很烦黄小娟，她要么说话很少，要么一说就是一大堆，

让人都搞不清她在说什么。

我反问：“也就是说我是有缘人，我已经帮别人把物件找到归属了，现在我可以留下前任的东西了，如果别人拿走并替我找到归属，我就能走出前任阴影了。”

黄小娟点头。

“什么鬼？”

她瞪了我一眼，我吓了一跳，连忙解释说：“我的意思是很好，这个设定有意思，我喜欢，很接地气，现在我准备留下前任的东西。”

说完我就要从包里找杨杨遗落下来的耳环，可耳环怎么找不到了呢？

再摸摸书包后，我拿出了一本邮戳本，这个不是小虾米的吗，我刚是不是喝多了把它放包里了？

想到这里，我忽然记起耳环被我放在抽屉里了。我正要将邮戳本放回去时，黄小娟直接接了过去。

“不是这个，我拿错了，东西我放家里了，我回去拿。”

她摇了摇头说：“是它选了你，非你取错。”

“怎么可能，我明明……”我还没说完，她就又瞪了我一眼，于是我连忙改口，“行，你那么好看，说什么都对。”

然后黄小娟就没说什么了，继续给丁香花松土。我猜她内心至少有波动一下吧，毕竟任何女子都不会拒绝送上门的夸赞。

不过我竟然就这样生生被小虾米“剥夺”了这个神奇的机会！

“对了，小娟姑娘，我还有一个问题一直想问你。”

“请说。”

“大门口的对联‘一人独饮冰冷酒，从山对看丁香花’，那为什么丁香花对冰冷酒呢？”

小娟笑了笑问：“想知道？”

我点头。她给我倒了一杯酒说：“你再尝尝。”

我说：“这该不会是迷药吧？”

“那你别喝。”

我笑了笑喝了下去，酒还挺烈的，该不会是在酒吧流传已久的“一夜情”“明天见”那种酒吧。

“想通了吗？”她问。

我还是摇头。

她叹了叹气说：“走。”

我跟着小娟往天井左边的崎头房走去，她边走边跟我讲了一个古代的爱情故事。

我抬头看了下崎头房的牌匾，上面写着：冷酒丁香恋。

说也奇怪，真不知道是裸眼 VR 的效果，还是黄小娟讲得栩栩如生，又或者是我刚喝了那杯烈酒的缘故，崎头房间似乎也在演绎着黄小娟说的故事。

古时候有一个书生，进京赶考时来到京郊外的一处酒庄休憩。

酒庄的老板有一个漂亮的女儿，她经常出来帮忙给客人斟酒。书生见姑娘出落得楚楚动人，第一回见到她便对她暗生情愫，但鉴于初次见面，书生未敢造次。

而后书生便常来酒庄饮酒，姑娘每每过来斟酒的时候，书生抬眼一看，姑娘便会莞尔一笑。

书生见姑娘亭亭玉立，姑娘见书生风度翩翩，彼此暗许芳心。趁着一次微醺，书生偷偷对姑娘表达恋慕之情，并许诺金榜题名后要用八抬花轿、十里红妆迎娶姑娘。

姑娘未应，也未拒绝，只道了一句：“先生是读书人，倘若能对上我的对子，我便应了先生。”

书上开怀一笑，想自己寒窗十年饱读四书五经，用对对子赢得一个妻子，岂不是轻而易举的事情，于是道：“姑娘请赐教。”

姑娘葱指沾酒水，在桌上写了三个字：氷冷酒。

“先生有请。”

书生看了一眼，一看是三个字的对子，心想这有什么难的，但细思后却慌了。

“氷冷酒”这三个字的偏旁都跟水有关，而且依次递增，这世间哪有另外的词能对上这绝对呢？

书生沉思到酒庄打烊也依然未对出，垂头丧气而出，姑娘心生悔意却未敢阻拦书生，毕竟此乃才子佳人之约。

此后书生再未踏入酒庄一步，终日茶不思饭不想，废寝忘食想着如何对对子，奈何越是苦思越没有答案，直至错过了殿试。

终于，书生因对不上对子，且又错过了殿试，满心悔恨，积恨成疾一病不起，不久便离开人世，一起赶考的好友将之葬于后山上。

姑娘听闻消息，泪流满面，带上美酒赶去祭奠。

姑娘在书生坟前斟酒，她甚是懊悔，但一切为时已晚，如今生死两茫茫，一方孤坟，何处话凄凉。

洒完酒，姑娘见书生坟前长了一束花，凑近一看，竟然是丁香花。

姑娘细细思量，顿时哭晕在地。原来“丁香花”便是对“氷冷酒”，“氷冷酒”偏旁部分是一点水、两点水、三点水，对应数字“一、二、三”；而“丁香花”的上面部分是取自“百、千、萬”的上头部分，也分别对应这三个数字，堪称佳对。

姑娘相信，冥冥之中他们会再续情缘，书生生前未对出对子，死后坟前长出丁香花便是约定。从此以后无论谁来说媒她都一一拒绝，每年书生祭日，姑娘都会打扮得漂漂亮亮，提着酒水在坟前斟酒、饮酒，直至年华老去。

后来有村里的人说，清明时节常常看到一个姑娘给书生斟酒，两人举杯对饮，旁边开满丁香花。

（4）

走出前任博物馆，我一直可惜那么好的姑娘真的就一个人过了一辈子，真是造孽啊。

又觉得这也许就是文人墨客构思的一个故事罢了，只不过再细思下去忽然有一丝恐惧。黄小娟在讲故事的时候我似乎看不到她的人，反倒是看到她出现在故事里，成为里面的倒酒女子，而且从我踏入前任博物馆开始就看到了丁香花，而黄小娟从头到尾一直在种植丁香花，难道她就是那个姑娘？

想到这里，我忽然听到身后似乎有人在呼唤我的名字，我头也不敢回，赶紧跑了起来。

不过害怕归害怕，就像是许三观卖血一样，每去一次前任博物馆，都能给我带来幸运。隔天母亲打电话跟我说，一大早父亲给她煮了碗面线糊表达了他的歉意，父亲还跟她解释说昨晚是因为喝多了，再加上最近汽修生意萧条才发了点牢骚。

我笑了笑说：“不容易啊，爸爸还会特地煮面线糊。”

“是很难得，每年也就我生日的时候他会煮一次，今天还挺反常的。”

“人总是要随时代进步嘛，爸爸骨子里也是一个浪漫的人。”

母亲笑了笑接着说：“昨晚我也听到你跟他在电话里吵架，妈知道你为我好，但他毕竟是你爸，你讲道理归讲道理，但还是要尊重他的。你找个时间再给他打个电话缓和下，妈不希望你们父子俩闹矛盾。”

“遵命，母后。”

挂上电话后，我犹豫了下，还是选择给父亲发了条充满歉意的微信，因为我怕在电话中不知道说什么，很害怕讲着讲着又跟他吵起来。

我等了很久他也没回我消息，这已经是第三次了，不知道他是

否看到了？

一到公司，我就被花姐姐抓去开会，一进去才知道客户提出做一个线上线下互动的活动，但公司策划部的文案被否了一百遍，现在客户杀到公司要解约，花姐姐当然不干，煮熟的鸭子岂能让它飞走？非得现场生一个蛋让客户满意。

已经过了午饭时间，两边你一言我一句就要吵到下午了，眼看午饭这事就要泡汤了，于是在两边中场休息的间隙，我随口提了个方案："策划一期'哪里最合适约会'的漫画专题和线下民谣活动。"谁知道客户的老板是一个民谣咖，这种随口提的创意竟然顺利通过，我自己都蒙了，老天那么眷顾我也要考虑下智商啊。

等到了做策划的时候我就傻了，老天并没有眷顾我这个笨小孩，任何策划都是提出容易操作难，一直弄到晚上九点多，我都无法构思出一个合理的执行方案。

眼看同事们都走了，我也只得草草收拾一下下班回家。

我走过商城正要进入地铁时，突然听到一个熟悉的声音。

"哟，世界真小，哪儿都能碰到你。"

我转头一看，居然是把我的女友变成前任的"华晨男"，真是冤家路窄。而他完全没有身为我仇人的自觉还主动问候我。想着肯定没什么好事，所以我就没搭理他，继续往地铁口走着。

"最近怎么样？听说你被老板开除了？这么快又找到工作啊，真的不容易啊，还加班这么晚，新工作很辛苦吧？说真的，有时候我挺同情你的。"

这家伙废话那么多肯定没安什么好心，对于这种有钱有势的人渣，我们要用与时俱进的方式来报复，那就是用眼神鄙视他，嗯，大写的鄙视。

鄙视完后我正要走开时，迎面走来一个熟悉的面孔，她笑起来的时候，脸上两个深深的小酒窝。

杨杨也看到了我，顿时停住脚步，场面甚是尴尬。

没想到一旁的飞鹏说：“怎么，旧情人见面，不打声招呼啊？”

此时此景我不知道说什么好，只抬手打了下招呼，杨杨似乎带着一丝歉意说：“最近还好吧？”

飞鹏故作大方地说：“哟，你们好像很久没联系啊？没事，我很大方，你们要是想约吃饭、叙叙旧，我没意见。”

“不用了，我晚上还要画漫画。”

“你还在这条烧钱又没有前途的道路上垂死挣扎啊？我劝你还是务实点换个行业吧，要不趾高气扬来北城，结果灰溜溜地滚回去，会被笑话的。或者你来我们公司吧，听杨杨说你伺候人挺厉害的，刚好我在招生活助理，我加倍给你工资。”

听到这些我真的很想再给他一拳，但考虑到杨杨在一旁，只能说：“要是没什么事，我先走了。”

谁知道他拦住我说：“别啊，干吗这么着急走？晚上我带杨杨去挑衣服，你跟她认识那么多年，应该比我更了解她的品味，要不你跟着一起去参考参考？”

我有点怒了：“你信不信我再给你一拳？”

“来啊，有本事再给我一拳。上次要不是看在杨杨的面子上你早被拘留了，今天我再给你一次机会，来啊，打。”

话都说到这个份上，我还真有点忍不住。杨杨看气氛不对，站出来说：“阿强你先走吧。”

谁知道飞鹏继续挑衅，他大声说：“阿强我跟你说，你不仅养活不了你的女朋友，而且你的女朋友还跟别人跑了，你活在这个世界上还有什么意义？你来北城装什么装？赶紧滚回你们乡下去捡狗屎吧。”

我承认我是一个小镇青年，我是很穷，但我依然有尊严。他骂我可以，但是侮辱我的梦想我就一百个不同意。我知道这次肯定是他故意挑衅，想跟我打架，然后让我被拘留而报复我，但我还是顾不了那么多，再一次挥起了拳头。然而拳头还没挥出去就被一只手挽住了，不可能是杨杨，会是谁呢？

我转头一看，竟然是小虾米，她怎么出现在这儿？

我还没弄清楚情况时，小虾米就纵身一个回旋踢直接把他干倒在地，竟然是 KO ？

咳咳，踹倒在地是我瞎编的，小虾米不会武术，她没那么厉害。她确实是想踢他，但被我拉住了。

小虾米也不管三七二十一，破口大骂：“有钱了不起，你只是一个坑爹妈的蠢货，有什么资格嘲笑别人的努力？在老娘面前，你只是一条披着西装的狗，不对，狗很可爱，说你是狗还侮辱了狗。”

飞鹏头一次碰到那么不讲理且口无遮拦的女生，也不敢跟她对骂，但也不能示弱，于是说了一句：“你是他的谁啊？别瞎管闲事。”

“谁？你睁开你的钛合金狗眼看清楚，我是他……”小虾米突然把我挽得很紧，我顿时感觉一阵“波涛汹涌”，“我是他未来的老婆大人！识相的话赶紧滚，否则我肯定打得你满地找‘翔’吃。”

“你……”飞鹏似乎也怒了，正要走过来，杨杨急忙把他拉了回去：“别争了，我们走吧。”

不过临走前，他还是不服气地朝我说了一句：“今天算你走运，改天再找你算账。”

我没有反驳什么，反倒是小虾米比我愤怒，卷起衣袖说：“不用改天，就现在，老娘一脚踹碎你的蛋。”

此时已经有不少围观的吃瓜群众，飞鹏也不敢久留，屁都没再放，拉着杨杨溜之大吉。

离开时杨杨回头看了我一眼，眼神似乎有些哀伤，是不是因为小虾米说是我未来的老婆让她不开心呢？不对，她怎么可能会在意这些，是我自己在犯贱而已。

“阿强，我跟你说，以后遇到这种人你千万别客气，他就是欺软怕硬，跟小时候遇到的校园暴力一样，你要是认，他就一直缠着侮辱你，你要是强硬起来，他躲得比你还快。”

我笑了笑说：“嗯，今天谢谢你，不过你的手可以放开了吧？”

小虾米这才意识到手还挽着我，连忙放开，她笑了笑说：“你的手臂还挺结实的，是不是有肌肉？平时有没有健身？有没有八块腹肌？快掀开给姐姐看看。”

“你有毛病啊？像我们这种天天坐着画画的人，没变成啤酒肚已经阿弥陀佛了，还求什么腹肌。”

“也是。不过你还是要爱惜自己的身材，趁着现在还是衣架子，千万别放弃，要知道男人如果肚子大了行动就不便了，到时候你想靠做俯卧撑来吸引小姑娘的时候，动作迟缓就郁闷了。”

我嘴角抽搐，小虾米还真敢讲。

“为了姑娘，我会努力的。你今天怎么跑来这儿？对了，好像我有点什么事都能碰到你，你是不是跟踪我？”

她好像被说中什么似的，眼神一看就不对，但嘴上还是不承认：“谁跟踪你啊，我为什么要跟踪你啊？”

“你的眼神出卖了你。还是说实话吧，要不下一次我就不给你当群演了。“

小虾米叹了口气说：“其实也不能怪我。那天我跟我前男友吵架，本来搞了一个定位器要追踪他，结果那天你喝多了，疯疯癫癫要挡我的车，我下来找你理论，结果你还出言不逊，戳中我的痛点。我头一次遇到比我还不讲理的男人，所以那天我对你下狠手了，也

顺手把定位器放进了你的包包里，想着找机会找你报仇。”

“你说的是我们第一次遇见那天吗？我疯疯癫癫挡你车，还骂你？你没有搞错吧！是我被你的车溅了一身的水，还被你骂，被你打吧！”

小虾米一脸诧异：“到底是你喝多了还是我喝多了？那晚你发酒疯撕扯我的衣服，我从来没见过一个喝得那么醉的男人，你那天是输了很多钱吗？”

那晚我确实有点断篇，但是仅剩的记忆跟小虾米描述的完全不一样。听她的语气好像不是在骗我。

“我……可能我真的喝多了吧。追踪器在哪儿？先拿出来。”我说。

小虾米从我的包里摸出一个纽扣一样的东西，不仔细看还真发现不了。

“还真神奇。你把软件名发给我，我也研究研究，哪天你要是不听话，我也追杀你到天涯海角。”

“想得美。”小虾米嗤之以鼻。

“对了，你这次追踪我干吗？不会又是过来报复我的吧？上次我帮你搞定前任还被你害得那么惨，你不会想恩将仇报吧？”

“我要是过来报复你，刚才我看热闹就好了，还美女救狗熊干吗呢？”

“那找我什么事？一定不是什么好事。”

小虾米说：“我之前给你那包呢？最近我需要点钱交房租，打算把那包卖了，钱我们一人一半。”

我纳闷：“什么包？”

“就是上次我们跟我前男友吵架的时候，我留下给你当补偿的那个包。”

“那个破包啊。”

小虾米一脸石化的表情：“破包？你知道那包多少钱吗？”

“三百？五百？总不能过一千吧？”

她伸出两根手指，我诧异地说：“天啊，两千啊，这么贵。”

她摇了摇头，我快吐血了：“该不会是两万吧？就一个破包，难道是用美刀当布料啊？”

“你真是一辈子穷屌丝的命，是二十万。赶紧拿来，当二手卖也能赚个十几万，我已经找好买家了。”

我差点跌倒，是什么包这么贵？也就是说，我一把火烧掉了北城五环外的一个卫生间。造孽啊，想到这里我弱弱地问：“这包在阴间还那么值钱不？”

“废话，这包又不会贬值那么快，就算是上天入地都是这个价。什么阴间，你把包怎么了？”

“我……丢了，不对，烧了。”

我似乎感受到了一阵奇异的风——来自小虾米，她即将使出失传已久的武林绝学——如来神掌！

第五章
男人的梦想都是为了姑娘

（1）

“打得好！”胡萝卜跳了起来拍手叫好，“换作是我，我直接让他改姓东方，名曰不败。”说完还甩了甩头发以示兴奋。

此时，作为对小虾米的补偿，我带着她来到立交桥下吃串。胡萝卜晚饭没着落也过来蹭饭，谁知道这家伙吃我的、住我的，还胳膊往外拐。

三人碰杯后，胡萝卜说：“原来你们发展那么快，又是玩高科技追踪，又是角色扮演暴击前任，简直就是一部好莱坞投资的电影。可惜我那文太早断更了，要不可以火了卖 IP，绝对不亚于《鬼吹灯》的价值。”

小虾米疑惑地问：“你说什么文？”

胡萝卜咬了一口羊肉串，一副三个月没吃过肉的样子，边嚼边说：“就是把你们当……”

为了避免胡萝卜添油加醋，我赶紧打岔说：“还未正式介绍老胡呢，其实他是一个扑街的网络写手，整天在网上写什么《全村寡妇都爱我》之类的，实在没有什么特色，看到我们两人身上闪着亮光，就把我们当新故事的素材了。”

小虾米一脸惊喜地问：“那我是不是女一号？是不是有一个禁欲男神对其他女性都不感兴趣，就是宠溺我？是不是还有一个小鲜肉暖男备胎天天陪着我，随时做好替我牺牲的准备？还有一个反派

的霸道总裁，对所有人都腹黑，唯独爱我一人？”

我实在听不下去了：“你们女生现在都是怎么想的？恨不得所有男人都为你们禁欲，把所有钱都给你买买买，干脆下次给你一千万，全充在公交卡里，够宠溺吧？”

小虾米反驳说：“喂，你到底懂不懂浪漫？”

我说：“当然懂。浪漫是在海边的岩石上陪姑娘吃酒看浪，是下雨天唱歌给她听，一直唱到雨停，一直唱到天明。”

胡萝卜打岔说：“好了，可以了，装得过分了。小虾米，你觉得眼前这款文艺咖如何？”

小虾米不屑一顾地说：“就是一个打嘴炮的主。”

“哪儿嘴炮了？强哥我知行合一，文可怀抱吉他和网红街边吃串自拍，武可开跑车带女神三环追尾。”

谁知道小虾米瞬间变脸：“你说谁网红？”

“我没有说你网红啊，就是一个比喻。”

“比喻什么？你不是能开跑车带女神三环追尾吗？你去追一个看看，追啊！”

“这就是一个段子，小虾米你犯不着这么生气。”

“我生气了吗？我生气了吗？你就是一个只会装的二百五，不好好努力奋斗改变命运，整天就知道打嘴炮、撩妹、吹牛，你爸要是知道你这样，当年把你拍墙上算了。”

我也不知道哪里惹到她了，听她骂了那么多我也怒了：“我吹牛怎么了？总比你这凶神恶煞、傍大款的妞强一百倍，我起码靠自己真本事赚钱，哪像你靠卖身求荣。”

一旁的胡萝卜见状，连忙给我们递上酒，劝道：“怎么好好的就吵起来了？阿强你是男人，这话说重了。来，你敬我们可爱的小虾米一杯。”

我反驳说：“我哪儿说重了，是她作好不好？”

“谁作了？”

“你……”

话还没说完，小虾米一杯酒直接泼我脸上，我傻眼了。

她什么都没说，扭头走人，胡萝卜叫不住她也没去追，我则愣在现场。

胡萝卜埋怨我说：“下次你要对女生温柔点。你看，不欢而散了吧。”

“你到底是谁的兄弟啊？还不是因为你那文可什么武可什么害的我。”

“你是不是傻？那个是男生之间喊的口号，你还直接说给女生听，这是没事找抽吗？”

“你不早提醒我。”

良久，胡萝卜说了一句：“这剧情够狗血啊，看来那个坑我得重新填。”

我一脸鄙夷地看着他。

（2）

回到家，胡萝卜马上说：“虽然在现实生活里，你让那小萝莉欺负成傻子，但是你放心，哥们会在小说里替你报仇，一定让你在身体上和心理上把她虐成渣。”

“好了，别扯这些没用的。我警告你，别再拿我的经历当素材，否则我上豆瓣把你那些风花雪月的事全直播了，取名叫《室友的各种奇葩约炮经历》。”

胡萝卜举起双手求饶：“得，听你的，我不写了。不过说真的，小虾米这个自带‘凶器’的萝莉有意思、有个性、有挑战性。”

“你是不是又皮痒了？”

胡萝卜嘿嘿一笑说：“不敢，朋友妻不可欺。”

“你有没有搞错！我要是娶了这样的凶神岂不是要天天跪遥控器？这种恶萝莉还是你来收吧。”

“你什么时候也跟我这么客气了？兄弟不是不想撩，只是想帮帮你。”

我疑惑：“帮我？”

“对，上次被溅了一身泥水，这次还被泼酒了，难道你不想报仇吗？”

“我想报仇，但是一碰到她马上就倒霉，还是眼不见为净吧。”

胡萝卜摇摇头说：“你怎么还这么迷信这些没用的？要知道人定胜天，你之所以这么倒霉是因为你内心惧怕她，长期的心理暗示让你自己认了，所以你必须收拾她，把她彻底降服了才能不倒霉。”

我想了想说：“好像有点道理。”

“必须有道理。而且这次跟之前教你的不一样，这次哥们儿也加入战队。我们双管齐下，你如果收拾不了她，还有我这最强王者的火力强攻办了她，怎么样？”

我犹豫了下：“这不太好吧。”

“什么不好？你是想报复回去，还是想认，一辈子倒霉下去？我们比赛看谁先把她追到，输了的裸奔，敢不敢？”

我迟疑了，胡萝卜打了我一下：“你这货，活该天天被各种女人欺负。”

“谁了？老子应战。”

“好样的。”

美剧《西部世界》里罗伯特福特说：“我曾经读过一个理论：人类的智慧就像孔雀的羽毛，只是一个奢侈的展示，旨在吸引伴侣，所有的艺术、文学，莫扎特的一部分，威廉？姆莎士比亚、米开朗琪罗，还有帝国大厦，只是一个精心求偶的仪式。”

是啊，我们所做的一切不都是一场盛大的求爱仪式吗？

也许男人根本没什么梦想，一切都是为了姑娘。

（3）

回到公司，客户又打电话来催促活动进度，花姐姐一天召唤我三次，当然这次他并没有威胁我或者给我什么奖励，毕竟这事本来跟我无关。

但是花姐姐放了大招，他走到我面前，突然蹲了下来。我有点震惊，他想干吗？

花姐姐就像是影帝一样拉着我的手，一把鼻涕一把泪地求着："强哥，我上有八十岁老母，下有刚学会走路的孩子。"

"您没结婚就有私生子？"

"养的小狗。我待它有如亲生儿子一般，一把屎一把尿把它抚养大。"

我一脸鄙夷。想到那么多人变成狗奴，天天给它们铲屎，还有用手拿的，不知道对待自己的爸妈有那么好不？

花姐姐继续表演："所以，这个单子你一定要拿下来，要不然公司业绩下滑，大家的年终奖就会没着落。"

"行，我懂了。"

一看我答应了，花姐姐二话不说就和我来了个击掌，我顿感人生无奈。

其实我答应的原因倒不是年终奖，毕竟年终奖也不会很多，主要还是身在其位要谋其政。

很多时候我都在想，为了升职加薪，为了团队能拿下这个项目，谁都能做到努力工作，熬夜加班。这个职位不是让你来守着，而是应该因为你的出现而变得不一样，这样才能带给你的团队幸福感。

理想往往很丰满，现实却很骨感。我除了爱好听民谣，对音乐

真的是一窍不通。想办场吸引人的线下活动都找不到合适的歌手，更不用说明星了。

我下班回到合租房里，开始跟胡萝卜在大厅里边喝茶边抱怨着。

没想到他倒是幸灾乐祸，一个劲地笑个不停，于是我忍不住一脚踢中他的屁股。胡萝卜也不服气，扑过来就是一顿暴击——毕竟是兄弟，肯定不能真打。

我们仿佛回到学生时代，男生们的室内游戏里，总少不了几个人叠罗汉把一个男生压在床上就是互相“掏鸟”。当然，后来我们长大了肯定就不能胡闹了，毕竟传播文明火种这个使命盖过一切。

此时，伴着一声“快递”，响起了一阵敲门声，。

我赶紧过去开门，门一开，快递员看着衣衫不整的我，然后又看了一眼躺在沙发上长发凌乱的胡萝卜，世界观仿佛瞬间崩塌，似乎要哭出来。

我连忙解释说：“快递小哥你别误会，他是男的。”

说完我感觉误会更大了，赶紧解释说：“不对，他不是……唉，我们是直男。”

“我没误会。”说完却“呜呜”地哭起来。

“那你哭什么？”

他说：“搞了半天原来你们不是……下次快递不给你们送门口了，自己到快递箱取。”

我：“……”我的世界观仿佛也崩塌了。

胡萝卜胡闹归胡闹，但办正经事还是很靠谱的。按他的原话，凭借着“酒吧金牌小王子”的称号，哪能不认识几个厉害的驻唱歌手呢？

很快，他就联系上了一个参加过去年大火的那个音乐选秀节目的歌手，并约好了见面时间。

我好奇地问：“厉害啊，是哪个学员啊？雷子吗？”

“鄙视你，他没参加过那个大火的音乐选秀节目，虽然经常参加各种选秀。”说完，胡萝卜给我看了照片。

我愣是不认识：“这个是谁啊？真不认识。”

“你竟然不认识？还有没有文化！”见我摇头，胡萝卜继续说，“好吧，我也不认识。我问问他是哪一届的。”

见面后，我忍不住直接问：“哥们儿，你是参加过去年大火的那个音乐选秀节目的歌手？”

他点头说：“嗯，海选歌手。”

我的天，这都可以？不过我没有骂出来，毕竟有求于人家。随即，我详细地说明了我们的来意。

这歌手来了一句：“一首歌少于一千块免谈。”

我诧异：“什么？”

歌手继续说：“一首歌一千块，听不清楚吗？三首以上打八折。”

我真想骂人：“出场费我们可以给，但是没那么多，而且我们是线上线下结合，我们那么多粉丝在看你，你就当捧个场，顺便吸点粉。”

歌手点了一根烟抽了一口说：“那就是包场。不超过五首歌，最低给你三千的打包价，来回车费和食宿你包。”

一旁的胡萝卜似乎也不开心了，吐槽了一句：“你以为你是赵雷啊，那么贵？”

他问：“什么雷？他是谁？”

我说：“是你大爷。”

那歌手站了起来：“你说什么？”

胡萝卜也边站起来边拍桌子：“说你大爷怎么了？你们这些所谓搞艺术的别以为搞的就是艺术，都是在搞姑娘，还特能装！”

歌手看我们两个人都站起来，自己比我们还瘦弱，觉得肯定是

打不赢，认说：“好说好说，别生气，一千包场行吗？我自己坐地铁去参加。”

“滚，一边玩去。”

（4）

“没想到遇到这样一个王八蛋，你别担心，哥们儿再给你找一个。”上了地铁后，胡萝卜一路给我筛选着。

我说：“先不用了，我看他们都不太靠谱。”

“那怎么办？难道让我这退隐江湖已久的歌神出场？”说着胡萝卜还真就唱了起来，那歌声真是销魂。

看着周围那么多人，我非常尴尬地拉了下胡萝卜说：“能别唱了不？别人是唱歌要钱，你是要命。”

这个时候一个大妈走过来塞了十块钱给胡萝卜，他一脸得意地看着我。

我哑口无言了，难道这世上有人喜欢这种声音？

“小伙啊，求你别唱了。大妈耳朵本来就不好，被你一唱毛病又犯了，大妈知道你卖唱不容易，给你十块钱，你去 10 号线唱，那儿人多。”

听到这儿，我哈哈大笑。

胡萝卜一脸愤愤地走过来：“你的忙，哥们儿不帮了。”

我实在笑得肚子疼，都没法拉住他。

但是笑归笑，胡萝卜走了我线下活动怎么办？难不成自己邀请？可我一个都不认识。

“对了，小虾米不是在酒吧工作吗？她应该认识些朋友。”

但是刚吵完架就去找她不好吧？再说了她身上自带倒霉设定，一碰面搞不好我直接丢工作，这又怎么办？

“对，去那儿！”

不知道为什么，我这次出奇容易地找到了前任博物馆，不需要淋湿衣服，也没遇到奇葩的收废品大妈。

当然，我来这里的原因主要还是考虑到我跟胡萝卜的赌约，我得把运气积攒到爆满才能有效去打怪升级。当然，也顺手帮小虾米走出前任阴影，这样她就会感谢我的，然后肯定会帮我搞定线下活动。同时呢，帮完她后我也能留下前任的爱情遗物，最后还是在帮自己。这真实是一箭多雕的方案，我不得不佩服自己是一个天才！

但是，人生最怕的就是但是。一进入前任博物馆，那一股阴森森的气息让我着实打了个寒战，再加上上次怀疑黄小娟就是古代女鬼这件事还没一个定论，万一她知道我发现了这个秘密，直接把我埋在这里怎么办？

庭院里面还是没人，她该不会是在房间里吧？我想走过去看一看，又怕里面出现什么诡异的故事，即便是裸眼 VR 也会让我心有余悸，我再也不想做噩梦了。

我犹豫了一下，心想还是算了吧，与其在这里被吓尿还不如去求小虾米。想到这里，我准备掉备离开，忽然一条白色的丝带直接朝我的脖子飞来，这是准备把我勒死吗？

一阵猫叫声让我回过神来。

原来飞来的不是白色丝带，而是一只从房梁上跳下来直扑我身上的蠢猫。这一惊一乍的，真是带走我半条命。

“来啦。”

我转头一看，黄小娟不知道什么时候出现在茶几旁，真是神出鬼没。这回她拦在大门口，明摆着是不想让我走吧？

我思忖着：一定不能让她看破我，我一定要装出很镇定的样子。

“嗯，来看看你。最近你好像瘦了，是不是没按时吃饭？好像皮肤好了很多，你是不是用了大宝？眼睛好像水灵很多，你近视

二百五十度吧？是不是没散光？近视手术安全不安全呢？”为了让自己更加镇定，我机关枪似的胡扯出各种话题，不过，想想我说过的话也是醉了。

黄小娟看了我半天，蹦出两个字：“闭嘴。”

“不让我说，那我……先走了？”

“坐。”

“家里的被子还没收呢，我赶紧……”

“坐。”

“你说坐就坐啊？那岂不是太没面子了。好，我坐。”

她边泡茶边说：“本子在架子上。”

我诧异地问：“你怎么知道我是来拿那个本本的？”

她反问：“为何不知？”

好吧，我不想跟她讨论这些玄学问题，赶紧拿完本子走人吧。可是，我要帮小虾米做什么呢？也没见前任博物馆有任何提示啊。

我打开邮戳本，翻着翻着翻到其中一页，里面有一张夹进去的纸片，原来相关的提示已经被小虾米自己写在上面了。这就简单了，再仔细一看，我真想骂人。这上面写的遗憾不止一条，而是列了一个清单，整张纸都是，而且这任务真奇葩，真坑人，真让我想死。

“后悔了？”小娟问我。

我弱弱地问：“亲，可以七天无理由退货不？”

看她摇头我就懂了。没办法，我只能硬着头皮上了。

刚好这个时候，白猫游荡到我脚下，我好奇地问：“我老是觉得这猫怪怪的，最初我误以为它会说话，上次的戒指我也以为是它带过来给我的。是不是这家伙就像是《夏目友人帐》里的猫咪老师一样啊，被封印在猫体内的，实际是一只凶猛的大妖怪？”

“对。”没想到她这么回答。

我是赶紧跑还是赶紧跑呢？不过，还没出门就听小娟继续说：

“猫乃世间最具灵性之物，自古传说猫有九命，世人又说猫近妖，万说归一，真假与否无人知晓。”

被她这样一说，我一阵战栗。不知道为什么，我也是嘴贱，又继续问她：“我总怀疑你是古代那个倒酒的姑娘，该不会你就是吧？”

黄小娟点头说：“对。”

“什么？！”我瞬间吓得狂奔而出。

（5）

回到合租房，我仔细看了看遗憾清单，第一条就让我直接崩溃了，四十公里的徒步？小虾米是疯了吗？是想把这二十年没走完的路一次性补回来吗？

“老子不玩了。”说完我把本本一丢，仰天长叹去……去找小虾米。我知道，我如果不玩，老天会玩死我的。

我打电话给她，结果提示关机。想着这个时间她应该在酒吧打工，我连忙赶了过去。

一路上我都在想，如果直接跟她讲这个清单是不是就无效了？会不会她不乐意再有人提起这个，我的任务就泡汤了？是不是每一个任务都要来得惊喜和巧妙一点才能瞒天过海？可是又有什么方法能带着她暴走四十公里，还让她发现不了这是自己的遗憾清单上的罗列出来的事情呢？

我还没想清楚，就已经到了小酒吧。小虾米在那儿忙碌着，我也没过去打扰，于是自己找了个位置坐下。

我本想着等她忙完再过去约她轧马路，嗯，一轧就轧四十公里，哪个傻妞会去啊？万一半夜太冷给她冻感冒了不就傻了吗？正打算叹气时，我突然发现她那该死的前任竟然走进酒吧，还径直往小虾米处走去，这家伙过来干吗？

谁能想到这厮一开口就是要“黑比”，竟然还有脸过来讨那条

狗？我真替小虾米不值，跟了他那么多年不如一条狗，这换任何女生不得让他天天练辟邪剑法？

小虾米能忍，但我不能忍，我默默握紧拳头走了过去。

我把小虾米拉到我身后，对他说："你以后不要再骚扰我女朋友了，否则别怪我不客气。"

哪知道这厮还理直气壮地说："今天我是带着诚意过来的，否则我那帮兄弟就直接用抢的了，你还敢嚣张？"

有几个兄弟就敢出来吹牛，我会怕？笑话，兄弟谁没有啊，胡萝卜一个顶三个。想想他似乎半个也顶不上，但这种关键时刻我也不能认，于是我镇定地说："我祖上的家产少，你别欺负我，你和你那几个兄弟我又不是没接触过，打都打过了还怕什么，大不了我们各自碎一个啤酒瓶如何？"

说完，我拿起一个啤酒瓶作势往头上比画，内心一直在祈求小虾米能拦下我，哪知道小虾米补刀说："对，谁怕谁。你先爆头，他不敢我就爆他的头。"

要疯啊，我没想爆啊，我只是吓唬吓唬他。

眼看周围异常宁静，还有不少围观的朝阳群众，我这个啤酒瓶要是不砸下去，以后朝阳群众得盯死我了。

爸、妈，来生见，"告别"完，我就把啤酒瓶往头上挥去。忽然一只手拉住了我，我一看不是小虾米，竟然是志贤。果然，他还是认的人。

这次换我理直气壮地说："怎么，不敢的话就滚出去，以后再也别来骚扰她。"

"我们是和平分手的，该说的我们都说得很清楚。我不是来骚扰你们的，我只是想买回'黑比'。"

我叹了口气说："不知道为什么，你每次提要买狗的时候，我都能看见你那点可怜的男性尊严掉地上让人踩踏了一百次。我们年

纪差不多，我没有资格教你如何做一个男人，但是我起码懂得如何去尊重自己喜欢过而且曾经在一起的女生。虽然现在我不能跟前任在一起，但是依然想她过得好点；天冷的时候会担心她坐公交时手握着冰冷的扶手怎么办；会在她离开的时候把所有她曾经喜欢的东西都打包给她……这些最基本的人性不知道你了解多少？小虾米跟了你那么多年，你不去珍惜却执着于一条狗。对你而言，难道你们曾经的感情都抵不上这条狗吗？你有必要一次次过来以买狗的形式伤害她吗？难道你就是那么不念旧情的人，不懂得把狗留给她当作一个念想，把这视作一个男人本该有的担当吗？”

说完，旁边顿时响起掌声。妈宝志贤被我说得一愣一愣的，他呆呆地看着我，良久，拍了拍我的肩膀说：“祝你们幸福，再见。”然后还特地看了一眼小虾米，对她说了句再见，说完就转身离开了。

我突然发现自己也是一个很能装的人，那么一大段台词，事先也没有准备，竟然能那么流畅地讲完。

我本以为小虾米看到我完胜她的前任，会兴奋地搂着我的脖子蹦跶，结果她压根就没有搭理我的意思，而是看着志贤离开的背影，泪眼蒙眬。

对于很多女孩来说，喜欢上一个人只需要一秒钟，但是忘记一个人却需要一辈子。类似的情景我看过一次，我懂，于是拿了两杯酒，递给她一杯，跟她干杯：“喝完一切都过去了。”

她仰头喝酒的瞬间，我清楚地看见泪水从她的眼角滑了下来。

喝完后，她看见我注意到她在哭，故意咳嗽一下说：“那个，喝太快了，竟然呛到了。”

我笑了笑说：“真是一个要强的孩子。”

说完，我递给她一张纸巾。小虾米破涕为笑说：“哪有，人家是一个柔弱的小姑娘好不好。”

“哟，你还有矫情的时候啊。”

“放屁。”

还没温柔两分钟，这凶神恶萝莉就现原形了，一巴掌打了过来。这个时候，我当然也只能扛着。

“今天谢谢你，不过你放心，以后你不需要给我当演员了。从现在起，我发誓我会忘记他。”

其实小虾米越是这么说，就说明越忘不了他。于是我说：“柔弱的小姑娘，我看过一个作家写过一篇文章，说的是失恋的人只要在晚上暴走三环，看到隔天早上初升的太阳就会走出失恋的痛苦，走出前任的阴影。”

“你就扯吧。”

我说：“这还有假，人家都写出来了，而且还有很多失恋的读者去尝试，都成功了。”

小虾米说：“那我要试试。”

“好，哪天走你告诉我，我陪你。”

“现在。”

我诧异：“真的假的，这么快？我都没带上大衣、热水什么的。”

“路上买。走，暴走北三环去。”

北城北三环约四十八公里，我们从晚上十一点多开始暴走。途经所有烟花的绽放，饿的时候就买一个红薯分着吃，吃完后又继续上路，中间多次休息，但是又硬着头皮继续走了下去。凌晨四点多的时候，我们实在饿得不行了，就在小摊上买了烤冷面，然后靠在马路边的栏杆上边吃边看着车水马龙。

小虾米忽然对我说：“谢谢你，能陪我喝啤酒的人有很多，但肯陪我浪荡世界的真没有几个。”

我说：“我只浪不荡，不对，只荡不浪，不对……哎，不说了。”

她笑了笑，然后去二十四小时便利店买了两瓶啤酒，非要跟我

比赛吹瓶。可是没喝几口她就呛得不行，这个在酒吧混的啤酒妹竟然是一个不能喝酒的女生。

一路上，我一百次后悔，想退缩，想烧掉那本邮戳本，但是微醉后的小虾米变得异常亢奋，脱下外套绑在腰间，各种横行霸道，引得马路上的车子不停按喇叭。

要命的是她走不动了非要瘫我身上，我被逼无奈只能背着她继续前行。谁知道这家伙还来劲，双脚夹着我的腰大喊着："驾！"

我真的是连走带爬地完成了三环长征，差点走死，我内心狂骂那个叫日什么的作家出了这样的馊点子，觉得自己简直是傻到家了。

一直到早上六点多，我们终于在天桥上看到了升起来的太阳。小虾米对着太阳大喊着："志贤，你这乌龟王八蛋，从今天开始我要彻底忘记你，彻彻底底，我要开始新的生活，开始新的恋爱，我会找到比你更好的男人！"

我不知道小虾米是否真的放下了前任，但看着小虾米现在的笑容，我觉得一切都足够了。

很多时候人生真的就是旅途，在每一站都会遇到知心的人，但那个人不一定能陪你走到终点。大多数人在中途就会不辞而别，这些都是人生的过客，有过前任故事的你我都一样，谁也不愿意一辈子沉浸在过去中无法自拔。遗失的早已遗失，相逢的总会相逢，你要相信，这个世界总有一个人为你而生。

（6）

在遗憾清单上划掉第一条后，我满意地躺下睡着了。

下午醒来看到小虾米给我发了很多条微信，说是从胡萝卜那里知道我工作困难，本着白求恩国际主义人道救助精神，给我介绍一个很靠谱的民谣歌手，保证到时候过来参加活动的人座无虚席。而且那个歌手看在小虾米天生丽质的面子上爽快地答应了，只要确定

好时间告诉他就行。

我心想难道是“魔咒”破除了，从此以后我碰到小虾米再也不是倒霉，而是幸运？

回到公司后我把方案交给了客户，结果那个公司的老板竟然是那个歌手的歌迷，说如果活动顺利，他就承包我们公司全年的广告业务。花姐姐更是许下涨薪诺言，说完还跟我连击掌五下表示兴奋，搞得我的手都麻了。

这架势，这口气，搞得我以为自己马上要走上人生巅峰，以及觉得日后的自己，清晨会从一百平方米的房间里醒来，会用南极空运来的冰川水刷牙、洗脸似的。

晚上下班回到合租房，胡萝卜猛地把我按在沙发上挥拳要揍我。

我大骂：“你小子吃错药了啊？”

“快点交代，昨天晚上你把小虾米怎么了？”

“昨天我就陪她暴走北三环而已。”

胡萝卜诧异：“你是说你陪一个姑娘走了一夜的北三环，然后各自回家睡觉？”

我点头。

“说你是傻猴子你还真是啊。放着那么可口的一只小海鲜不享受，非偷桃子去？我要被你气死了。”

我说：“这哪儿跟哪儿啊。昨天的情况你不知道，她前任杀来，我们好不容易才摆平的，我是带她暴走北三环走出前任阴影。”

胡萝卜放开我说：“反正我就看到一个字。”

“什么？”

胡萝卜蹦出一个字：“傻。”

“反正你不懂。”

“行，行，我不懂，反正现在大家还是在同一起跑线。哥们儿

可不是一个手下留情的人，最后鹿死谁手、谁裸奔都不一定，你可小心点。”胡萝卜边说边往厕所走去。

谁知道他竟然一直躲在洗手间洗他飘逸的长发，一洗就是一个多小时，差点把我的膀胱憋爆炸。

我在外面喊着：“老胡，你是不是想把你的每一根黑发都洗一遍啊？”

“快好了，你等等。”

“老子就要尿地上了，还等什么？”

“我涂下护发素就好。”

“还护发素？我说，你直接把长发剪了算了，一个大老爷们儿留什么娘不啦唧的长发？”

胡萝卜大骂：“你懂个屁，我是中关村木村拓哉你懂不懂？男人留长发是老祖宗留下的传统，咱中华五千年文明就是让你们这帮龟孙子给剪没的。”

“行行行，我不懂。胡老师你赶紧的，我坚持不住了。”

等我解决完从洗手间出来后问他：“老胡，有个事我想问你，你该不会是喜欢上小虾米了吧？”

“哪儿跟哪儿啊。”

“洗手间除了你的香味还有烟味，不是说好了戒烟吗，怎么又抽上了？”

胡萝卜叹了口气说：“最近审查比较严，网站流量低，小说点击量一塌糊涂，我百思不得其解啊。”

我诧异：“你又写乡村小黄文了？”

胡萝卜说：“你才写乡村小黄文。”

“那又是什么贴身小保安文？”

“哥们儿早金盆洗手了，都说我在专心写山海经的故事，哪有时间再开马甲写别的。”

“那跟审查有什么关系，这种文还过不了？是不是你文笔太烂，故事没架构好、没大纲就开始瞎写？”

胡萝卜反驳说：“网络小说需要什么大纲？写到哪儿算哪儿，升级打怪，左手一个美女，右手一个神级道具，隐藏金手指，扮猪吃老虎，都是这些套路。”

“那你就被这些套路害死了。其实漫画和小说创作都一样，漫画需要脚本就像小说需要梗概，你得先把这个立好，才能不跑偏。”

“那你说说怎么立。”

我沉思了下，还真不知道要怎么立，毕竟我只负责画画，创作不是我的强项。不过我总觉得在前任博物馆的遭遇就仿佛一部奇幻小说，而里面的女馆主就是一个隐藏身世的仙族后代，里面的猫则是神兽，那个古厝是一个结界，她守护着被封印在天井里的神龙。

听完后，胡萝卜说：“送你一个字——牛！”

趁着灵感来袭，他赶紧又去厕所蹲马桶写大纲。

入睡前，我忽然接到新音介绍的杂志主编发来的短信，他回复：抱歉，找不到画手，因为当年都是信封投稿，现在找不到联系方式。

我叹了口气回复：没事，谢谢。

原本以为希望就此破灭时，老主编又发了一条短信给了我当年责编的联系方式，和责编进行简单交流后，对方答应回北城帮忙找下通讯地址。

我突然发现自己离偶像越来越近，内心还是有点小确幸的。

（7）

“什么，赶不过来？”

我回到公司跟客户对接活动细则，结果小虾米突然来电说那歌手虽然同意帮忙，但是现在人在南方赶不过来。

我赶紧走出会议室，追问道：“到底怎么回事？我都跟客户说

好了，人家预付款都打了，他这鸽子是要放死我啊。”

小虾米说：“那他现在还在南方，赶不过来，我又没有办法？”

“那我们演出费翻倍可不可以？多的钱我自己掏，OK 不？”

“不是钱不钱的问题。我打听了下，他突然杀去南方是去追该死的前任。这个人就是感情用事，谁也说服不了。”

我无语了，这年头怎么什么都跟前任杠上了：“那他就不应该答应啊。”

“这意外情况谁也说不准啊。”

“那你也不应该介绍这样的人啊。”

“怪我咯？”

“这不是怪你不怪你的意思。关键现在万事俱备，结果东风不来，我这黄盖的屁股岂不是白被打了？”

小虾米说：“怕什么，我给你敷点药。”

我简直被气死：“你是听不懂我的话吗？你要是搞不定就别一开始跟我打包票，现在搞得我没法做人啊，客户还在会议室呢。”

“怎么做人是你的事。他不回微信，我又没有他其他的联系方式，现在我也没辙，你自己看着办吧，再见！”

小虾米说完就把电话挂了，留下我一个人愣在当场。我本以为该死的倒霉魔咒已经破除了，结果是一个大陷阱，直接把我坑惨了。

眼前是正在等我回去开会并且已经打了预付款的客户，后面是动不动就给我点个赞的花姐姐，我简直无地自容啊。

此时，一个男人在老板的陪同下走进公司。这个男人看着有点眼熟，仔细回想了下，竟然是那天搂着“黑寡妇”去看电影的老男人，他怎么来我们公司了呢？

经介绍才知道，原来他就是客户公司的老板，特地过来看我们的活动进展。

天啊，这不是给我雪上加霜吗？

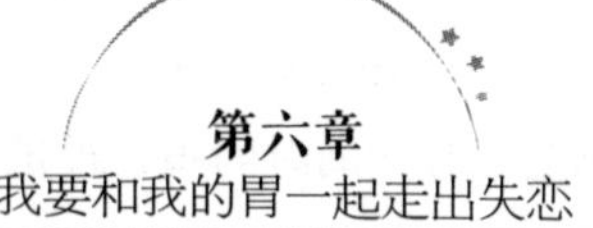

第六章

我要和我的胃一起走出失恋

（1）

全公司的核心骨干都挤到了会议室里，就等我一句话。我能说搞砸了活动办不了吗？他们不杀了我才怪。那我能说活动主角换成我，我上去表演胸口碎大石，大家看可以吗？这鬼才看。

我想了想，还是主动承认自己把活动搞砸了比较好，至少敢于承认总比编理由欺骗他们混到最后要好，而且我还不屑跟这个老男人合作呢。

但是没想到花姐姐一看形势不对，直接岔开话题，说让老男人和老板再给他点时间，毕竟民谣歌手变化莫测，北城雾霾又不像大姨妈那么有规律，所以大家还是安心等安排，到时候看结果就行。

全程下来我都蒙了。

会议结束后，花姐姐把我叫到他的办公室。

“我说强哥，强爷，我叫你爷行不？求求你行行好，可怜我这苦命人，老板和大客户都在，这个事情我是总策划啊。我本来指望你能火力支援，结果你不仅没星火燎原，关键时刻还想一泡尿把火浇灭。”

我赶紧解释：“花总您真是误会啊，我是让朋友放鸽子了，主唱联系不上，我又不能说假话。”

“我没让你说假话啊，但你别那么实在啊。现场那么多人，你说搞不定岂不是炸锅了，你那丰厚的年终奖不想要了啊？”

我说：“要是实在没辙被扣了，我也没办法。”

“你不想要我想要，我上有老下有小的，而且下个月我那狗妞就要临盆了，将会给我添一个孙子，四代同堂全指望我一个人。”

我嘴角抽搐下说：“可是联系……”

他打断说：“不是还有一周时间吗？再试试看。这两天给你带薪休假，你可以坐飞机，不对，坐宇宙飞船去找他，食宿问题公司还给你报销。求求强哥了，整个公司这么多人的年终奖就全看你了。”

说完，花姐姐握着我的双手满眼乞求。我知道，我要是不答应他，他一定会使出十八般武艺掰弯我，于是连忙抽出手说：“那，我再试试吧。”

下班后我又接到小虾米的电话，我现在看到她的电话就来气，干脆直接按掉了，谁知道她打个不停。

我愤然接起电话，狂骂道：“你神经病啊？我不是挂掉了，你还打个屁！我告诉你，你就是一个瘟神，我本来还感激你帮忙找到民谣歌手，结果是一个大坑，现在全公司的人都看我笑话。”

结果我听到了一个男生的声音：“你好，请问是戴阿强吗？”

我诧异地看了下手机号，原来是我认错人了。一问才知道是漫画杂志当年的责编老赵，我赶紧连声道歉。

老赵说：“没关系，没关系。你说的当年《大圣传》的国漫我也很喜欢，但是时间间隔太久了，作者是谁我暂时也想不起来，等我回北城再帮你查查。”

“好啊，感谢感谢。”

“客气什么，当年我也算是《大圣传》的铁杆粉丝呢，可惜那个作者后来联系不上，作品也半途夭折，比较可惜。过了这么久，难得现在还有人喜欢。”

“我也是机缘巧合才看到的，是这个作品引导我走上漫画创作

这条不归路的。”

老赵笑了笑说：“是吗？你能坚持到现在很好。不像我，没有才华，只能弹弹吉他、卖卖唱了。”

“这么巧，你也是歌手啊，最近我们都快被贵圈的人搞得焦头烂额了。”

“好什么？现在的民谣歌手只是说出去好听而已，其实都穷得响叮当。刚听你说什么焦头烂额来着？”

我说：“唉，这事别提了。我一个朋友帮我邀请了一个歌手，要他帮忙参加活动演出，结果那个歌手不知道是大姨妈来了还是女朋友跟别人跑了，思春跑南方放了我鸽子。”

老赵迟疑了下，反问道：“你那朋友是不是小虾米？”

我愣了下，这个圈子这么小吗？我回道：“嗯。”

“真不好意思，我确实是出了点事，近期回不了北城，给你们添麻烦了。”

“啊，抱歉啊。我收回刚才的话，没想到世界那么小。”

“没事，能理解，是我的问题。感情这事……唉。”

我本能地安慰说：“我也听说了点，其实我自己也摆脱不了前任的影子，没资格劝你。不过都说世上没有过不去的坎，时间会是最好的解药，你我共勉。”

电话那头沉默了下，叹了口气说：“我知道，可是我仿佛迷失在她住过的城市里走不出来。”

我突然不知道说什么好，只能寒暄两句就匆匆挂掉电话。

前阵子，有一个老同学来北城出差，顺便找我吃饭。之前他也在北城读书、工作过一段时间，跟前任分手后在北城留守了一年多，最后才带着一只猫离开。他说再次来到北城，看到大悦城、西直门地铁、西单、后海……哪怕清华西门的一草一木都有前任的影子。

而我们又何尝不是？因为一个人，爱上一座城；因为一个人的

离开，又迷失在这座城里。

此时，地铁又播报这是一趟霍营站区间车。我非常郁闷地随人流下车，看着窗外，又是一个下雨的夜晚。

北城难得下雨，下雨的时候总会让人想起很多往事。比如童年的雨打屋瓦声，母亲帮忙缝衣服，以及记忆里陪我雨中漫步的你。

我走出地铁口，不知不觉就往前任博物馆的方向走去……

（2）

很多时候，人总是喜欢找虐。比如指甲下脱皮，明知道很疼却总忍不住去撕它；

再比如，此刻我已经来到前任博物馆，却还在想女馆主如果真的是女鬼可怎么办。

上次那个丁香花的故事还没得到合理的解释呢，眼看我都迈进一条腿了，再多想岂不是给自己找麻烦。

我正用坚定的社会主义核心价值观给自己进行洗脑时，却突然听到了一阵诡异的声音。

妈呀，怎么跟鬼片的声音一样？不过细细想来，我们平时所害怕的声音都是那种叫水琴的乐器发出来的。嗯，果然任何恐惧在理性分析面前都是徒劳的。

就在此时，一条白色的丝绸从我眼前飘过。我心想：肯定又是那白猫在作怪。再仔细一看，不是猫，它飘在半空，让人看不清脸，该不会是幽灵吧？

我这个吃马列主义的马铃薯长大的少年肯定不会相信这个，于是心惊胆战地凑过去想看个究竟。果然，是一件晾着的白色汉服，可能是黄小娟洗完挂着打算晾干的衣服吧，我真是自己吓自己。

我边轻轻拍着自己的胸脯给自己压惊边转身往回走，谁知道一转身就看到一个低着头的长发女子站在走廊不远处。

我想着，那人身穿白色衣服，应该是黄小娟。正要走过去打招呼，谁知道她突然抬起头。她竟然没有五官？再仔细一看，她、她竟然没有脚……

“妈呀，这是什么鬼啊？”我边喊边狂奔起来。

眼看我就要跑出大门，只听“砰”的一声，大门突然被关上，与此同时，一只修长的手忽然抓住了我的后背。

我这是逃不出去了吗？妈呀，我可不想英年早逝啊，我的作品还没火，我还没结婚生孩子，无颜面对列祖列宗啊……

“害怕？”是黄小娟的声音。

我还没弄懂怎么回事时，她就出现在我面前，我再看了看她的脚，原来穿着黑色的袜子。但我依然心有余悸地看着她，生怕突然再来一个反转。

“担心我是鬼？”

我点头。她伸出手指，我赶紧又摇头。

黄小娟不禁一笑，说：“你真傻。鬼没影子，而且身体很冷，我冷吗？”

我点头。

“冷？”黄小娟摸了摸自己的脸，疑惑地说，“没有啊。”我还是瞪着她没出声，她继续说，“不信你摸摸看。”

我瞪大双眼，努力摇了摇头。

“不摸我就吃了你。”

听到这儿，我迅速在她脸上掐了下，她疼得哇哇叫，果然不是鬼。

当然，我掐她也是为了报复她故意吓我，好不容易逮到一次机会，我当然得使点劲嘛。

结果黄小娟一生气，直接打开门把我轰出去了，然后就把门给关了。这一趟来的……我本来想解决点问题的，就这样被轰出来了。

回到合租房后我收到了一条信息，消息是老赵发来的：我想了很久，也许你刚刚说得对。我需要的是时间，但我不知道以后的岁月里，当我再回想起这些点滴时，是不是依然会迷失。

我给他打了电话，鉴于我不像胡萝卜那样懂得安慰人，于是在电话里给他讲了一个故事。

故事原版是黄小娟给我讲的书生和倒酒姑娘对对子的爱情故事，当然，到了我这里，我就顺便添油加醋改编了下。故事的最后，姑娘开了一家前任博物馆体验店，所有有过感情问题的人来过之后都会释然，仿佛跟前任完成了一场和解的仪式。

老赵听完后说："听明白了。"

其实说完故事我自己都有点蒙，也不知道他明白了什么。

更主要的是，他明不明白只是时间问题，但是我的时间不等我。下周就是活动举办的时间了，上周花姐姐就已经把活动信息发布出去了，到时候粉丝们都跑来看演出，结果却是我一个人在上面碎一百块大石，场面肯定会炸锅的。

第二天，我回到公司跟花姐姐说自己联系了歌手，也试着站在情感咨询专家的角度帮忙处理感情问题，但还是没有完成国家和人民交给我的任务。

花姐姐叹了口气说："好吧，吃不着小鲜肉我也认了，我去跟老板提辞职吧。"

我傻眼了："辞职？没那么严重吧，不是说就年终奖泡汤吗？"

花姐姐一改以往的娘炮风，突然一本正经地跟我说："职场的很多事你不懂，我也不能跟你说得太明白，我不入地狱谁入地狱。"

我顿时不知道说什么好，总不能说"花姐姐，你一路走好"吧，只能看着花姐姐转身离开。他打开门时，突然有种风萧萧兮易水寒的感觉。

谁知道他一打开门就立在门口，然后一声尖叫道：“雷、雷、是雷……”

雾霾天能打什么雷？难道老天也对这人间炼狱发怒了，想打个雷警示下？可是我没听到打雷声啊。我走过去一看，一个背着吉他的歌手出现在我眼前。

花姐姐兴奋得差点就扑入他的怀中，还一口一个“雷啊雷”亲昵地叫着。

歌手走过来跟我握手说：“你好，我是老赵。”

“是你呀！你怎么回来了？等等，你叫老赵？花姐姐叫你雷，难道你就是……？”

他说：“对，我叫李雷。”

“老赵不应该是姓赵吗？”

他笑着说：“老赵是我的艺名，我的真名叫李雷。”

我无奈地说：“你好李雷，我叫韩梅梅。”

所有人都看向我。

线上线下活动最后举办成功了，看着老赵在台上风光无限，台下妹子抬头激情合唱，我突然有种选错行业的感觉。

不过活动结束后，还是有几个日和风少女过来找我合影，说喜欢我的漫画作品。那一刻我在想，嗯，就粉丝来说，老赵有的是数量，我有的是质量。

散场后，老赵找到我跟我说“谢谢”，我一脸不明所以。

原来，他的女友就叫丁香，离开他的原因是得病去世了。老赵忘不了这段感情，终日在她的家乡游荡。他认为生活在她的城市里仿佛有种彼此陪伴的感觉，实际上他自己也知道他是迷失在了那座城市里。听完我瞎编的故事后他说他想通了，打算重新回北城奋斗，又在院子里种了很多丁香花，他相信有丁香花的地方就会有思念。

我心想：前任博物馆还真是一个神奇的地方。不过，这好像只是一个巧合？

老赵临走前我还跟他道歉，老赵说："不用谢我，要谢就谢小虾米吧。"

我纳闷，关这凶神恶萝莉什么事，她差点就害得我万劫不复。

原来，他之所以当晚就回来帮我是因为他被小虾米轰炸了，她动用了所有的人脉来联系他，最后连八大姑七大姨都在找他。

当然，他还给我看了小虾米的留言。我拿过手机一看，先是诧异，随后是惊讶，然后忍不住笑喷了，最后竟然有一丝丝感动，上面全是"小虾米式"语气：

小虾米：老赵，你害惨我了，我都答应朋友了，结果你玩消失。

小虾米：你到底看没看到我的微信？

小虾米：你到底靠谱不靠谱？你就回来一天帮忙下不行吗？我真的很急。

小虾米：老赵，你就当帮我这个忙吧，来世我做牛做马补偿你。

小虾米：老赵，你不会觉得来世太远不干吧？但是你总不能趁我失恋之危，让我以身相许吧？那个，你也是失恋之人，我们相煎何太急呢？

小虾米：还不回复我？你到底看没看到啊？还是你们民谣歌手也是演出前先要果儿？你不会非要我表态吧，我的终身大事全凭父母做主啊，你别逼我啊！

小虾米：老赵，我问候你祖宗十八代。

小虾米：对不起，上条骂人的话我撤不回，等见面你指着我的鼻子骂我都不会反驳，你赶紧回来吧。

小虾米：你再不来我就跳楼了，老赵！

小虾米：你真见死不救啊，我……裸奔……

小虾米：老赵，我真裸奔了，在身体上写你的名字，举着牌子说你搞大我的肚子还劈腿。

小虾米：老赵，求求你了，对不起，我太着急了，但是那个朋友对我真的很重要。为了帮我走出失恋阴影他竟然陪我走完北三环，一路上我喝多了各种撒野，他不但没有放弃我还背着我继续走，最后他都累傻了，你说这恩情我能不报答吗？老赵，我们在酒吧认识这么久了，也喝过很多次酒，你懂我的，能陪我喝酒的人我一抓一大把，但是能陪我仗剑海角天涯的真不多。老赵，他真的是一个很好很好的人，求求你帮帮他。

……

不知道为什么，我的眼眶有些许湿润。我没敢再看下去，可能是怕被她这些煽情的句子欺骗，然后误以为这凶神恶萝莉其实是一个好女孩，万一上当了，以后岂不是要被她欺负惨了？

老赵没有说什么，拍了拍我的肩膀对我说：“兄弟，小虾米是一个好女孩，珍惜她吧。”

哈哈，老赵当然不会说这句话，谁人不识小虾米的厉害。他说的是：“兄弟辛苦了，小虾米喝多的状态我见识过，你能背着喝醉的她坚持走完北三环，请收下我的膝盖。”

知道小虾米这么求着老赵帮我，虽然她一开始有很多暴脾气，但我现在其实已经从内心原谅她了。不过我们都那么久不联系了，不知道下次见面还会不会以平常心对待彼此，还是成为最熟悉的陌生人？

我回到合租房，打开门的一瞬间我在想：我是一个伟岸的男子汉，如果下次遇见小虾米，大不了我主动点，跟她说说话，请她吃个冰激凌，然后给她画一张人体艺术，天底下没有什么缓和不了的关系。

正当我这么愉快地做决定时，猛然发现小虾米竟然出现在大厅

里，而且还衣衫不整地跟胡萝卜吃着麻辣烫。怎么回事？难不成胡萝卜提前下手了？现在是休战后的补充体力时间？

（3）

一想到这里，我觉得十分生气，愤然过去把桌上的零食全扫落在地。

“你神经病啊！”小虾米骂着。

我也怒了，骂道：“你才神经病，一个小姑娘家那么不自重，大晚上的跑男人家里，孤男寡女还衣衫不整，你这样对得起生你养你的爸妈吗？对得起你祖宗十八代吗？”

“去你祖宗十八代的，你有话能不能好好说。”

“好好说个屁，你们都办完事情了，而且现在还吃着七块钱的麻辣烫。”

胡萝卜打岔说：“你想哪儿去了？小虾米是担心你活动没举办好，怕你伤心过度想不开，特意过来看望你的。人家等了你一天都没吃饭，我就下楼买夜宵给她吃而已。哥们儿虽然是撩妹高手，但从来不用七块钱的麻辣烫搞定一个姑娘，哥们儿没那么没品。”

小虾米迟疑了下，似乎听明白了什么，生气地起身摔门出去。

我都不知道自己为什么突然发怒，但是一下子发现是误会后，顿时愣在原地不知道该怎么办。

胡萝卜拍了下我的肩膀喊道：“赶紧追啊，你拉的大便别让哥们儿给你擦。”

我二话不说赶紧跑了出去。

小虾米并没有离开，而是往楼上跑，直接冲往天台。

这家伙不会想不开吧？

我赶紧追了过去，然后一把抱住她不让她跳楼，谁知道一着急脚下打滑，直接生扑了小虾米，而且双手还很不凑巧地按到了“鼠标”，顿觉一阵“波涛汹涌”。

好吧，这是我在瞎编的，这种情节只在《霸道总裁爱上我》之类的小说里出现。真实的剧情是我踩滑，直接摔了个狗吃屎。

眼看小虾米走到了栏杆边缘，我大喊着：“你别想不开啊，要是没人要你，我可以委屈下给你凑个数。”

小虾米回头疑惑地看了我一眼说：“我没有想不开啊，就是想上天台呼吸下新鲜的雾霾，让自己更加精神点。”

好吧，我想多了。

我们俩靠在栏杆上，看着北城灰蒙蒙的雾霾天，就如同在看一部裸眼 3D 的世界末日片一样。

小虾米说：“雾霾天适合喝灌水啤酒，吃地沟油、炸病死鸡了，这样才能以毒攻毒。”

我说：“在北城能活下来不容易，还是对自己好点吧，努力赚点钱后赶紧逃离才是王道。”

说完后我从包里摸出两个口罩，递给她一个：“北城的雾霾太严重，下次记得戴口罩，一定要找这种防雾霾的，那种印着卡通头像的口罩没有用。记得穿厚点、戴帽子，这样能阻挡点雾霾，还有回去记得洗手清洗鼻子。”

小虾米打断说：“好啦，你跟我爸爸一样啰唆。对了，那北城这么糟糕，你为什么要来呢？”

我小心翼翼地反问：“说因为梦想会不会太矫情？”

小虾米说：“不会啊，我很羡慕你这种人，知道自己想要什么，为什么而努力。”

我问：“那你呢，为什么来北城？”

她笑了笑说：“说因为爱情，是不是太失败了？”

我说：“不会啊，爱情本来就是勇敢者的游戏，我很佩服你对爱的勇气。”

小虾米叹了口气说：“可惜这是一场失败者的游戏。”

“我又何尝不是呢？不为别的，就想等我们老了以后，可以让我多点回忆，可以跟子孙吹牛，说当年老子也是如此玩命地爱着一个人的。”

小虾米哈哈大笑，很快又突然停止大笑看着我，伸出了手对我说：“之前我们都是打打杀杀，今天算是我们第一次认识。你好，我叫小虾米。”

我也伸出手跟她握了握说：“我叫戴阿强。”

“我发现我还没有你微信呢，每次都发短信打电话太浪费感情了。来，扫一扫。”

小虾米拿起我的手机扫了扫，这家伙也是没礼貌，竟然随手点了下我的朋友圈，我正要拿回时，她惊讶地叫了一声。

我问：“怎么了？”

“你的朋友真开放啊，在朋友圈里接吻秀恩爱就算了，还是花式舌吻。不过这个女的怎么看着很眼熟……”刚说到这儿，小虾米赶紧把手机按掉了。

我赶紧拿回手机想点开看一下，小虾米又把我的手机抢走说：“那个，十八禁，少儿不宜，我请你喝酒吧。”

其实她抢走的那一瞬间我还是看到了，是前任跟现男友在朋友圈秀恩爱。不知道为什么，我心里还是有一些疼痛。虽然我心里清楚，他们再怎么秀恩爱都跟我没关系，但是我就是会犯贱。

小虾米看我沉默着，又问：“喝酒去？”

“不用了，谢谢。”

“怎么不用了？上次你还陪我暴走三环看隔天的太阳呢，这次为了报答你的恩情，我决定带你暴走五环。”

听到这儿我差点吐了，谁知道小虾米来真的，直接拉着我往楼下狂奔而去。

此时我脑海里回荡着小岳岳的《五环之歌》：“啊……五环……你比四环多一环……”我想死。

（5）

小虾米并没有带我暴走五环，因为她也怕死。于是她带我去酒吧胡吃海喝，想要让胃带着我们走出失恋。

酒过三巡，我似乎喝得有些迷糊，仿佛伤心事突然就被清空了似的。

小虾米突然问：“你搭讪过女孩子没？”

我说：“跟收废品的大妈问路算不算？”

“你就这点志气？”

“这点志气怎么了？不就是搭讪吗？走，我……不，你搭讪一个给我看看。”

小虾米笑了笑说道：“走，姐带你搭讪试试，保证让你们当场接吻。”

“真的假的？我不信。”

“那我们赌一把。在视线范围内，你随便指一个生物，我帮你搞定。我要是输了，就在这里大喊三声‘我是乌龟王八蛋’。”

原本我是不愿跟她瞎折腾的，但是一听她要喊自己是乌龟王八蛋我就来劲：“阿猫、阿狗也算？”

她点头说：“就算是公狗都没问题。”

“别，我性别取向没问题。”说完，我随手指了指一个单独坐在卡座上的妩媚女生说，“就她了。”

小虾米笑了笑说道：“我 看你平时那么正经，原来是一个闷骚男啊。”

“我这是以防万一，谁知道你又想搞什么鬼？”

小虾米说：“不信我？你等着。”

我笑了笑说：“好，风萧萧兮……”

小虾米打断我说：“闭嘴。”

虽然很近，但是酒吧比较吵，我只能通过她们的动作来猜测她们的言语。

小虾米在旁边说了几句，然后那女人只顾自己抽烟，就没太搭理她，小虾米就这样干站着。好吧，出师不利！

随后女人伸了伸手，示意小虾米坐下。啥？难道来真的？

也不知道她们聊了什么，那女人忽然笑了。然后那女人竟然站了起来，接着……往我这边走来。

最后……她竟然、竟然在我脸上亲了一口？！

妈呀！我直接愣了。

女人说：“帅哥，我知道你对女人不感兴趣，但是希望这个吻让你勇敢起来面对这个世界，加油哦，你很帅。”她说完，跟小虾米打了下招呼就走了。

我一个人蒙在当场，这是什么情况？

小虾米凑过来对我说：“怎么样？骗了一个吻，爽吧？”

我纳闷地问：“你到底怎么搞定的？这么神，该不会是用金钱收买吧？”

她说：“怎么可能？”

“难道她是你闺密？你们合起伙来忽悠我？”

小虾米说：“你小子有病啊？人你挑的，占到便宜还不卖乖。”

我说：“那你到底为什么这么神，总得让我知道吧。”

她先是一阵大笑，然后说：“我说你是 gay，今晚是第一次出来找男朋友，让她给你一个吻鼓励下。”

我瞪大双眼，差点就昏死过去，但嘴上不饶人地骂道：“神经

病啊你。”

她没有跟我吵架，反倒捂着肚子哈哈大笑起来。

我没搭理她，一个劲地喝酒。

良久，她用手肘撞了我下说：“光喝酒有什么意思，要不我们玩玩游戏。”

一听玩游戏我马上警惕起来，因为我不知道她会玩什么奇葩游戏。我最怕的是她不是在玩游戏，而是在玩我：“我不玩。”

她瞪着我，顺便秀着铁砂掌说：“你敢。”

我理直气壮地说：“有什么不敢的，谁怕谁？说，玩什么？”

“国王游戏。”

我瞪大眼睛看着她。

她接着说：“可是人不够。”

我松了口气。

她又说：“真心话大冒险呢？”

我又瞪大双眼。

她接着说：“没意思，你内裤什么颜色我都知道，还需要问什么真心话。”

我的眼珠子直接变成高射炮炮弹发射出去。我说：“你瞎扯，我内裤什么颜色你怎么可能知道？”

她反问：“我怎么就不知道？”

我说：“那你说，我现在的内裤是什么颜色？”

小虾米邪魅一笑。看到她这个招牌笑容，我就知道坏了。

她说：“你……没穿内裤。”

“谁说我没穿内裤了！”

她来一句：“不同意的话你脱下来看看，敢不敢？”

我瞬间服了。

最后，小虾米选了一个合适两个人玩的游戏，那就是摇色子。

摇色子喝酒的游戏大家都懂吧，分很多种，其中一种比较考验心理和智商的是五个色子猜点数。没错，我和小虾米是比那种“更高智商”的：一个色子点数比大小。

第一局的题目是指定一个陌生人，然后说“求包养”。

我先投出的是一点。妈呀，这数死定了。小虾米一脸放荡的笑容，掷出色子。我看到后哈哈一笑，她也是一点。

继续投，我又笑了，我是五点。我正想着看小虾米输了后如何去求包养，没想到她随便一掷，竟然掷出了六点。

上帝真喜欢开玩笑，难道上帝真是宅男，照顾下同胞的同情心都没有。

好吧，求包养谁不会啊，不就是说一句“求包养”然后赶紧回来吗。

可是，小虾米这家伙是真想折腾我，她指了卡座上一个肌肉男给我。

这是什么情况？

我说：“喂，怎么能这样？你怎么指了一个男的？”

她反驳：“你一开始又没说不能指男的。”

我说：“你能不能厚道点？要是你输了，我怎么也不会这样对你啊。”

小虾米说：“我不管，反正我赢了。要是我输了，你也可以指一个女的啊。”

我愤然抗议：“哪有这样的道理啊，我一个堂堂七尺男儿，跑过去跟一个大男人说求包养，这……”

小虾米打断我说：“喂，你还是不是爷们啊？我们玩游戏呢，愿赌服输啊。”

“我是服输，但是能不能换一个？不用太漂亮，不比你丑就行。”

呃，我知道我一放毒蛇就没救了。

“免谈！”

没办法。为了避免吃铁砂掌，我硬着头皮就上了！上帝你真是宅男，还是个一天用一包心相印的宅男，我恨你啊。

最恶毒的是，当我出发时，小虾米还很有节奏地拍着桌子说道：“风萧萧兮易水寒。”

我回头一脸鄙夷地看着她说：“壮士一去兮抱得美人归。”

她一脸不屑，说：“行，把他抱过来吧。”

我一阵胆寒。

随后我心惊胆战地走到肌肉男身边。正在喝酒的肌肉男看我走过来，对我笑了笑，然后……恶狠狠地问我：“什么事？”

我尴尬地笑了笑，真的要说“求包养”吗？

愣了许久，我勉强开口说：“哥们，你的胸好大啊！”

他瞪了我一眼，我知道，离他出拳只剩零点零一秒的时间。

我赶紧把握机会说：“是胸肌，胸肌，说少了一个‘肌’字。”

肌肉男不耐烦了，抓起我的领口问：“你到底想怎么？”

我一受到惊吓直接说：“求包养！”

此时，肌肉男原本愤怒的表情瞬间变成邪魅的笑容，这笑容怎么形容呢？淫荡？可是那笑容比起“淫荡”这个词简直是有过之而无不及啊。

只见他放下手，拍了拍我衣上的尘土。他到底想干吗？我连忙摆出防御的架势，不，我的架势还没摆出，肌肉男就一把抓住我的双肩，然后嘴也凑了过来，我……他……他不会是喝多了来真的吧？这得毁三观啊，我就是跳进黄河也洗不清啊。

救命啊！可是肌肉男力气还真大，愣是按住我，我是喊还是不喊啊？而且我要喊什么？喊强奸？谁信啊！不喊？三观尽毁！

肌肉男的大红嘴唇向我袭来……

一声惨叫声响起，我回过神来，肌肉男早已放开了我，手捂着

裆部蹲在地上。

我看了看似乎已经有点酒意的小虾米，结果还没反应过来呢，她就拉着我往外跑。

我边跑边问：“怎么了？干吗跑啊？要是没钱你可以写张卖身契啊。”

她打断我说：“你真是江山易改本性难移，都大祸临头了还这么贫嘴。”

我问：“怎么了？”

她说：“刚才我爆了那男人的菊花。”

好吧，我才反应过来，于是拉着小虾米赶紧跑。可这么晚，我们要跑去哪儿呢？

逃命的人肯定不会想那么多，孤男寡女，总不能跑酒店吧！

（6）

我忘记了小虾米是一个酒量特别不好的人，还是一个酒后容易发疯的女人。除了在酒吧踢人裆部，走在公路上她也没少撒野，最关键的是折腾完后整个人又瘫在我身上。我只能趁着她还有点知觉赶紧送她回家，哦，不对，是背她回家。

一路上她不时拍打着我的肩膀，呢喃着：“放开我，放开，不要可怜我。”可不一会儿，她又会突然紧紧地搂着我的脖子说，“谢谢你一路陪着我，我很感动，我在想如果我们相识很早，从小青梅竹马，然后长大后在一起会是怎样？”

我不知道该怎么回答，就这么走啊走啊。快要到她家时天上飘起了雪花，这是北城今年的第一场雪。不知道为什么，每次下雪的时候，我总会想起大学时和杨杨第一次在雪中约会打闹的场景。那时候她玩累了就直接跳上我的后背让我背着她，而多年后，我后背上背着的人却不再是她，如今想来内心有些唏嘘。

中途，我把小虾米放下后，她迷迷糊糊地看着我。雪花落在她的脸上，我不禁笑了笑，竟感觉她跟杨杨一样美丽。

雪花越下越多，我伸手帮她擦拭掉，谁知道小虾米直接祭出铁砂掌打过来，嘴中呢喃着：“你这死变态，是不是又来占我便宜？”

“放心，我对你没兴趣，我送你回家就走。”说完，我艰难地扶着她进门。

都说进入一个女孩子的房间就像是进入另一个世界，你想象过一个四十平方米都不到的单身公寓里，有一半的空间都填满手办和卡通玩偶的样子吗？别人墙上的都是文艺墙纸，小虾米的却是从下川凹夫，到大藤信郎，再到宫崎骏、新海诚的作品海报，简直就是一墙日漫发展史。

当然还有一条狗。对，看着眼前这条褐色的狗，再想到它的名字叫“黑比”，我就有点无语了。

从它抱着我的腿疯狂地滑动着的姿势判断，它应该是属于泰迪这一类的“外星生物”。听说，这种狗连空气都不放过，要小心。

我把小虾米放在床上，看着掉了一地的Cosplay服装，怕它们被“黑比”强奸了，于是就帮她捡了起来，简单折叠几下放在了桌上。

收拾好后我看了一眼小虾米，结果吓了一跳，她竟然旁若无人地开始脱衣服，穿着丝袜的大长腿抬得老高。

这是要引我犯罪的节奏啊，我赶紧说：“小虾米你干吗？”

她迷迷糊糊地回答我：“睡觉啊。”

“那你脱衣服干吗？”

“你睡觉不脱衣服吗？笨蛋。”

我承认，在这样的时刻，我的心跳得特别特别快。分手那么久以来，我一直过着和纸巾相依为命的生活，但是很快，我掐了掐自己的脸告诉自己一定要把持住，小虾米不是一般的人，今晚我要是动了这个邪念，明天只有两个结果：一种是顺水推舟和她将就着过，

反正我们两个人都是被前任抛弃的可怜人，也是精力旺盛的年轻人，干柴烈火凑一起算了。但是一想到要天天吃铁砂掌，我就不乐意这样过活了。还有一种就是我们互相看不上，今晚的故事纯属酒精作怪，但是按照小虾米的性格，肯定不会放过我。她打我一顿是小事，就怕隔天醒来，我已经变成李莲英的同事，那可就完蛋了。

想到这里，我赶紧跑过去给她盖上被子，以防自己把持不住，然后拿起床边的包准备逃跑时，小虾米忽然推了我一下，接着就把我推倒在床了。她想干吗？

就在今晚，我真的两次被毁三观！

一次是差点被一个肌肉男强吻，现在是被一个野蛮小萝莉推倒在床。你说，身为一个想象力丰富的漫画手，我容易吗？我能不多想吗？这场景让我想到了茅盾笔下的白杨树和沙漠，让我想到了柯南无数次不经意看到了小兰裙底的风光；让我想到古典名著里的西门先生和潘女士……呃，抵制三俗！

此时，小虾米用一双眼睛贪婪地看着我，似乎还要流口水的样子？我不知道是不是要喊救命，但是喊完救命后警察来了是抓我还是抓她呢？可若不喊的话，我象征性挣扎几下后节操就毁了。

只听见小虾米忽然清醒了片刻，大声说：“你这个流氓，还脱我衣服，你想占我便宜？你找死啊！”

喊完后，她直接给了我一巴掌，随后倒头呼呼大睡，我直接无语。

看着她熟睡的样子，我顿时生不起半点气来。记得上一次看着女生熟睡的样子，还是跟杨杨在一起的时候。那时，她醒来发现我还没睡，就问我为什么不睡。我说：“你沉睡的样子如海棠一样美妙，我想彻夜看着，都不忍心闭眼睡觉。”

那时候我单纯地认为有她的被窝才算温暖，抱着她的夜晚才能晚安。而时过境迁后，唯有今夜的雪和过去的只字情话还残留着一点温度。我叹息了一声，给小虾米重新盖上被子后，背上包，关好

门就离开了。

一出门，我就看到了我们刚离开的三里屯酒吧一条街，我站了一会儿，看着眼前形形色色的男女在雪中勾肩搭背、推推搡搡，仿佛能从他们的身影里看到自己，又觉得里面根本不可能有自己。

凌晨的北城，就在我们刚刚离开的三里屯，有很多人开始捡人。不要说我俗，当酒吧里开始出现那么多为了把妹而把妹的人，酒吧就已经变得不那么纯粹了。

当然，还有一些基本不去酒吧的人，嗯，其实是没钱去。他们跟我一样，为了梦想在毕业后背井离乡来到北城，住在隔断的合租房，吃着地沟油三餐，被甩后不敢轻易恋爱，或者说这样的人很难被女性看上。于是他们开始奋斗，谋生亦谋爱，期待哪天能在这个陌生而没有归属感的都市里实现他们的逆袭。

还有一部分人可能正在某个一次性双人床里跟我们心中的女神做着高难度的瑜伽运动，我们不得不承认这些都是事实。但是我们还要承认，很多时候我们确实不会投胎。人都是要死的，凭什么他们那么会投胎啊？

要知道投胎是一个多么牛的技术活啊，不然你怎么知道跳进来的不是猪圈而是一个富翁家庭呢？我们没成为猪这已经是万幸了，所以我们不必抱怨，后天的努力都是公平的。之所以叫我们屌丝是因为我们必须逆袭，逆袭后会遇见更多的姑娘，谈几次恋爱，然后记得吸取陈摄像师的教训，关灯关电源。

还有极少一部分人，他们幸福地生活在一起了。在今夜，在属于他们的房间里，哪怕房间只有十来平方米，他们依然过得幸福。如果你真的相信爱情，那么为了这份美好的记忆也要轰轰烈烈爱一场。要相信冥冥之中，一定有一个人在这座陌生的城市里等着我们。

该遇见的人终究会遇见，即便是擦肩而过，彼此都会回首看对

方一眼，从此全世界的面孔都有他的模样，那人身上藏着你想要的味道。

想到这里，我戴上耳机放着音乐，耳机里放的是郑钧的《私奔》：把青春献给身后这座辉煌的都市，为了这个美梦我们付出着代价；把爱情留给身边我最真心的姑娘，你陪我歌唱，陪我流浪，陪我两败俱伤……

漂泊是条不归路，毕业、梦想、工作、爱情等这些原本彼此关系不大的东西在此刻竟如同出自一个娘胎。我不知道未来的自己会怎么样，更不知道心上人在何方，只是忽然觉得今夜的北城异常安静，安静得像是母亲的怀抱。

我笑了笑转身离开，成为这座纸上城市里微不足道的一片剪影。

等我回到合租房已是白天，我已经累成狗了。我拿出钥匙打开门，突然听到一声怒吼，一个身影直接扑了过来把我按倒在地。

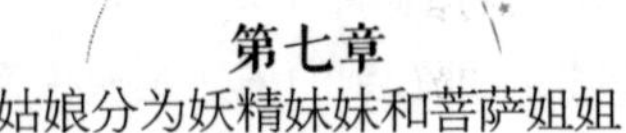

第七章 姑娘分为妖精妹妹和菩萨姐姐

（1）

“老胡你神经病啊，这么晚还不睡，折腾什么？”看清楚扑过来的人是胡萝卜后我大骂着。

“你这个禽兽，完全不顾兄弟的感受，还真的把她给办了，你不就是想让老子输了去裸奔吗？老子裸奔给你看。”

说完后胡萝卜真的开始脱衣服准备下楼裸奔。

我傻眼了，他裸奔不要紧，万一影响市容被抓进警察局，保释他的还得是我，我可不想惹麻烦。想到这里，我赶紧拽着他不让他下楼。

万万没想到，中介公司的保洁阿姨忽然降临。我们租的房子是老房子，所以如果不是刻意去关门的话，大门是锁不严的。打开门的那一瞬间，阿姨的下巴差点掉下来。

阿姨是老一代的女性，还没有“腐女”的思维，看到这一幕，不知道世界观会不会崩塌？心理阴影面积是不是没法丈量？

胡萝卜尖叫了一声后赶紧跑回了房间，留我一个人呆呆地在原地站着。

这该怎么解释啊？我正一脸无辜，谁知道阿姨竟然没有慌，进来关上门说了句“洗澡提前脱光衣服很正常，阿姨又不是没见过。当年在学校当宿管的时候，光屁股的学生都见怪不怪了，告诉你那兄弟，平时没事喝点枸杞水，他气不足。”

我发现是我的世界观被刷新。我咽了下口水，点了点头说：“好的，阿姨。”

到了公司，我一个上午都没有心思上班。午饭后，我在楼梯旁休息，看着窗外的风景，可看到的依然是灰色系的高楼大厦。

我脑子里忽然闪过小虾米昨晚说的话，她是在暗示什么呢？

想到这里，我给她发了一条微信开玩笑地说：“还记得昨晚说过的话吗？”

小虾米赶紧打来电话说：“我昨晚喝多了，如果跟你说了什么暧昧的话，你千万别相信。我就这个性格，每次喝多了都乱说话。”

我笑着回答说：“你没有说什么好听的话，全是骂人和打人，另外还勾引我，要不是我实在下不去嘴，拼命挣扎，就铸成大错了。”

“我敢肯定拼命挣扎的人一定是我，肯定是我打跑你这乘人之危的色狼的。”

“行行行，你这么好看说什么都对，我不跟你争了。”

小虾米哈哈大笑：“对了，你不是喜欢霹雳布袋戏吗？不知道？哎，算了算了，我还是找别人吧，我先忙了，拜。”

说完她马上挂了电话，我无奈地摇头笑了笑，拿着手机往办公室走去。谁知道电话又响起，我赶紧接起说：“怎么，反悔了？要我帮忙？”

电话那头迟疑了下说：“是我。”

我赶紧看手机，竟然是学姐。我原本想挂掉，但想了想，很多事，特别是感情纠葛，藏着掖着对谁都不好，说开了大家都释然。

“你好。”

她并没有马上质问我为什么没回微信，而是说：“你最近很忙吧？明天有重度雾霾预警，到时候记得戴口罩。我给你买了点鸭梨和冰糖，你什么时候有空？我煮好给你带过去。”

本来是很温暖的问候，可一想到她跟老男人的苟且，我的怒气顿时飙升。我反问她道：“难道你不想知道我最近为什么不回你微信吗？”

“我想过很多原因，不过担心你比较忙，又不想让你分神，所以我可以等。”

“我还是直接说吧，原本我觉得绕了一圈后能再遇见你，真的很开心，但是上周我在国贸看到你跟一个老男人勾肩搭背，突然觉得很恶心，你能明白吗？”

学姐迟疑了下，反问：“你就是因为这事不理我？”

我说道：“我本想拉黑你，后来想想没必要，你毕竟还是我的学姐。”

学姐笑了笑说：“你是不是吃醋了？”

“要是没别的事我挂了。”

“等等，你还是一副倔脾气的闷骚样。你说的老男人不是别人，是从小看我长大的叔叔。”

“我……”

学姐笑了笑说：“你不用跟我道歉，我要补偿。”

“你要什么补偿？”

她说：“把你生吞活剥了。”

“什么？”

电话那头传来一阵笑声，她继续说：“开玩笑啦，周末陪我吃饭看漫展。”

“好。”

“还有，微信记得秒回。”

“好。”

“不秒回你就是在跟别人‘啪啪啪’。”

“啊？”

“你就知道说‘好好好’。平时如果忙的话，等空闲再回复我就行，别像前阵子都不搭理我。”

“好。”

“又是‘好’，不能换别的吗？”

“好的。”

“我去！”

……

挂上电话后，不知道为什么我心里有点暖暖的，刚才她问我是不是吃醋，虽然我没有回答，但如果真让我回答，我想我还真有点吃醋。我不知道这是不是意味着我即将走出前任的阴影步入下一段新的感情，或者只是因为最近烦心事太多，受到前任的毒害太深，才有点温暖就会有错觉。

（2）

下班后胡萝卜约我老地方见。

一见面，胡萝卜马上笑眯眯地给我倒酒，还拍了拍胸脯说：“这顿饭哥们儿买单。”

我赶紧放下杯子说：“你赶紧说。笑得这么淫荡，非奸即诈。”

他嘿嘿一笑，反问我：“我追小虾米你应该不会反对吧？”

我愣了下问：“你什么意思？”

“哎，实话告诉你，在爱情这座迷宫里，哥们儿真的玩累了，早已厌倦了江湖漂泊，想金盆洗……脚，找一个温暖的‘盘丝洞’憩息。”

“别再瞎扯了，我警告你，你要是动她一根毛，我就废了你。”

听到这儿，胡萝卜马上举手投降说：“哥们儿这次是真心的。”

我踢了下他的椅子说：“装逼遭雷劈，别再装了。”

“哎，要怎么跟你说你才信呢？难道你没发现我从头到尾对小

虾米都很善意吗？即便她再怎么欺负你，身为你的好兄弟的我竟然都向着她；还有我写的网络小说，其实读者看不下去的原因不是你们没有滚床单，而是女主喜欢男二，我就是那个男二。这些难道你不认可吗？”

“我认可啊。”

“那不就对了，我对她是真心的。”

我摇头说：“可我不相信，你对每个漂亮的姑娘都是真心的，而且你也没少做好色轻友的事。”

“这……”胡萝卜发现说服不了我后开始狂喝酒，一下就吹了两瓶。

“你发神经啊？”

胡萝卜放下瓶子说：“我想让自己喝醉，然后你再问我是不是真心的，看我怎么回答，喝醉的我一定不会说假话。”

我赶紧拦住他说：“行了，你别喝了，我相信你。”

“看来还是酒后吐真言。”

我说：“不是因为这个。主要是你每次喝醉酒后都乱脱衣服，看到任何雌性生物都不放过，上次连一根柱子都让你撞倒了，我实在拦不住。”

胡萝卜一脸鄙夷：“你继续编。”

我赶紧拿出手机：“我就知道你不认账，所以我特地拍了视频，来，看看。”

胡萝卜赶紧把手机抢过去，删掉了视频。

“干……”

胡萝卜把手机还给我后说：“我知道以前是我太渣了，所以你不相信我。我之所以喜欢小虾米是她真的长得很像我的初恋。”

“又来了，组合拳套路。”

胡萝卜气得直跺脚说：“这次是真的。”

他说完又拿起酒瓶，我赶紧拦住说："行，是真的，您继续。"

那是胡萝卜第一次跟我讲关于他初恋的事。大学那会儿，他喜欢一个大四的学姐，学姐的名字叫小澜，于是他开始玩命地追她。大学追姑娘的方式有很多种，比如楼下弹吉他、点蜡烛……胡萝卜的方法非常特别，他是真追，每次看到小澜都追着跑，甚至有次直接追进女卫生间，结果被暴击了出来。

功夫不负有心人，他们终于……去学校对面的小旅馆通宵"看电视"了，那是胡萝卜的第一次。原本他以为两人终于可以在一起，可没想到他只是一个备胎而已，小澜毕业后就去别的城市了。

小澜离开那天，胡萝卜都跪下来求她了，可她心意已决。

他高喊着："如果你这么决绝，我以后一定要成为一个滥情的人。"小澜冷笑了下说随便。从此以后，胡萝卜天真地认为纵情桃园就是对小澜最大的报复。

老胡说他们两人的相处虽然很短，但他真的喜欢她，这些年一直都是。

而这些年他们也有联系，但是一直在吵吵闹闹，吵架完她就玩消失，然后他会花很多时间找到她。没想到最近一次找到她的时候，她已经有男朋友了。

说着说着胡萝卜就哭了起来。我还没见过这家伙哭得这么傻过，更不敢想象这个整天吹牛的情圣会被这样一段看起来非常不起眼的感情纠葛伤成这样。

也许人生不过如此，我们都向往刻骨铭心的爱情，每次都会期待对方达到很高的标准，最后却发现，往往我们选择在一起的、并因此彻夜难眠的那个人都是不足为道的。就像是爱好摄影的人总希望自己能拥有一台莱卡，但买的往往是尼康或者佳能，最后我们还是会因为手中的这台单反相机损坏、丢失、更新而烦恼。

我不知道怎样安慰胡萝卜，只能伸出双手给他男人最坚实的拥抱。我说：“你要是真喜欢小虾米，我全力支持你。”

这厮还真扑了过来，像一个小孩一样哭得痛快，仔细一听声音，他竟然在我的衣服上擤鼻涕。

此时烧烤大爷突然出现，一脸诧异地看着我们。我还来不及解释，大爷一脸感动地说：“烤了那么多年的小河虾，从来没见过有人这么欣赏我的厨艺。其实大爷我姓张，祖上五代是御厨，你看，这块御厨牌子还挂在我腰间呢。”

我凑过去一看，上面刻着四个字，按照古代的看法应该是从右往左：子乞女口。

不过怎么觉得怪怪的，到底什么意思呢？直接问会不会太没文化了？想着人家是御厨后代应该不计较，于是我问：“大爷，这四个字读起来怎么怪怪的？”

大爷说：“哪有四个字，明明就是两个字。”

“两个？”我一头雾水。

“对啊，不是刻着‘好吃’吗？”大爷翻过来自己看了看，纳闷着。

我内心有一万只羊驼奔腾而过。这字间距那么大，一定是假冒伪劣产品，我又不能戳穿，只能尴尬笑了笑。

大爷继续说：“刚好今天北城天气不错，雾霾指数不到二百，你们消费满二百，大爷决定给你们八折优惠。”

我尴尬地笑了笑说：“大爷，买单。”

（3）

周末，胡萝卜一大早就跑去找小虾米，而我也如约和学姐去观看漫展。她依然是一袭黑色，只不过换上了一条褶皱长裙，以及散开了长发。她安静地立在那儿，就像是月光一样美丽。

我迎上去说：“让你久等了，学姐。”

她笑了笑说：“都这么多年了，你还一直叫我学姐，能不能改个称呼？”

我说：“好啊，学姐。”

她一脸鄙夷地说：“我是说让你叫我的名字，名字，名字，重要的话说三遍！”

我笑了笑说：“好，茹静姐。”

“你非得加一个‘姐’，想噎死我是吧？”

我笑了笑说：“那我叫你……小公主好了。”

她莞尔，什么都没说就挽着我的手臂甜蜜地往展厅走去。

胡萝卜说得对，其实女生是最容易满足的生物。她们并不是真的需要包包和衣服，很多时候，也许只是一句甜蜜的情话、一个及时的晚安、一个调皮的称呼，都可以让她们开心很久。

我虽然喜欢漫画，但说实话，我很少参加漫展。钱钟书在《围城》里说：“有人叫鲍鱼小姐‘熟食铺子’，因为只有熟食店会把那许多颜色暖热的肉公开陈列；又有人叫她‘真理’，因为据说‘真理’是赤裸裸的，鲍小姐并未一丝不挂，所以他们修正为‘局部的真理’。”所以中国很多地方的漫展就像是鲜肉市场一样，有些店家陈列了很多熟食以供观赏，顾客垂涎三尺进来买肉，如果买不到还可以说是寻找真理，格调真的很高。

学姐当然也知道我的喜好，怕我无聊，一路领着我去看霹雳布袋戏的周边。

我问：“难道你就不看看你的晴明？”

她说：“你才是我心中的晴明大人。”

说来也巧，此时舞台上正好是模仿秀，迎面走来了一个秀色可餐的美女，从比较裸露的服装上判断，应该是在扮演爱蜜莉雅这个角色。

可是当她离我越来越近后，我越看越觉得诧异，当然，也可能

是化妆过度造成的。更让我诧异的是，这个角色径直向我走来，还直接跳下舞台站在我面前，娇滴滴地说了一句：“倷儽偵偪僿（你好）。”

听声音有一种阴阳怪气的感觉，还没等我反应过来，她突然扑过来抱着我，吓得我连忙推开。

此时她哈哈大笑起来，我仔细看了看她的脸部轮廓，这人不是老胡吗？

“你什么时候开始作践自己，把自己搞成伪娘了？”

胡萝卜叹了一声说：“是小虾米逼我的。”

我还没说话，一朵清香白莲就迎面走来，仿佛那晚饮醉初见时的模样，愿与之醉笑三万场，在他乡，不诉离殇。

小虾米念着素还真的出场诗：“半神半圣亦半仙，全儒全道是全贤。脑中真书藏万卷，掌握文武半边天。”

“好巧，小虾米。”我说。

小虾米收起拂尘笑着说：“是啊，怎么，出来约会呀？居然那么巧又让我给碰到。”

我尴尬地笑了笑说：“我跟你介绍下，这是我学姐；茹静，这是小虾米。”

学姐主动伸出手，小虾米很欢乐地给了她一个熊抱。

“没想到你那么热情。”

小虾米说：“那必须的，看到这么漂亮的姐姐我很兴奋。”

“嘴真甜，不过你比我漂亮多了，特别是穿上这身清新服装后，简直就像是从姜夔的词里走出来的美人一样。”

“姐姐说话不光好听，而且还很有文化，我太喜欢你了。今天是霹雳系列的主题模仿，要不姐姐跟我一起扮个角色如何？”

学姐本来想拒绝的，结果小虾米也没等她回复就直接拉着她走了，留下我跟胡萝卜愣在原地。

“你怎么也来了？你不是不参加漫展吗？是不是故意来破坏我求了一周的约会？”胡萝卜问。

“我哪知道你也在，你也不提前知会一声。再说了，你的战场是酒吧，谁知道你跑到这儿约会。”

胡萝卜叹息一声道：“这不是小虾米喜欢吗，我刚到这儿也很不适应，特别是穿上这身女仆装，感觉自己遇到一个人都要求包养似的。”

我正要说话，突然看见小虾米拉着学姐出来了。放眼看去就知道，一袭黑袍加身是弃天帝本尊。如果说小虾米模仿的素还真是从唐诗宋词里走出来的美人，那么学姐模仿的弃天帝就应该是从张旭的狂草里印拓出来的吧，否则，那三分剑气和七分醉人之意怎么会如此逼人。

简单交流几句后学姐又被她拉去各种走秀，再加上是两个美人模仿，过来拍照采访的人络绎不绝。我们原本是过来参观约会的，结果变成我跟胡萝卜两人傻兮兮地坐在冷板凳干瞪眼。

胡萝卜也生气了，把女仆服一脱，剩下一张被化妆品涂得跟车祸现场一样的脸，我简直哭笑不得。

他狠狠拍了我一下说：“哼，我本来是过来约会的，结果还是跟你在一起，你有完没有啊？”

“我还烦呢，老子看你都看到吐了。你的约会地点能不能提前知会我一下？现在撞车撞大发了吧。”

“那现在怎么办？”

我说：“你不是情圣吗？不是撩妹高手吗？你说怎么办？”

胡萝卜叹了一声：“唉，不知道为什么，我遇到小虾米就像是遇到克星一样，就是无招。”

“有了。”

胡萝卜惊讶地看着我问：“你有方法？”

我说：“嗯，我们可以回家。我画我的漫画，你写你的小说，不跟她们在这里浪费时间。”

“你这个跟半夜了姑娘让你帮忙修电脑，你说太晚了要睡觉不去有什么区别？”

我说：“区别很大啊，我们在这里是浪费时间，回去是做有意义的事啊。”

胡萝卜回了一个字：“滚。”

活动结束得比较早，但是围观的群众迟迟不愿散去，到了九点，大家好不容易都散了，我们才终于有机会去跟她们谈话。

结果她们换完衣服化好妆后已经是十点多了，这简直没法聊了。

我说：“大家都没吃晚饭，要不我们找个地方一起吃夜宵吧？”

胡萝卜瞪了我一眼说：“这怎么行？你不是跟茹静约好了晚上要去看场电影吗？再不去就来不及了。”

我顿时心领神会：“对，那这样，我们先去找个地方吃点东西再去。”

小虾米突然递给我一袋东西说：“不用这么麻烦，这是刚才我的朋友们带过来的零食，全都没吃，你们拿着吃吧，还有很多甜点，要不浪费了。”

我说：“还是你们吃吧，茹静怕胖。”

小虾米说：“天啊，她那小蛮腰还怕胖？你让我这五花膘颜面何存？再说了，你不让她吃，全给我一个人吃，居心叵测啊！”

“我……”

学姐笑着说：“没事，我们吃吧，当聚餐。”结果打开塑料袋一看，竟然是一袋馒头。

胡萝卜说：“都是馒头，没有菜也不好吧，我们还是分头……”

小虾米打断他说：“不用，我早准备好了老干妈，来，一人分

一勺。”

这还没完，一顿饭耗到了凌晨，我们终于可以分开走了。

结果小虾米又说：“搞定。这样，你们两个男生住一起，你们一起走，我跟茹静姐姐一起打车回家，她顺道把我送回去。”

胡萝卜眼睛都快掉下来了。

我赶紧说：“两个美女这么晚回去肯定不安全，也给我们哥儿俩一次当护花使者的机会吧。”

小虾米说：“哟，你什么时候这么会说话了？这样也好，你送我，胡萝卜送茹静姐姐，大家相互认识下。”

胡萝卜赶紧打岔说：“这怎么行？哪有在烧烤摊上喝红酒的，我这地摊货明显不搭茹静的style。”

“那你的意思就是你符合我的风格？你是地摊货，我是什么？”

胡萝卜赶紧解释：“我不是这个意思，我是说我跟强哥都是地摊货，我是羊肉串，他是烤牛鞭。”

“你才牛鞭。”

（4）

隔天上班，我在微信上跟学姐表达歉意，原本是一场约会，结果搞成她被抓去玩角色扮演，大晚上还得自己回家。

她回了一个微笑的卡通表情说：“只要你在身边，在哪儿都是约会。”

我说：“下班后，我们一起去看电影，补偿你。”

她回复说：“晚上不行，小虾米有漫展活动让我去帮忙，我架不住她的恳求，就答应了，可能要忙一阵子。”

这小虾米一定是故意的啊！

“好吧，碰到她我算是倒了大霉了，连跟你约会的机会都被剥夺了。”

“那你这周末过来帮我做饭当补偿吧，我们哪儿都不去，谁也不能打扰我们。”

“好。”我刚放下手机，电话就响起了，是胡萝卜打来的。

刚接电话就听他跟我抱怨：“你到底给小虾米下了什么药？”

“是你吃错药了吧，你闲得没事干，打什么骚扰电话啊！你不上班我还得上班。”

胡萝卜说：“我好不容易周末约了小虾米，结果火辣辣的约会让你一泡尿给浇没了，她周末的时间全排满了，还是因为你的学姐。你说，是不是都怪你？”

“我还不爽呢，我想约学姐也约不上啊，全让那凶神恶萝莉给承包了，简直没脾气了。”

“所以还是因为你。”

“关我屁事。”

胡萝卜迟疑了下说：“我说你是不是喜欢小虾米啊？”

我诧异了下：“喜欢个屁。遇见她，我一而再，再而三地倒霉，现在连约会都泡汤了，我怎么可能喜欢她？”

“那会不会是她喜欢你？”

“那也是不可能的事。她每次动不动就暴击我，哪有这样喜欢人的？”

胡萝卜沉思了下说：“也对，不过不是说打是亲骂是爱吗。”

“爱你个头，我天天揍你，我爱你吗？”

“这可说不准。不是说人人心中都藏着一座‘断背山’吗？也许你还没发现。”

“滚！”

挂上电话后我开始想小虾米，说不出是什么感觉，似乎有些怪怪的。不过有一点我是肯定的，胡萝卜是真的喜欢她，而我现在拿着小虾米的任务清单，还得陪她完成下一个遗憾，这似乎不太好。

加班结束后，我去了一趟前任博物馆，准备把邮戳本退回去。谁知道博物馆大门紧闭，好像就是要报复我似的。

我使劲敲门喊着：“开门，开门，让我进去。”

结果我敲了有半个多小时，就是没反应。我的嗓子都喊哑了，只能弱弱地说：“开门，放我出去。”

门竟然打开了，黄小娟还是坐在那儿泡着茶。

这邪门了，我说让我进去门不开，口误说放我出去就开了？

还没等我想明白，她就开了口：“坐。”

“不用了，我被你关在外面不爽了，办完事就走。”

黄小娟抿了一口茶说：“大千世界，阴阳相生，你怎知哪是里哪是外？”

被她这样一说，我就蒙了：“反正我说不过你，这个还你。”说完，我把邮戳本递给她。

黄小娟没接，说：“非我之物何故还我？”

我被她绕蒙了：“我知道不是你的，是我从你这儿拿走了，但是我现在想退回到这里，七天无理由退货啊。”

“为何？”

“说来话长，我死党喜欢上这个邮戳本的主人，现在我拿着这个邮戳本陪这个女人去做任务升级打怪，总觉得马上就要演一出仙剑式的偶像剧似的。万一再摩擦出点什么，我觉得对不起兄弟啊。”

黄小娟笑了笑说：“你真妄想。”

“我这不是怕万一吗。”

“她未出前任阴影，怎进入下一段恋情？”

我思索了下，似乎是这么个道理：“也就是说我不用退了，送佛送到西，帮她又帮我的死党？”

“随你。”

我坐下来看着黄小娟。

“有事？”她问。

我笑了笑说：“没有，只是觉得我们似曾相识。”

“无聊。”

我说：“真的，你说话的口音感觉就像是家乡人一样。”

“少套近乎。”

“难道你不觉得我们口音很像吗？该不会你也是福建人吧？”

黄小娟放下茶杯说：“嗯，我祖籍闽南。”

“我们还真是老乡，难怪你这么会泡茶。都说会泡茶的人最有诗意，我千山万水来看你，你泡茶，我泡你……呃，我说快了，你别当真。”

她鄙夷地看了我一眼后继续喝茶。

“对了，你是闽南哪里的？搞不好我们还是邻居呢。”

她说：“我离家多年，仅记得家乡用闽南话叫‘老塘境’。”

“‘老塘境’？这个我还真不知道，不过谢谢你的茶，我得早点回去了。”

没想到我们竟然还是老乡，但是我确实不知道“老塘境”在哪儿。

走出门口时，我回头看了一眼黄小娟，可能同是闽南人的缘故，我竟然不再害怕她，反倒是多了一点亲切的感觉。

她安静地坐在那儿自顾自地品茶，不问世事，也不关心我这个外人的来去，仿佛一幅超脱又充满禅意的写意画。

“咚”的一声，由于我看得太入神，忘记下台阶，竟然直接摔倒在地。再看看黄小娟，她也只是微微一笑，不过我觉得丢脸丢大了，赶紧跑走。

（5）

回到家中简单洗漱好后，我赶紧躺在床上。这一周终于又轮到我睡大床了。以前我追杨杨的时候，总会开玩笑说：“听说你的床

不大，一个人睡会不会怕？真想听你说夜里最美的情话，你说我又压到你的头发。”

睡了一周的沙发重新回到大床上反倒是一种别样的舒适，恨不得这床大得可以在上面跑马拉松。只不过被子的味道怪怪的，不会是胡萝卜这小子的“体香”吧？或者这家伙不会在被子里跟右手进行了一次亲密接触？

此时，他正在电脑旁写新故事，于是我坐起来大骂道：“老胡，你这小子是不是在床上干了什么勾当，怎么被子的味道怪怪的？”

他头也不回地回了一句话：“能干什么勾当啊？我连放屁都掀被子。”

我问：“那怎么会有一股过期海鲜的味道？”

胡萝卜回头看了我一眼，思索了下，然后突然脸红起来。

“你小子不会是梦见野结衣了吧？”说完，我抓起被子砸过去。

“哪儿跟哪儿啊，哥们儿要把余生所有子孙都留给心爱的姑娘，绝不会轻易浪费。”

“那到底是什么？”

“该不会是脚臭吧？我好像一周没洗脚了。”

“滚！”

换完三件套后，胡萝卜跟我讲了下他的山海经故事的新构思，但是他却不知道如何开启这个光怪陆离的脑洞世界。

不知道为什么，一想到光怪陆离，我脑子里第一时间出现的是前任博物馆里的情景。于是我跟胡萝卜讲了这阵子的奇遇，当然，也添油加醋地加入了自己的创作。世间分为阴阳两界，两界的交点就是博物馆。而我故事的起点很简单，就是那个“游仙八方盒”，是它为我开启另一个梦境，把我带入了阴界。

虽然胡萝卜打死都不相信有这个博物馆，不过觉得前任博物馆里面的世界观倒是可以作为他的故事素材。

灵感来袭，胡萝卜彻夜都没离开电脑，一直在那噼里啪啦地敲打键盘，搞得我睡不着，只能起来看书。

放在桌上的第一本“书”就是小虾米的邮戳日记本，我拿过来打开继续看里面的遗憾清单，第一条暴走已经完成了，第二条是去海边吃酒看浪。

我心里一阵骂爹，这简直就是一条浪费金钱又浪费感情的任务。

吃什么酒看什么浪？我看小虾米就很浪，自己喝酒照镜子就好了啊。

不乐意归不乐意，我也得照办，一方面是兄弟的爱情，一方面是我的前任阴影，于公于私，我都不能推托。

当然，吃酒看浪肯定不是我跟小虾米两人的专利。再这样下去，我肯定不会喜欢小虾米，可难保她这个颜控抵挡不住我帅气的容颜以及与颜值并肩起飞的才华，万一她缠上我，那我就要倒霉倒到祖坟了。

所以，这个特殊的活动，我一定要带上学姐和胡萝卜，然后各取所需。

一想到学姐，想着明天就是单独见面的日子了，我本着救苦救难随手解救大龄单身文艺女青年的菩萨心肠，隔天清晨我洗了一个热水澡，捯饬了下脸部和头发，俨然换上一张潘安同款皮肤。

同时我还带上婴儿专用的口手湿巾，出发前顺走了胡萝卜藏在抽屉里的两枚口香糖。

我心想：这一路上她这么催促我，不会是特地给我准备了什么惊喜吧？不知怎么的，可能岛国的骑兵片看多了，我形成了惯性思维，真不知道开门的瞬间，我会不会流鼻血？

想着想着，我敲响了学姐的门。门打开的一瞬间果然很惊喜，各种蕾丝连衣服和裙子都有，再仔细看，这份惊喜顿时变成了惊吓，

眼前这人看着很眼熟啊，她是小虾米！

（6）

我真不知道学姐怎么搞的，说好的二人世界不被打扰呢？怎么约上小虾米了？

大家饭桌上聊起来我才知道，这几天她们两个人混熟了，学姐跟她提起周末我要来吃饭的事情，小虾米一听就表示要过来蹭饭，学姐不好意思拒绝，于是就出现了现在三个人坐在一桌吃饭的尴尬场面。

最尴尬的还不是三个人坐一起，主要是两个人厨艺风格不同，小虾米又非得反客为主大显身手，结果一桌菜分属两种菜系——学姐的港式炖汤和虾米的日料。但是从品相上判断，都像是沙县小吃，只是分量少点的样子。当然，日料必不可少的就是生冷食品，看着一大块冰上摆着几片三文鱼片，我真是有点下不去筷子。

但是又不能光吃学姐做的饭，这很不给小虾米面子，可是吃了几口她做的日料，简直能被打飞上天。

小虾米还聚精会神地盯着我看，看我咽下去后很认真地问："好吃吗，强哥？"

我心想好吃个头啊，我只是不好意思吐而已："好……独特的味道。"

谁知道小虾米还不解风情地继续问："怎么个独特法？"

我艰难地想了想说："就像是冬眠后的秋刀鱼和最独特的中药阿魏一起炖出来的一种美味。"

小虾米兴奋地点了点头，然后再去厨房端菜。

学姐凑过来偷偷问我："你说的那一大串到底是什么味道？"

"记得大学宿舍的暖气片不？"

学姐点头，用筷子夹了一片准备尝试，我继续说："记得很多

同学经常把袜子放上面吧？”见学姐又点头，我笑了笑接着道，“就是那个味道。”

她吓得直接把筷子丢了出去，刚出来的小虾米一脸蒙，我赶紧解释说是有静电。

小虾米也没怀疑，把菜盘放下，然后开始给我夹菜，一夹就是一大堆，拦都拦不住，最关键的是她自己还不吃。

我赶紧把一碗日料给小虾米：“你这么辛苦做这么多，还是多吃点犒劳下自己。”

谁知道她反倒说：“这怎么行，好吃的都是招待客人的。”

她还真反客为主啊？

“不不不，你也是客人。”

“不吃就是看不起我。”

“这是哪儿跟哪儿啊？”

她又说：“不吃也是看不起茹静姐姐。”

“关她什么事啊？”

“菜都是姐姐买的，你自己看着办。”

此时，学姐赶忙解围：“没关系，没关系，不用在意我的感受。阿强也别光吃生冷的，你不是喜欢喝热汤吗？多喝点。”

说完她赶紧给我盛了碗热汤搭救，我赶紧说：“还是你体贴。”

“你的意思就是我不体贴？我白辛苦一个早上了。”

我赶忙解释：“我不是这个意思。”

“那把这盘全吃掉我才信。”

你搞我啊？于是下面的情节就是小虾米自己不吃，让我把她做的日料全吃完以表真诚。学姐救火，让我多吃点热菜中和下，可一冷一热冰火两重天，我差点当场吐死。

这还不要紧。吃完后我收拾碗筷时在厨房发现她们扔掉的日料包装袋，竟然是过期产品。也不知道是心理作用还是真是过期食品

的毒害，下半场我直接在洗手间度过。

原本约好的晚上看电影环节直接取消，不过幸好取消了，否则我坐在她们中间，一边是爆米花，一边是冰激凌，我不知道我的肠胃会不会发脾气。

一出洗手间，我又被吓傻了。桌上摆着两种药，一种是学姐给我准备的五塔行军散，说是调理肠胃中的战斗机；一个是小虾米通过同城快递买来的布满岛国风情的太田胃散，说是肠胃药里的极品，药到病除。

我倒不是怀疑药不好，只是她们都让我喝，我怎么选？总不能都喝吧？两者一混和会不会就变五毒散啊？我会不会一命呜呼啊？

我找了各种借口，好不容易才能逃脱回到家里，然后直接瘫倒在床上。

都说这个世间的姑娘分为两种，一种叫姐姐，她像是菩萨一样普度你，教会你如何去爱，我们人生中的很多门课程都是靠她启蒙，甚至我们的身体都靠她开光；另一种叫妹妹，她就像是妖精一样勾引着你，时刻需要你去守护，又惹得你茶不思饭不想，你想着要消灭这只妖精时却发现其实是你被妖精吃了。

很多时候男人都觉得自己是悟空，上天可以讨好菩萨姐姐，让她施以援手以身相救；入盘丝洞又可以棒打妖精妹妹，令她躺下摆好姿势求饶。其实天下所有的男人只不过是内心住着一个悟空罢了，现实里都是八戒。不用分姐姐和妹妹，姑娘一笑，他们都不知道该怎么办了。

我想我这几天便是如此。左手一个想再续前缘的学姐，右手一个烦都烦死了的小虾米妹妹，我都慌了。

而此时，胡萝卜过来问我跟学姐聚餐如何，有没有当场发生点什么。

我说：“一大半时间都在厕所里。”

他跳了起来说：“你口味可以啊，竟然喜欢马桶大战啊。”

我一阵叹息说：“我拉了一天的肚子。”

“好吧。”他坐下又继续说，“我今天约了小虾米一整天，她都没理我。要不你组织一次聚会吧，把学姐叫上，我们四个人一起野炊怎样？”

“不怎么样，杀了我可以，野炊我不干。”

胡萝卜倒也没生气，想了想说：“不过也对。上次四个人就没我们俩什么事，要是再一起吃饭，我们俩又得大眼瞪小眼了。”

被胡萝卜这么一说，我更坚定了一定不能四个人一起“吃酒看浪”的决心，可是要如何排列组合呢？

就在此时，手机铃声响了起来，是母亲的电话。

我赶紧接了起来，其实每周我都会主动跟母亲联系，一般她主动打我电话要么就是特别想我，要么就是有什么急事。

果然，没聊几句妈妈就开始犯愁。

我赶紧问：“是不是爸爸又说我没出息，然后跟你吵架？”

妈妈说：“这倒没有，他不喝酒的时候其实还挺温柔的。”

“那你在犯愁什么？”

她说：“最近在追狗血剧，唉……”

“妈啊，你入戏太深了，狗血剧里的爱情故事都是骗人的。”

“不是这个，我知道狗血剧三宝。”

我疑惑：“那是什么？”

“你觉得全 ×× 还是宋 ×× 好呢？”

我更加纳闷了：“都很不错啊，怎么了？”

“对啊，我就是在犯愁这个。到底是选全 ×× 还是选宋 ×× 当儿媳妇呢？”

我无语：“妈，您不用犯愁了，我两个都娶了。”

“这怎么行，重婚罪是犯法的。”

“那就别犯愁了。对了，突然想起件事想咨询你下，你有听说过一个地方叫‘老塘境’的吗？有听过‘新联’什么的，怎么还有个老？”

“是‘琉瑭境’吧？闽南‘琉’和‘老’发音一样。”

我问：“可能是吧，那地方在哪儿？”

“就是我们这儿啊。”

“啥？老家不是叫‘谯琉’吗？”

“现在是叫这个名字，但是古代我们这儿叫‘琉瑭境’。”

听到这儿我顿时吓傻了。黄小娟说她只记得家乡古代的名字而不知道现在的名字，难道她真的是穿越过来的古人，或者……她是幽魂？

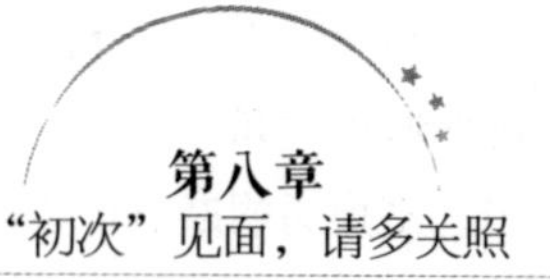

第八章
“初次”见面，请多关照

（1）

说来也是巧，公司在年会上奖励我这优秀员工，上台领奖的时候才知道奖励是巴厘岛双飞七日游。

花姐姐说这个奖励是特地给我这个文艺青年准备的，问我满意不。我说：“可以不要‘巴厘岛’和‘游’不？”

花姐姐半天都没听懂，后来终于意会了，回了我一句说：“可以啊，带我上车呗。”

我：“……”

早就听说巴厘岛有一个岩石酒吧，在那儿吃酒看浪最合适不过了，但是我想着单独约小虾米去那里也不合适，万一被她一掌拍下悬崖岂不是一命呜呼？再叫上学姐一起，我的肠胃也不答应。想来想去，只能带上胡萝卜来个三人行。

现在唯一的难点就是如何不透露遗憾清单又能怂恿小虾米去巴厘岛。

胡萝卜给我建议说：“这简单啊，就说活动抽奖，充话费送巴厘岛游。”

“你当小虾米没文化啊？别偷鸡不成蚀把米。”

胡萝卜说：“干脆我来邀请她，请她去巴厘岛参加我的生日patty，她肯定不好意思拒绝。”

“钱你出啊？”

胡萝卜马上装傻：“那个，换下一个方案。”

我说：“平时你不是很厉害吗？怎么技穷了？”

“我也不知道啊，遇到小虾米我就束手无策。”

此时小虾米发来微信问：“在干吗？”

我想了想回了一句：“跟老胡办签证，准备去巴厘岛玩。”

谁知道她很快回了一句：“带上我，我早就想去那儿了。”

我把手机递给胡萝卜看，他愣了下然后扑过来掐我。

“你小子是不是把我的功力全吸走了，怎么这么快修炼成撩妹高手了？”

“关键是我没撩啊，这是……”

胡萝卜打断我说：“无招胜有招，你最歹毒。不对，是不是你私下早就跟她勾搭好了，然后耍花招骗哥们儿？”

“这你也能想得出，我是这样的人吗？”

“你床品虽然不好，但是人品还是靠谱的。不过我还是觉得怪怪的，她怎么这么主动扑过来呢？你又没我帅。”

我打岔反问：“等下，什么叫我床品不好？”

“你别什么事都思想不健康行不？哥们儿说的是三件套这些床品，你一年洗一次当然不好啊。”

“滚。”

（2）

准备期间，胡萝卜跟我商量着这次旅行就算花光他所有的积蓄也一定要把小虾米变成大皮虾，否则对不起列祖列宗。

我说：“是我的积蓄，谢谢。”

“哥们儿又不是不还，账一笔一笔都记着呢。再说了，哥们儿的小说很快上架了，到时候有了订阅收入，我双倍奉还。”

我问：“请问能顺利上架吗？”

胡萝卜信心满满地回答："不出意外的话，应该不行。"

我破口大骂："就知道指望不上你。还得有意外你才能有收入，这跟买彩票有什么区别？"

"区别可大了，买彩票是看操控彩票的人的心情和我们的人品，创作是靠自己的才华和长相。现在我长相满分，只要才华稍微提升一下，一定能订阅爆棚的。"

我用鄙夷的眼神看着他，说道："那你说，你准备怎么跟小虾米表白？"

"你觉得呢？"

我诧异："你还问起我了？"

"不是早说你长江后浪推前浪，比我更浪吗？再说了，你让小虾米揍了这么久，应该对敌人非常了解，正所谓知己知彼百战百胜。"

"邀请她到岩石酒吧上看飞机滑过印度洋，一起吃酒看浪，最后表白，然后一起领回准备好的玫瑰花床。"

说完我心里突然有一丝酸疼。曾记得玫瑰花床是我想好给杨杨的求婚礼物，结果自己却再也用不上了。

"你这主意不错，但是听着怎么有一种骚气外露的感觉？不太符合我这种时尚咖啊。"

我怒道："给你出点子你还不乐意，那你自己来。"

"容我三思。"

"还等你放屁呢。"

然而一直到了出行，胡萝卜也没告诉我他准备怎么做。我在想，他作为一个资深的飙车手，表白这事一定不在话下吧，到时候我就等着看惊喜吧。

上了飞机，胡萝卜拿着我们两人的证件去办理登机牌，办完后我拿过来一看，这小子坐的是中间，果然是一个"心机 boy"。

不过人算不如天算，一上飞机才知道这是一架大飞机，也就是

有两个过道，中间四五个位置，两边各两个。再看座位，胡萝卜脸都绿了，因为我跟他坐在最左的两个位置，小虾米在中间，跟胡萝卜隔着过道。

安顿好后胡萝卜一百个不乐意，转过头偷偷问我：“能不能再帮我个忙？”

“你说。”

“跟小虾米换个位置。”

我说：“我也想帮，但是很唐突，过去跟她换，会不会显得太刻意了？”

“怎么会？”

“那我试试。”说完我起身去找小虾米换位置。

谁知道小虾米问道：“你们坐那儿不是挺好的吗？为什么要换？”

胡萝卜赶紧编了一个理由说：“强哥晕机，得坐过道位置，要不到时候吐了比较麻烦。”

我是战斗机，怎么会晕机？但是这个时候只能哑巴吃黄连，连忙点头认可。

小虾米又说：“那你们两个人换就好啊，没必要跟我换啊。”

我怎么没想到？

胡萝卜赶紧说：“我也有问题，得坐过道。”

小虾米反问：“该不会你也晕机吧？”

眼看这“谎言”要被拆穿，我赶紧说：“哦，他肾不好，得经常跑洗手间，坐过道比较方便。”

胡萝卜脸都青了，脑子里肯定有一百个想杀我的念头，但还是强忍着点头说：“对，哥们儿劳累过度，睡眠不好，十分钟得跑一次厕所。”

“好吧。”小虾米勉强同意跟我换。

她走过去的时候胡萝卜愤愤地给我伸了一个拇指。

也就在此时，有个戴着帽子的漂亮姑娘拉着行李停在我旁边，看了看手中的登机牌，随后微笑着朝我鞠躬示意。

这是什么情况？我赶紧起身，谁知道对方又再次鞠躬，然后说了几句话。

原来是岛国姑娘，可是她在说什么呢？

也不知道胡萝卜是懂日语还是怎么的，赶紧催我说：“你还愣着干吗？赶紧帮人家放行李。”

我恍然，赶紧帮忙放行李，一阵客气后，岛国姑娘坐了下来。

飞机起飞后，小虾米自顾自地戴着耳机看着自己的 IPAD，搞得胡萝卜非常郁闷。

此时，胡萝卜用手指戳了我一下，示意我把握机会跟岛国姑娘搭讪。

几个小时的旅行不说话确实比较难受，虽然身边是一个美女，可那是日本姑娘啊。

正郁闷时，我发现她正在看一本漫画书，虽然是日语版的，但是从内容上看，依然能判断出是我非常钟爱的《死亡笔记》，故事和画风我再熟悉不过了。本着为国争光的精神，我试图跟她交流，但是我不懂日语，她不懂中文，还真是尴尬。

于是我指了指漫画书，又指了指自己，示意她我是一个漫画家。

姑娘十分惊讶地说了一句日语，我没听懂，她继续说：“Are you gay（你是同性恋吗）？”

这句我可听懂了。妈呀，老子是直得不能再直的直男了。我赶紧摇头解释，却怎么也解释不清楚。

情急之下。我只能以有限的日语知识告诉她她理解错了，然后随便说了一句日语。

说完我顿时后悔了。周围的人都突然转过来看了我一眼，看得

我无地自容。小姑娘的脸微微泛红，空气瞬间凝滞。

缓和了一会儿，我做了简单的道歉。她估计也能明白我的意思，然后对我笑了笑，指了指书上画的内容。我仔细一看，终于明白了她为什么误会，原来这姑娘是腐女，看的是《死亡笔记》的番外漫画。

（3）

随后她说了几句英语，幸好有英语。可是认识我的人都知道，我高考英语只考了58分，属于看哪个选项舒服选哪个、瞎蒙答案的英语渣。

看对方并不介意还尽力展现国际主义友善精神，我只能跟这个主动搭讪的岛国姑娘用蹩脚的英语聊天。

我想了很久，要怎么介绍自己呢？最后决定先自报家门吧。

我清了清嗓子说：“I’ m a Chinese（我是一个中国人）。”

话一说出口我就后悔了，不过岛国姑娘很大方，不嫌弃我英语不好，还慢慢跟我解释。

我们聊了很多，她说什么我基本听不太懂，我说什么好像她都能明白，否则怎么一直在笑呢？我感觉我不去当对外发言人真是可惜了。

但有个问题我听懂了，她问我几岁。

“Old”这个单词我是记得的，“二”的英语我会说，但“二十”的英语我竟然不会。

万般无奈之下，我手上比着“二”的手势，嘴上说着：“seven。”

姑娘竟然听得懂，然后反问我是不是二十七。

我赶紧点头，然后说：“And you（你呢）？”

姑娘好像也听懂了，然后说了一些话，我猜可能是“女人的年龄都是秘密”。

于是我开玩笑用手势比画了“十”，又比画了“八”，嘴中问道：

“十八岁？”

她摇了摇头，用英文和手指比了比，意思是她的年纪超过二十五了。

我本能地想夸她漂亮，看着就像十八岁，如果她听得懂中文我会说“好看的姑娘永远都是年轻的，你这么美一定只有十八岁”。

可惜我的词汇量有限，只会说一个“好看”、一个“永远”。当然，十八岁这个我也会比画，真不知道她能不能听懂我的赞美。

结果她还真笑了，我突然有种叶芝附体的感觉。我们越聊越开心，一起用手势非常深入地探讨了“中日两国关于经济文化合作”和“东京为什么那么热”的话题。

我起身去洗手间，岛国姑娘也跟了过来。出于礼貌我让她先进，但是她刚进还没关门就转身看着我，一双眼睛似乎还含情脉脉，像是在召唤。这是什么情况，她该不会是想干什么吧？

虽然我正处于寂寞的空窗期，但是也不是随便的人啊。再说了，保不准对方是打入我军内部的川岛芳子呢，我不能被敌对势力的糖衣炮弹打倒。

此时，岛国姑娘指了指马桶，我才发现自己真能意淫。原来是马桶圈上洒了很多污水让姑娘觉得恶心。我想如果让她来清理一定为难她了，于是我主动请缨。

可刚进去才发现自己太鲁莽，忘记得先让她出来。我是想退出来，但由于刚才门是半掩的，结果一活动，门直接被我用后背撞得关上了。

这……两个人同时在卫生间里，再加上刚才“僪傔偰”长“僪傔偰”短的，出去该不会被误会在里面做什么非法交易吧？我可不想隔天上微博热搜啊。

此时她伸手要去开门，我连忙按下门止住。逼仄的空间里，两人难免会有肢体接触，然后岛国姑娘抬头看了我一眼，又赶紧避开

我的眼神低下头。

我想她该不会误会我的意思了吧？

我赶紧解释说：“I want ”

郁闷，下面的单词到了嘴里我却忘记怎么说了。岛国姑娘看了我一眼后说了几句我听不懂的日语，然后脸颊微微泛红，那样子就像是徐志摩同学笔下的那朵水莲花一样，看起来格外娇羞。

我莫名有一种东京爱情故事前戏即视感，妈呀，我可不能引火自焚啊。想到这里我赶紧抽出纸，指了指马桶，赶紧擦了起来。

几分钟后我清理好马桶了，也确定对面卫生间没有人，就准备走出去。以防万一，我偷偷打开一点门缝，左右观察下确实没人，才放心地打开门走了出去。也不知道是等太久还是看卫生间的灯一直亮着，小虾米竟然领着空姐过来查看，刚好看到我从卫生间出来，然后门又瞬间锁上。

空气瞬间凝固，我也石化当场。

（4）

小虾米并没有如我想的那样过来给我一巴掌，她好像并不在意似的转头就走开。

不知道从什么时候起，她不再用铁砂掌打我了。其实她要是打了我，我倒觉得挺正常，她不打我，我反倒觉得有很大问题，是什么问题我也想不通。

下飞机后我本来想着跟岛国姑娘互换下联系方式，结果她根本没有搭理我，直接跑着扑到一个肥胖的男子身上。

我突然想起《围城》里方鸿渐和鲍小姐在轮船里的那一段“艳遇”，也许人生就像是一场旅途，你买了一张票，但很难确定陪你走了一路的旅客是谁，如果有幸聊得来，一路上你会神清气爽，必然也会因为欢声笑语而入戏太深。到了终点，我们依然不知道对方

会投入谁的怀抱，不能陪我们走完余下旅途的都是过客，皆成前任。

又或许在人生的旅途中，没有那么多的遗憾需要去感伤。重逢的都是幸福，迷失的叫捉迷藏，我们都在寻找那个幸福的自己，直到永远。

此时有人在我肩膀上拍了拍，我转头一看，是胡萝卜。

他笑了笑说：“别丧气了，至少你在卫生间里爽了一发，虽然短得只有两分钟，但赚了。”

“神经病，爽什么爽？我们真没发生什么，一场误会。”

胡萝卜又笑了笑说：“行了，自家兄弟，别隐瞒了。现在我对你甘拜下风，情圣的头衔是你的了。”

“这是哪儿跟哪儿啊！”

胡萝卜都误会了，那小虾米岂不是误会更深了？想到这里，我借着等行李的时间，偷偷走过去跟她解释。

没想到她一点也不在意地说：“放心，我不会误会的，才两分钟，我相信你不会这么差劲。”

我晕，我要不要回一句“谢谢你的信任”？

安顿好后，我们去逛了情人崖，我偷偷问胡萝卜表白的事筹备得如何了。胡萝卜说：“放心，到时候给你惊喜。”

“给我惊喜干吗？你要给小虾米惊喜。”

到酒店后，小虾米喊着我们去游泳，我回房间准备泳裤，哪知道胡萝卜也拿出了泳裤。

“你会游泳？”

他摇了摇头说：“不会，但是我不能错过她的比基尼。再说了，来巴厘岛的饿狼那么多，我得保护她。”

“有我在就好了。”

“你就是最大的饿狼。”

我说：“我再饥渴也不至于对朋友下手啊。”

“我还是不放心。”

“那行吧，你带个游泳圈或者把你的充气女友带过去，免得沉下去。”

“浑蛋，你的女友才充气的。”

到了海边，看着脱掉外套身穿泳装的小虾米和深埋在里面的“小白兔”，我承认我确实想流鼻血。

无论你承认不承认，对于很多男人而言，确实会因为一个女生的胸去注意她，因为和你直线距离最近的是她的胸。然后再由远及近，胸、身材、脸……很多时候，我们往往因为一个姑娘的胸而想住进姑娘的心里，然后因为想住进她的心里再去喜欢上这个姑娘。

当然，我一定不是那么肤浅的男人。我说我是因为小虾米的才华才注意她的，你们信吗？

我万万没想到的是，胡萝卜这个旱鸭子竟然跑得比我还快，直接紧跟着小虾米冲入海中。他想死啊？

果然，一个浪打过来，胡萝卜直接被拍进水里，吓得我赶紧游过去救他。刚把他捞上来，不知道为什么，这家伙一踩滑又掉了下去，我不得不又把他捞起来。

这次上来胡萝卜打了我一下说：“你能不能别管闲事啊？”

“我救你命啊，你想死啊。”

“你是笨蛋啊，我这是苦肉计，你懂不懂？”

他这样一说，我就秒懂了，赶紧识趣地游开。胡萝卜又往小虾米的方向游过去。

我在旁边无聊地游着泳，先是狗刨，又是蛙泳，再换自由狗刨。

我转身想看看胡萝卜战况如何，哪知道只看见小虾米一个人在戏水，周围不见胡萝卜。这小子哪去了呢？

我再仔细一看，不远处一个头冒出来又沉了下去，隐约像是胡萝卜。妈呀，难不成他失策了？

我奋力游过去搭救，抓起来一看，竟然是一个老黑在玩闭气。

我道歉后就去找小虾米，问胡萝卜去哪儿了。

她摇头说："不知道啊，没看到他。"

"不是吧，他不是紧跟着你吗？不会被淹死了吧？赶紧找找。"

说完我们开始分头找胡萝卜，就在此时，我看到岸上围着一堆人，好像有个人溺水了，旁边的人正在人工呼吸进行抢救，再仔细一看，躺着的人巨像胡萝卜。

我赶紧拉着小虾米跑过去，果然躺着的人是胡萝卜。此时，一个吨位达二百斤的胸毛老外正给他做着人工呼吸，这画面相当血腥，不知道胡萝卜醒来后的心理阴影面积有多大？

（5）

回到酒店房间，胡萝卜疯狂地在卫生间里呕吐。

我劝道："别吐了，好歹人家救了你一命。"

他艰难地回复："我知道啊，但我吐是另外一码事。"他好不容易觉得口气清新后才回到床上。

我说："你到底怎么回事，不是苦肉计吗？"

"失策，脚抽筋了，还没走到她旁边就蔫了。"

"没事，留得青山在，不愁没柴烧。"

胡萝卜没有回答我，思索了一会儿，狠狠地拍了下床喊着："老子豁出去了。"喊完后他直接穿着泳裤走出房间，我想他是要闹哪出啊？赶紧追出去。

谁晓得这货直接去砸小虾米的房门，她一打开门，胡萝卜立马开始跟她表白了。

不是吧，他所谓的表白惊喜是这个啊？

胡萝卜说："小虾米，我已经死过一次了。藏在心里的话，我怕不说出来就真的没机会了。小虾米，我喜欢你，我承认之前我是

一个浑蛋，配不上拥有这么漂亮的你。但你就像是我的爱情终结者，遇见你后我仿佛懂得真爱是什么。请你给我这个浪子一个回头的机会，成为我的女朋友吧。”

认识胡萝卜那么多年，我头一次见他没用任何套路去制造浪漫大场面，也没用任何语言去修饰、表达自己多么喜欢一个人。也许这才是真的惊喜，他真的喜欢小虾米。

想到这里我也不想再围观了，转身回到房间，关上门。

我躺在床上，不知道为什么，莫名有一种失落感。胡萝卜终于表白了，而且如此真诚。虽然我和小虾米认识不久，但也是能够相互帮忙的人，作为他们的兄弟和朋友，我应该祝福他们才是，怎么此刻心里怪怪的？

此时，门打开了，胡萝卜悻悻地回到房间。不知道为什么，看着他的表情，我反倒很没有良心地窃喜，是因为我们兄弟之间长时间互怼才会有此幸灾乐祸吗？

我问：“怎么样了？”

“什么都别说，陪我喝酒去。”

我随他到了酒店顶层的屋顶酒吧，由于天色尚早，酒吧比较冷清，我们挑了游泳池旁边的位置。

胡萝卜问我：“你知道说服自己放弃一个喜欢的人是怎样一种体验吗？”

我怎么会不知道呢？这不就是失恋的味道吗？

我说：“记得有一个作家比喻过：说服自己放弃一个喜欢的人，就像是未婚先孕的少女打胎一样，即使打掉了，仍有一种隐隐作痛的感觉。”

“说得真好。”

我拍了拍胡萝卜的肩膀说：“你心里的苦我懂，之前你安慰我，现在换我安慰你。不是说无失恋不青春吗，这算不了什么，兄弟我

到现在不也挺好的，已经修炼得刀枪不入了。”

胡萝卜想要开口说些什么，迟疑了半天，还是憋了回去。接着唱起歌来了，是“陈医生”的《明年今日》：

在有生的瞬间能遇到你，
竟花光所有运气，
到这日才发现，
曾呼吸过空气……

不得不说，胡萝卜唱歌比我好听，而且有点风吹过墙皮剥落岁月的感伤味道。

我本想去安慰他，却发现其实我们都一样。在爱情这条道路上，我们磕磕绊绊前行着，总以为最喜欢的那个人只要努力去呵护就可以陪她走过一生，最后搞得自己伤痕累累才知道，爱情最难的并不是遇见，而是我喜欢你时，你恰好也钟意我。

失恋的人都一样，遇见心爱的姑娘，我们都学会了骑白马，只可惜依然不是王子，只能站在阳光下的阁楼，穿着格子衣，遥望远方。

诚然，我们不确定自己会不会成为她的白马王子，但敢保证她会是我们一生的公主，所以我们一路去追逐、去碰壁、去失恋。

可失恋虽然痛苦，但不也是我们成长的标志吗？否则，我们该如何去找到那个真正为我们而生的那个人呢？

这些，我都想跟胡萝卜分享。可话到嘴边，却怎么也说不出，我想，他会懂。

我们举杯，为了失恋，为了太阳照常升起。

每个人心中都有一个座城，藏着晚到的风。相逢的人总会相逢，没有谁会孤独一生。

（6）

隔天醒来，我发现胡萝卜留了张纸条，让我好好照顾小虾米，

自己提前回去了。

我也想提前结束旅行赶回去，却买不到机票，此时响起了敲门声。我打开门一看，是小虾米。她问：“胡萝卜没事吧？”

“他提前回去了。”

“是不是我拒绝了他，所以……但是我又不能……”

我打断说：“这不怪你，刚好他也有点事要回去处理。”

“那我们去吃饭吧？”

“好。”

吃完饭后，我和小虾米在酒店周边散步，远远看到有国人在酒店的草坪上举办婚礼。

我说：“出门见喜啊，我们过去看看。”

小虾米似乎不太乐意，我想着可能是胡萝卜的事影响到了她的心情，于是拉着她去沾沾喜庆。谁知道一到跟前看见新郎新娘的婚纱照易拉宝，我就直接傻眼了。

难怪小虾米不肯来，原来结婚的是她的前任。

这事怎么这么赶巧啊？

我本想拉着小虾米离开，却一头撞见新郎引领者几个朋友往我们这边过来。

志贤看见我们到来似乎也很尴尬，倒是他旁边的几个朋友好像跟小虾米很熟似的，热情地打着招呼说微信联系了那么久你都没答复，原来是早到了。

志贤似乎很勉强地邀请我们入座，还跟大家介绍说我是小虾米的男朋友，我也稀里糊涂跟了过去。

看这婚礼热闹的场面，我简直如坐针毡，是保持沉默然后屁颠屁颠地跟着小虾米看着一群不认识的人，然后赔着笑脸默默地吃饭，再假装是亲人一般敬酒祝贺新人？还是该像吃了泻药似的在婚礼现场抢过话筒，表达我是如何如何喜欢小虾米，然后各种秀恩爱给志

贤看？这个画面如果真的实现，小虾米估计会怒的，我看还是算了。

难道我要眼睁睁地看着志贤在婚礼现场展示他美丽的新娘？新娘有可能是模特，还有可能是四个名字的演员，或者干脆是充气的……晕，这不可能。

想着想着，婚礼仪式开始了，新娘竟是……

学姐？

我不记得她有双胞胎姐妹啊？如果不是司仪报出她的名字，我还以为这个世界上真有长得那么像的两个人。

可是眼前的新娘还是那个做饭给我吃、想跟我再续前缘的学姐吗？怎么好像昨天我还吃着她做的饭、说好两个人一起牵手约会看电影，今天她就穿上婚纱成为别人的新娘了呢？

还是我只是她婚前的一个释放？我的内心突然有一种受到一万点侮辱性伤害的感觉，我起身准备上去质问清楚。

一只手忽然拉住了我，我转头一看，是小虾米。

我原本以为她是要拦住我，让我冷静克制，正当我要甩开她的手时，她却走向了舞台。

小虾米想干吗？

我正疑惑时，她走上前去夺过司仪的话筒说了一句：“大家好，我是新郎的前任。”

底下瞬间炸锅了。学姐看到小虾米也在时，表情也凝固起来。

小虾米继续说：“不过大家放心，我不是过来捣乱的，我是来送祝福的。毕竟这个关键而神圣的时刻，是新郎曾许诺过要给我的，但现在我不是新娘。我曾经以为爱一个人可以是一辈子，特别对方是我爱了五年多的初恋，可是失恋后我才知道，不合适的爱情就像是在拥抱雪人一样，你抱得越紧，雪人化得越快。”

说到这她似乎有些感伤，有些哽咽。

我只得继续听她说：“可是我原本以为，我们的不合适是性格不合，或是不爱了，再或是第三者的干预，可都不是。你们能猜得到我们五年的恋爱为什么分手吗？因为志贤的妈妈不喜欢我，这个我不强求，我想着以后我会用更多的孝顺来弥补。志贤是妈宝男，听妈妈的话我也能忍，毕竟她是我喜欢的男人的母亲。可志贤对我不信任，每次一有什么风吹草动，我手机一响，他就会怀疑是异性给我发信息，怀疑我出轨。这些我也可以忍，毕竟这是他爱我的表现。就算志贤是一个暴力狂，每次吵架他都会发脾气打我，打到他红眼、打到我流血才肯罢休，但是看他每次都主动跪下来认错，这我也能忍……”

底下大多数的人似乎有些诧异，志贤的母亲似乎也坐不住了。我忽然想起前阵子我给了志贤一拳，小虾米说当他之前欠她的，原来是指这个。没想到这浑蛋竟然家暴，真的得好好教训他一顿。

小虾米继续说：“可当他说，未来他能创造的价值比我多，他的家庭比我家有钱得太多，我配不上他时，我终于忍不住了。我觉得我的爱情真的很可悲，也很廉价，廉价到得用金钱来衡量。最近他更是过来找我买那条我们一起养了三年的泰迪狗。我这个和他谈了五年恋爱甚至要谈婚论嫁的未婚妻，竟然不如一条狗？真是分手见渣男……”

此时，有一波工作人员开始围上来试图抢话筒，小虾米赶紧跳下舞台，跟他们绕着圈子，继续用话筒讲着：“最渣的还不是这些，这五年里，他背着我交往了很多异性，包括他的秘书。而且大家可能还不知道吧，新娘也是一个绿茶婊，她都快要结婚了，还天天去勾引她的学弟，而且很不幸地被我发现了。渣男婊女，真是绝配。”

此时，学姐满脸通红，恼羞成怒地指着小虾米大骂了一声：“你他妈放屁！”

“人在做天在看，我没想到你身为学姐竟然可以无耻到这样的

地步。”

学姐看自己喊破嗓子都不如她的话筒大声，直接跑过去拦住小虾米，也不顾及自己的新娘形象，跟她撕扯着抢话筒。

就在此时，那拨人快速扑过来按住了小虾米，话筒被夺走了，她依然大骂着。

看到这里，我二话不说抄起手中的啤酒瓶直奔过去，用啤酒瓶疯狂地抡向那群人。

也可能是我太过疯狂，几下就把那群人吓跑了。原本学姐抢到话筒想说什么的，可是看到我突然出现，就直接语塞了。

我看了她一眼，冷笑了下，拉着小虾米转身离开了。

我不知道原本欢乐的巴厘岛之旅为何会变成了一场奇葩之旅，也想不到的小虾米的前任竟然是这样的渣男，更意料不到的是，我原本想报之以清澈爱情的学姐竟也把我当猴耍。

我们一路走到了海边，我的内心也跟海浪一样翻腾。到了沙滩上，我们停下脚步，我转头看小虾米，谁知道她竟然哭得跟南风天的墙壁一样。

我本想问她为了这样的渣男值得吗，可刚想说出口的瞬间我放弃了。因为我明白，这就是爱情。无论对错，无论对方渣不渣，爱得深沉便是痛，就像是明知道温度越高雪人融化越快，我们依然会紧紧抱着它。

我没有说什么，只是从口袋里找出纸巾递给她。小虾米并没有接过我的纸巾，而是直接扑向我的怀里，这让我猝不及防。

我本想推开，但想想男人的怀抱本来就是用来安慰受伤的生灵的，心想：就当这是朋友之间的拥抱吧。我伸出双手正准备拥抱小虾米，结果只听见一阵擤鼻涕的声音，她竟然又在我衬衣上狠狠地擤了鼻涕，完工后还顺便在衬衣上擦了擦手。

妈呀，这是演哪儿出？

完事后，小虾米整个人似乎精神了，很自然地问我：“下面我们去哪儿？”

我虽无奈，但看她心情平静便开心地说：“如此良辰美景，不吃个酒真可惜。”

“那我们就一起吃酒看浪吧！”

“我也正有此意！”

我们坐在海边的岩石上，看着飞机随夕阳划过印度洋落在了地平线上，两个被欺骗且彻底失恋的人一人一瓶红酒对酌着。

我脑子里忽然闪过“逼哥”的《天空之城》，我在想，也许我们所经历的就像是歌词说的那样：爱情只不过是生活的屁，折磨着你也折磨着我……

不过很多时候我并不愿多想。因为景太美、酒醉人，就像此刻喝多的我转头看见余晖下的小虾米，她可人的脸蛋上充满了明天不愿醒来的味道。

她可能也是喝多了，说：“反正我们两人都被抛弃了，要不凑合过好了。”

我当然拒绝，爱情怎么能凑合？不过也怪夕阳太醉人，她又过分美丽，我说：“你看起来很好吃。”

她醉醺醺地回答：“那你想咬一口试试吗？”

我笑了笑问：“咬哪？”

她指了指自己的嘴唇说：“这儿。”

我说：“那里藏了太多的酒，尝一口会不想走。”

她也哈哈大笑地说：“怕什么？我们一起沉醉，一起入睡。”

我也笑了笑，内心闪过一丝小流氓意味，闭上眼睛，嘴也情不自禁地凑过去。

“啪”的一声，把我瞬间打清醒了。

我吓得睁开双眼，小虾米嘴里骂了一句“臭流氓”然后就倒头昏昏睡去。

被这样一打我也酒醒了，看着沉睡的她笑了笑，放眼往印度洋望去。

多少年后，当我再回想起这个喝醉酒的黄昏，我其实很想说一句：小虾米，我从你嘴里讨酒你得答应，因为你是我的小确幸。

（7）

回到北城的合租房后。我发现胡萝卜的东西都不在了。

我心想：这家伙是闹哪出呢？赶紧打电话给他，我们还是约了老地方喝酒。

几杯酒下肚，我问：“老胡，你怎么趁我没注意就偷偷搬走了？”

胡萝卜转移话题说：“我小说又扑街了，哥们是不是很失败？”

“扑街不是很正常吗？之前也没见你这么自我否定过，而且每次扑街你不都过来找我帮忙，怎么这次还逃走呢？”

胡萝卜喝了口酒说：“你跟小虾米更合适。”

我愣了下说：“这哪儿跟哪儿啊？当初是谁说要越挫越奋的？姑娘拒绝你一百次你远征一万里……还是你还在为她去巴厘岛的事吃我的醋？后面的事你不知道，小虾米想去巴厘岛不是因为我，而是因为他前任在那结婚，大家刚好碰巧……”

“碰巧你大爷。”

我诧异：“你神经病啊？”

“你才神经病，别以为我不知道你跟小虾米的奸情。”

他这样一说，我也怒了：“老胡，你是不是神经错乱啊？”

“哥们正常得很。别以为我不知道，之前你又是帮她打前任，又是背着她走北三环，这次还带着她去巴厘岛报复前任……她是你的谁啊？你明知道我喜欢她还这么帮她，到底什么意思？”

我都不知道眼前的胡萝卜怎么变得这么不可理喻，我帮小虾米还不是为了他，但是被他这么一说，我心中也是怒气上升，大声地说道："我是撩妹狂魔可以了吧？我帮她就是为了撩她可以了吧？我不光撩她，还撩学姐，还撩一切好看的姑娘，你爽了吧？"

"爽你妈。"

"老胡，你别喝多了瞎说话。骂人不带家人，现在道歉我还能原谅你。"

"原谅你大爷……"

没等他骂完，我一手揪起他的领口："你再说一次试试。"

"试试就试试。"说完，胡萝卜一把把我推开，我没坐稳就直接倒在地上了。

我站起来狠狠推了他一下，想着这样就扯平了，他如果道歉也就算了。哪知道我一推，他直接被椅子绊倒了，而且摔得还很难看。站起来后他大骂了一声，紧接着给了我一拳。

说真的，我没想过要跟胡萝卜打架。

但是我没忍住回了他一拳，想着：劝不成的话，那就打醒他吧。不过一打架我才知道，现实生活跟功夫片完全两个样，我们根本就是在撕扯、瞎打。

好不容易被老板拉开，胡萝卜骂骂咧咧了几句，头也不回地跑开了。

看着他跑开的背影，我都傻了。到底是我变了还是胡萝卜变了？怎么我们十几年的友情说散了就散了？

回到家里，我躺在床上想着：胡萝卜是因为失恋对我造成了误解，还是我做错了什么？

我给他打电话发现打不通，发微信他也没有回复，我又赶紧给小虾米打电话，托她联系一下胡萝卜。

结果，到了凌晨，小虾米也没联系上胡萝卜。

我突然觉得生活跟我开了一个很大的玩笑，前任劈腿离开了；好不容易以为再续前缘找到了学姐，哪知道自己只不过是被玩弄的棋子；多年的兄弟，莫名其妙地跟我打架这命运即便是玩我，也不用带三响炮啊。

我非常郁闷地扑倒在床上，结果碰到硌硬的东西。取出来一看，是小虾米的日记邮戳本，我打开想看下里面剩下的遗憾清单。

“吃酒看浪”已完成，下一个是“一首醉人的情诗”，再下一个竟然是这种运动？如此极限，小虾米怎么这么疯狂？

合上日记本后我在想：虽然我能说几句情话，但是不会写诗啊，更不会弹吉他啊，这事怎么搞？想着想着我就呼呼大睡了。

隔天上班我还是没能联系上胡萝卜，想着他一个大男人也不会出事，就没再关心了。

刚好老赵给我打电话说找到了那个《大圣传》作者的通讯地址，约我下班后一起寻找当年那个画手。

我兴奋地答应了，一下班，我立马赶去约见的地方。

这是北城一处特有的城中村，如果不是不远处的高楼大厦，我还真以为我们在贫民窟里。

一路上我们都在交流着，我脑海里也反复冒出这个灵魂引路人的模样。

我问老赵：“当时你有想过他的模样吗？”

老赵笑了笑说：“应该是周星驰那个范儿吧？或者是一个满是胡茬儿的老头，左手烟右手烧酒。”

“你怎么走两个极端啊？我想过很多次，应该是宫崎骏形象，白白的头发白白的胡子，笑起来天色都亮了。”

老赵说道：“我之前也见过很多漫画家，国内的不比日本的，

大多数都比较落魄，而且都比较邋遢，跟宫崎骏一样优雅的可能性不大。”

“你说得也是，而且当年他并没有成名，也没有继续出作品。”

“对啊，他还住这种地方，所以你要做好准备，搞不好他成了一个收破烂的大爷。”

“那也不妨碍我崇拜。”

老赵说：“那当然，否则我也不愿意过来。不过也有种可能，虽然作品是热血风格，但画手当年的笔名只是两个英文字母QF，搞不好是女性画手也有可能，毕竟很少有男性画手能把细节画得那么细致。”

我们还没讨论完就找到地方了，是一处收废品站。果真有一个邋遢的老头坐在一个矮小的板凳上整理着几本破旧的漫画书，后面的椅子上还放着一个孙悟空的陈年手办。

看来我们不幸猜中了最差的可能。

我突然觉得有点心酸，走了过去说：“您好，请问您是漫画家QF吗？”

大爷似乎有点耳背，半天才回了一句：“啥？”

“请问您是《大圣传》的作者吗？”

大爷把耳朵稍微靠过来，迟疑了下后用一口河南口音回复说：“对啊，啥事？”

得到他的肯定后我突然变得很激动了，我语无伦次地说：“终于找到您了，您是我的仰慕者，啊，不对。我是您的仰慕者，您从小……也不对，您的作品一直激励着我……”

大爷似乎听得不耐烦，只说了句：“你们如果不是过来收废品的就赶紧走吧，我还得整理东西没时间。”

“我可以帮忙。”

说完后我跟老赵自告奋勇地帮他整理了一车的废弃品，直到晚

上九点多才完工。我们饿得要死，看着大爷在旁边吃着馒头，肚子更是咕咕叫。

我跟老赵说道：“他是真的很不容易，要不以后我们常过来帮忙吧？”

老赵点头同意，然后走过去对他鞠了一躬。

大爷说：“我还没死呢，鞠躬干啥？”

老赵说：“大爷，不是这样的，我这是出于敬意才向您鞠躬的。另外，看您这么累，以后我们想常过来帮您。”

大爷又把耳朵凑过来问：“你说啥？”

老赵大声说：“我说我们每周都过来帮你收拾废品。”

大爷马上不耳背，干净利落地答：“中。”

此时，废品车的司机过来喊着：“大圣，你今天怎么这么快就整理好了？”

“对啊，太上老君，俺老孙会七十二变呀。”

什么？有没有搞错？他叫大圣？我赶紧过去问司机。

司机叹了口气，指了指自己自己的脑袋，示意老大爷精神不太正常，我和老赵恍然大悟，面面相觑，却只能哑巴吃黄连。

就在此时，大爷走过来拉着我们的手，急切地问：“八戒、悟净，师父在哪呢？”

吓得我赶紧说：“大师兄，师父去化缘了，我跟二师兄赶紧去喊他回来，您坐着等会儿。”

“好，你们快去快回。”

他一说完，我们两人撒腿就跑，跟逃命似的。一路上老赵还鄙夷地对我说：“你小子都到这个份上了，还不忘占我个便宜，让我当猪八戒。”

“我这也是没办法啊。”

“好啦，不跟你计较。本来今天也是我失误才把你带入这个坑，

我们赶紧去找地方吃饭吧。”

饭后我忽然想到小虾米还有一个生日听民谣的愿望。

我问老赵能不能教我吉他，有个朋友生日想给她惊喜。

老赵问：“是不是小虾米生日？”

我赶紧否认说：“不是，不是。”

老赵拍了拍我的肩膀说：“放心，兄弟懂。你找个时间来我工作室吧。”

此时手机铃声响起，我想着有可能是胡萝卜“回心转意”了，谁知道出现在屏幕上的名字是——黑寡妇！

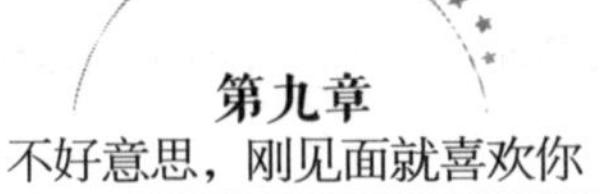

第九章
不好意思，刚见面就喜欢你

（1）

我并没有接学姐的电话。事已至此，我不想听她解释什么，更不知道说什么。

回到合租房，躺在床上，我想到自己之前失败得一塌糊涂的爱情，又想到跟学姐这段暧昧经历，就像着实被上了一课似的。

记得小时候我有一双白色布鞋，得到它就如获珍宝，我平时细心呵护着它，宁愿光脚也舍不得穿，每周都会清洗一遍。为了保证鞋面白亮，晾干的时候还在上面铺上一层面巾纸。但不知道什么时候起，鞋柜上的鞋子越来越多，白色的布鞋逐渐被遗忘，我开始不停换着不同的鞋子穿，直到有一天，我在鞋柜深处发现那双白鞋已经泛黄。

爱情也如此，之前我所认为的爱情是从一而终，是海枯石烂，是执子之手与子偕老，不知道从什么时候起爱情开始画风突变，你可以跟要别人结婚，再去和另外一个人交往，甚至可以偷偷同时跟很多人交往，一天约一个。

我真的不明白这是为什么？物质越是丰富，爱情就越廉价，越不值得去珍惜。

可能是为了报复，或者是心有不甘，再或者是我不知不觉中也被这个廉价的世界改变了。

我学着胡萝卜之前的样子，下了一个社交软件，把美颜得自己都不认识的照片发上去，配了几句撩骚的话，试着跟附近的人聊天。

跟别人打招呼的时候我在想，我这是报复社会吗？

不过残酷的现实告诉我，我没这个资本报复社会，因为根本就没人搭理我。

我叹息似的笑了笑，正准备把软件卸载掉，突然冒出了一个对话框。

我打开一看，上面有一个网名叫焱焱的姑娘发来信息：“强爷真的是你吗？真没想到能在这里碰到你，我很喜欢你的漫画。”

我内心“靠”了一声，这世界怎么这么小？上个神器都能被发现。

但是我这是回还是不回？毕竟在这个软件上认识过，你就是跳进黄河也洗不清。

“你刚上吧？看账号是刚刚注册的。”

我心忖着：还有这功能？这下子有台阶可以下了。

“对啊，看朋友在玩，也下载一个体验下，没想到世界这么小，还能碰到自己的读者。”

回复完后我随手点开她的相册一看，发现她竟然是一枚文艺小清新。

相互关注后她语音问：“你在干吗呢？”

“没干吗，你呢？”

“躺床上敷着面膜。”

我说：“那么巧，我也是。”

“你也敷面膜？”

“不是，我是说我也躺床上。”

她发了一个微笑的表情，然后说：“那你挪下位置。”

我回了一个疑惑的表情。

她笑着说：“这样小船就可以靠近你的港湾啦。”

我突然有一种被撩的感觉。

我们一直聊到很晚才睡觉，末尾我们还互道了句晚安。她回复说：“你知道晚安的意思吗？”

我回复：“不就是一个礼貌问候吗？”

她又回复说：“按平常来说的话是这样，但是我发的不一样，你把‘晚安’的拼音当作首字母解读试试。好啦，真的晚安，梦里见。”

我纳闷了下，把“晚安”的拼音当作首字母解读是什么意思呢？但我也没多想，很快就睡着了。

隔天便看到她早安的信息。

我说：“早啊，昨晚的梦还好？”

她回复说：“好是好，不过梦见了你，醒来却睡不着了。”

我愣了下，突然遇到一个这样主动的女生似乎有点不太适应，当然，我也怕她是什么“割肾”组织的，回复了一个表情就开始忙工作了。

下班后我约好老赵学习吉他，准备到时候给小虾米一个惊喜。

可是一下楼偏偏碰到了学姐，她走到我面前问：“有没有空？”

（2）

我知道躲得了初一躲不了十五，很多事情总得说清楚才能彻底放下。

楼道拐角处很安静，学姐说道：“我过来找你，不是奢求你的原谅，我知道自己所做的一切对你很不公平。”

“你直接进入主题吧。”

“我跟志贤算是相亲认识的，我们家跟他们家在工作上多年合作，所以也算是家族企业联姻。相亲就是明码标价的生意，彼此都觉得对方符合标准，值得做这桩买卖就成交，所以这事就是这样定下来的。其实我跟他没有实质的感情，之所以最后同意结婚，除了

来自家里人的压力，还有就是自己也已经过了相信爱情的年纪。这阵子我也想清楚了自己未来想要什么了，所以……”

不知道为什么，只要学姐一开口，我就觉得她说什么都是对的，总感觉她憋了一肚子的委屈，于是我说：“你不用说了，我懂，不怪你。”

“其实能再次遇见你，我真的很开心，仿佛又回到大学那段时光里。这些天我一直在反复问自己，假如当初大学你没交女朋友，如果我们能再早点在北城重逢，我的婚姻是不是有另外一种可能？这些我不奢求，但是我内心非常清楚的是，重逢的这些日子里我很想你，发了疯地想着你，想你无时无刻陪在我身边，所以这些天我想尽办法来接近你，为的就是想给自己一个肯定的答案，给自己一个放下所有跟你在一起的勇气，你能明白吗？”

听完这些我眼眶突然有些湿润，不知道是被学姐的话感动了，还是这阵子她的陪伴让我不知不觉喜欢上了她。我点了点头说道：“明白。”

“我知道是我自己在奢求，但我请求你再给我点时间，我要跟两个家庭博弈，我这个年纪的女人，没有当年求爱的勇气，但是我想再努力一下。”

听到她这么说，我突然迟疑了下。短短的几秒里我想了很多，想着学姐放下一切，然后我们一起在合租房里过着茶米油盐的生活。我在家里画着漫画，她在外奔波工作，随着时间的推移我成了一个小有名气的漫画家，她也成了高管，然后我们结婚生子。很显然我很不幸成为了“奶爸”，也许我们还会有二胎，我胸前挂一个猪宝宝，手里还得牵着一个熊孩子。那画面，有点搞笑，有点温馨。

可就在此时，我恍惚间好像看到学姐在等待的间隙情不自禁地取出了一支女士烟，点燃后很自然抽了起来。

她什么时候开始抽烟呢？

说也奇怪，小虾米此时好像突然出现在我身边，然后痛快地给了我一巴掌，嘴中还骂了一句：“你小子想什么呢？你就是一个备胎你知道吗？”

突然间我似乎明白了，我跟学姐的命运就像是一条对角线。我还一直停留在最初，想着以后能有一个美好的交集，然而，过去再美好终究敌不过时间，不知不觉我们都悄然被这个世界改变了。即便我在跟学姐短暂的重逢里试图找回过去的感觉，但是尝过了物质甜头的她，已经不再是当年不顾一切的少女，而我也不愿当一个痴情的备胎。

这就像是《爱乐之城》里的爱情故事一样，当爵士乐响起时，男女主人公如果坚持了最初的梦想，枕边人也许就是对方。然而命运就是如此，你因为爱对方，从而做出了另外一方面的牺牲，便注定两人的结局只能是在重逢时说一句“好久不见”的问候。

想到这里，我摇了摇头说：“学姐，谢谢你这段时间的照顾，我们还是当朋友吧。”

她愣了下，通红的嘴唇似乎些许黏稠，随即她又看着手指上的烟，突然脸红起来。于是她赶紧把烟掐灭了说：“最近烦心事比较多，所以学会了抽烟。”

我笑了笑说：“没事，学姐，你多保重自己。我有约，先走了。”

她问：“约的是小虾米？”

我摇头说：“不是，是去学吉他。”

“唱给她听？”

我惊了一下，但还是故作镇定反问：“为什么这么说？”

“我知道今天我们分开后以后可能很难再联系了，所以我把话说完。上次你带我去参加漫展，小虾米拉着我去玩模仿，你知道她为什么非得拉着我去吗？”

我说：“因为你漂亮。”

学姐摇了摇头说：“女孩的心思你果然不懂，是吃醋。”

“怎么可能？”

她又笑了笑说：“我们在换衣服的时候，她以为我们两人已经开始交往，然后说了你很多缺点，说你毒舌、邋遢、不浪漫、是扫把星之类的。”

我愤愤地说：“果然，这家伙就不会说我好。”

“别着急。她最后又说了一句‘其实你这个人很好，是一个值得托付的人，而且还处在失恋的痛苦里，让我对你好点，陪你走出失恋阴影。’”

“这个啊，朋友之间相互关心很正常啊。这样，我要迟到了，学姐我们改日再约。”

她似乎还有什么话没说完，但是我怕我再待下去就会改变主意冲过去抱着学姐。毕竟她在我最痛苦的岁月里给过我阳光，于是只好找借口快速逃离。

（3）

开始学吉他后我才知道原来吉他不好学，特别是手指按和弦的时候，简直就是在“享受”满清十大酷刑。

回到房间后我反问自己：胡萝卜都表白失败了，都跟我也闹翻了，我还辛苦地帮小虾米完成遗憾清单干吗？

难道自己对她也有感觉？

想到这里，我赶紧摇头否定。这怎么可能？一想到跟一头河东狮在一块，我这辈子的生活都会是流泪的场景，我坚决不同意。

那我还帮她做什么遗憾清单？

我想了一会儿，很快说服自己，毕竟我们还是朋友，朋友有难相互帮忙也是应该的。毕竟上次在她前任婚礼上，她不顾自己的面子帮我出了口气。

微信提示音响起，我打开一看，是焱焱发来的信息：“明天要不要见个面？”

我回复道：“好啊，明天下班后我请你吃饭。”

焱焱欣然同意，不过说了一句：“见面时候请你不要给我下药，也不要注射什么药剂。”

“晕，你脑残剧看多了吧？我去哪儿搞药啊？”

“你就是药。”

“我可不是毒药啊。”

“不，你是春药。”

我疑问：“嗯？”

她回复道：“就像我喜欢的一个诗人说的那样，你是我的春药，我想跟你床上单挑。”

“小姑娘，你还是孩子啊。”

谁知道刚跟焱焱聊完，小虾米就约我明天下班后吃饭。其实从心理上来说，我更愿意跟她吃饭，毕竟焱焱什么的是陌生人，天知道她的照片是不是拍照一分钟修图两小时的。

我还没想好如何回绝焱焱，于是打算先跟小虾米讨论下：“明天啊？可是佳人有约啊。”

我心想着按小虾米的一贯尿性，她一定会用各种理由强迫我爽约，然后再跟她去吃饭。谁知道她画风突变，突然发语音问：“哪来的新妞？”

“随你怎么想。”

小虾米说：“我也要去。”

“别胡闹。”

“你这家伙平时没什么社交圈，突然有新妞约吃饭，一定是被骗了，不会是在‘摇一摇’‘附近的人’里认识的吧？”

小虾米是我肚子里的蛔虫吗？怎么什么都知道？我赶紧撒谎

说：“别瞎扯。”

“你是不是空窗期久了，小蝌蚪上脑就想着约吧？这个很不靠谱的，要是骗你去酒吧消费喝酒倒还好，万一再碰到个‘割肾’的就不好了。为了避免你最后落得个人财两空，你要是有需求的话就告诉姐，呃，我是说我给你买几个飞机杯。”

“晕，别胡闹，好好睡你的觉。”我都不知道从什么时候开始，小虾米变得那么胡搅蛮缠，好像我跟她的聊天永远离不开“别胡闹”“别瞎扯”，这到底怎回事？

“懒得搭理你。”

看到她这么回复后，我也关上手机睡觉。

（4）

隔天醒来，微信里只有一个焱焱的问安。小虾米并没有继续再发什么，我内心似乎空荡荡的，但是想了想，她不打扰我我就清静了。

谁知道下班后小虾米又突然发来微信问道：“你真不想跟我吃饭啊？”

我心想：这丫头真的很奇怪，不是说懒得搭理我吗？怎么又来约我了？于是我回复：“不是说懒得搭理我吗？”

她秒回：“我再回复你我就是猪。”

我回了一个猪头的表情开下玩笑，谁知道她真的没再回复。

我想着她不至于这么小气，也没多想便去赴约了。

餐厅门口，我一边看着茫茫人海，一边等着焱焱。此情此景，让我突然有一种当初在女生宿舍楼下等杨杨的感觉。可我心想着万一焱焱是一个丑女怎么办？是不是要假装搞错了然后离开呢？可是她知道我的长相啊，我在微博和公众号有公布过，我本是想着多发点照片能吸粉的，谁知道发展成这样了，这真是一场吃亏的买卖。

就在此时，有人拍了下我的肩膀，我赶紧回头，靠。

是一胖哥！

上帝不带这样玩我的。

正当我要逃跑时胖哥说："先生需要吗？"

我一愣。

对方继续说："游泳、健身……"

原来是推销的，心里的石头顿时放下，我赶紧摆了摆手。

忽然听到不远处有人喊着"强叔叔。"

我纳闷，这是在喊我吗？虽然我有个强字，但不至于是叔啊？

此时，喊"强叔叔"的声音又响起来了，我连忙四下张望了下，并没看到人，但这声音仔细一听好像比较小清新，难道是焱焱？

我好像打通了任督二脉，瞬间领悟到了些什么。于是连忙回头一看，果真看到了喊我"强叔叔"的人。辛弃疾有词云：众里寻他千百度，蓦然回首，那人却在，灯火阑珊处。看来果真如此。

词人并没有说那人如何漂亮，但是这一夜的灯火仿佛就是为伊照亮，就像是此刻身穿白色呢绒服、头戴白色小毡帽的焱焱出现在我不远处一样。

焱焱并不属于漂亮的类型，她没有小虾米那份一顾倾城，再顾倾国的美，也没有"黑寡妇"那份超然的性感气质，但是一双单眼皮就像是针线一样，把大自然的钟灵毓秀绣到眼睛里，再加上她身板娇俏灵活，活像《阴阳师》里的山兔式神。

刚见面她也并没有生疏的感觉，而是很开心地跟我打招呼说："强叔叔好。"

我尴尬地跟她打了下招呼："你好。"

我们到餐厅里坐了下来，我说："感觉你很自来熟，第一次见面就感觉你认识我很久似的。"

焱焱笑了笑，微微抬头看了看，手放在嘴唇旁思索了下，然后对我莞尔一笑说：“不好意思，刚见面我就喜欢你。”

我吓了一跳，差点摔倒。她赶紧解释说：“你不要害怕，我不是随便的人。你可能不知道，我天天看你发的漫画，然后天天给你留言，是看着你的作品长大的，感觉你就像是邻家的哥哥一样亲切。”

“看我的作品长大？有点夸张吧。”

“对啊，我读中学的时候就看过你在杂志上连载四格漫画，后来追到你博客，再后来就有了微博和公众号，算起来都快十年了。你看，我都大学毕业来北城工作了。”

“你这样一说好像也是。”

“所以我并不是自来熟，而是从小对你就有那么一点点崇拜和喜欢。”

我笑了笑说：“那你也不怕我是流氓大叔什么的吗？”

她笑了笑说：“我还怕你不流氓呢。”

“这……”这话搞得我都不知道该怎么接了，她的话太撩人，我都没法接。

谁知道吃到一半她突然跟我说：“以前不知道盛世美颜是什么意思。”

我笑着问：“那现在知道了？”

她放下筷子，有点花痴地看着我说：“如今你一笑我就秒懂了。”

我差点噎到，咳嗽了下。

“谢谢啊。”

饭后回到合租房，突然发现小虾米站在门口，我被吓了一跳。

“还以为你夜不归宿呢？”

我说：“你这么晚过来干吗？吓我一跳。”

“我过来看看。”

“什么？过来看看？看什么？”

“你……”

“我？”

“不是，看你们。”

“谁？你没毛病吧？这么晚过来看我跟谁啊？”

小虾米似乎也有点恼羞成怒，大声反驳道：“你不是说胡萝卜失踪了吗？我想是因为我的缘故，所以我过来找找他，这也不对吗？你天天出去莺歌燕舞，也不去找找他，算什么兄弟？”

被她这么一训斥，我好像也不知道怎么反驳。

“你早点休息吧，我先走了。”

我不知道说什么好，只回了一句：“晚安。”

小虾米看了我一眼，说了一句：“神经病。”

看着她离开的背影，我心里有点莫名其妙的。难道她真的是找胡萝卜吗？看我不在给我打电话就好啊，也没必要等门口吧，小虾米最近是吃错药了吗？怎么这么奇怪？

（5）

进门后我第一时间去了洗手间，北城雾霾重，我已经习惯了回合租房就去洗手间用水清洗下鼻子、漱口，然后洗脸洗手。前任以前说过鼻子里面藏着很多pm2.5，所以渐渐的，我就养成了这个习惯，不知不觉中这个习惯成了我生活的一部分。每次抬头看着镜子的自己，我都会想起她给我递毛巾的样子。

我努力摇头让自己赶紧清醒起来，告诉自己一定要忘记这些，一定要改变。一想到这儿，我马上回房间躺在床上，拿起手机给焱焱发微信。

我们果然心有灵犀，她已经率先给我留言了，打开是一看，是

一个“宝宝要抱抱的”撩人表情。

“还不睡？”

“想你了。”

我不想打字就干脆语音回复了：“赶紧睡。”

到了周五，小虾米发来微信说：“强哥，听说你擅长摄影，天生自带三脚架，明天上午有一个漫展，我去做模仿，你过来帮忙拍照如何？”

“可是我明天有约。”

“你一个不吃巧克力的单身狗最近怎么这么多约？是不是跟‘附近的人’约去了？”

小虾米是先知吗？怎么什么都知道？

“你别瞎扯，就是朋友，聚一聚。”

“哼。”

小虾米一“哼”，我都不知道怎么回了。凶神恶煞的她什么时候画风突变，变得这么矫情了？

我没有再搭理她。隔天清晨，我直接赶往温泉酒店，焱焱很贴心，早早地就在酒店门口等我。

进入酒店后焱焱也没带我去泡温泉的地方，而是酒店的房间，简直就是“开房”的节奏。鉴于那天晚上我把“约泡”搞错了，不想这一次再出糗就跟她进房间了。

然而一进去才知道原来里面别有洞天，独立的温泉池，独立的休息房间，简直就是人间仙境。

可是接下来就尴尬了。独立温泉毕竟比较小，焱焱换上泳装后就像是蟠桃园上成熟的小蜜桃，看一眼都能让我流一壶口水，哪怕是正常的温泉活动。我都不敢正眼看她一眼，话也不敢多接几句。草草泡了半小时后，我就赶紧回房间洗澡换好衣服躺在床

上等她。

焱焱泡完后说感觉好累想躺着休息下，搞得我也不敢躺床上了，怕太暧昧，只能坐在地上打排位让自己镇定点。

连跪五场后，她终于醒来。我想着终于能走了，结果她瞥了我一眼后就往洗手间走，而且一呆就是十几分钟。

我想她可能是肚子不舒服，不管待多久我都不好意思去打扰。连跪这么多也不好继续打游戏，无聊之下我就随便翻里翻桌上的东西，忽然看到了一个有趣的果冻。出于好奇，我拿起来把玩了几下，但仔细一看竟然是安全套。正要放下时洗手间门打开了，吓得我赶紧把安全套装进了口袋。

我原以为焱焱在里面是肚子不舒服，可看着她精致的小脸我才知道，原来她躲在里面化妆了。真搞不懂小女生的心思，都要回家了还画什么妆。

但她一直盯着我看，看得我都不好意思了，我连忙避开了她的眼神。

谁知道她径直朝我走过来，然后俯身靠近我。

她是想干吗？让我点评下她的妆容还是……

她靠得越来越近，此刻我就像是躲在洞里的小白兔一样。

就在我准备接下这震波浪时她突然说：“你的嘴唇破皮了。”

我嘴角抽搐了下，反问：“是吗？”

“要不要来点唇膏？”

“好啊。”

说完也没见她去取唇膏，我问：“唇膏呢？”

焱焱没说话，指了指自己的嘴。

我说：“你把唇膏吃了啊？”

我能清晰地看到她满脸黑线。

其实《喜剧之王》的这个梗我知道，只不过我担心如果我太配合她的演出的话，自己到时候会把持不住。

“要不要玩点什么呢？”焱焱问。她似乎也看出我的紧张。

我说：“好啊，我们一起打局游戏吧？”

一局结束后，我本着自己是 MVP 的原则想再接再厉说：“我们再来一局？”

焱焱似乎有点不开心了：“我们能不能不打游戏？”

我说：“那做什么呢？”

焱焱说：“那看电视行吧。”

“好啊，看什么呢？”

她想都不想就说：“快本啊。”

我问：“快本是什么？”

她一脸鄙夷地说：“快乐大本营。”

我平时不怎么看电视，一直都认为综艺节目比较低级，但没想到自己的笑点可以这么低。才十分钟，我们两人就从左边的床翻滚到了右边的床。我忽然明白，原来综艺节目是这么好的前戏项目。

又一个笑点冒出，我非常配合地笑着，谁知道焱焱却一脸淡定。

我心想：难道是我笑早了？再仔细一看，她手里拿着一个那个果冻一样的套套。

我赶紧摸了摸我的口袋，恍然大悟，一脸尴尬的我立马解释道：“那个……”

话还没说出口，只见焱焱就像是一只饥饿的翠鸟在平静的水面上看到鱼儿一样，在水面上掀起了涟漪，一下子朝我飞来。

我心想一个七尺男儿怎么能让一个小丫头片子生扑呢？以后我还怎么在江湖立足？

想到这里，我一个回旋把焱焱双手按在床上，想着这样她应该会清醒点吧？

谁知道她象征性地挣扎了会儿就顺从了，就像是夜晚的威士忌，她身上仿佛藏着明天不用上班的味道。

我一下子恍惚了。

“咚咚咚……”

偏偏此时响起了敲门声，该不会是查房吧？

我心想：这里又不是朝阳区，应该不至于，而且我们并没发生什么事，于是很坦然的去开门。我想过最坏的情况就是门口出现的是误会我们的警察，然后拿着那个“果冻”查我们户口，谁知道出现在我眼前的是——小虾米。

除了一张严刑逼供的脸外她什么都没说，直接给了我一巴掌，然后转身走来。

我一脸蒙。

（6）

我不知道是该直接追过去还是该转身回来跟焱焱解释。犹豫了一会儿，大约就零点一秒的时间，我转回房间看了一眼，就看见焱焱似乎当什么事都没发生过一样依然摆好姿势在等着我。我心想：她怎么可以如此淡定呢？于是快速穿好衣服冲出门去追小虾米。

跑的时候我在想，自己怎么可以放下一只刚煮熟的鸭子，然后去追一个打了我一巴掌的人呢？是不是小虾米更重要？

想到这儿我赶紧否定，我只是不想破坏我们革命友谊而已，毕竟我们现在刚刚组成失恋战线联盟，以后还要一起战斗。

嗯，这个理由够充分。于是我加大马力奋起直追，眼看着小虾米坐进了出租车后座，我继续狂追，追啊追，然后就追不上了。

不过我扫了一辆共享单车抄了近道，堵在了小虾米家门口。

她一下车看到我扭头就走，我又追过去堵住她。

“你这个渣男。”小虾米朝着我喊着。

“你骂我什么我都能接受，但是你必须跟我说明下这到底怎么回事？”

她问：“什么怎么回事？”

“你怎么什么事都知道？从一开始我认识她，到她约我吃饭，再到她找我去泡温泉，你总是恰到好处地提醒和出现，你是不是监视我？”

“我才懒得监视你这个渣男。”

“那你干吗过来敲门打我？既然我是渣男，就让我跟她在一起就好了，你过来打扰我干吗？”

小虾米被气炸，双手攥得紧紧的，我以为她又要给我一拳，连忙防卫起来。

“我是怕你上当受骗。”

我放下防卫的手，笑了笑说：“那你这是一开始就知道，想故意陷害我？”

“谁他妈陷害你这白痴。”

“那到底怎么回事？”

小虾米也是被我缠得烦，拿出手机给我看微信。

我一看傻眼了，原来她跟焱焱早就认识，而且焱焱还时刻跟她炫耀着搞定我的进度。

此时我恍然大悟，原来我只是焱焱集满十二星座的任务项目而已，她的心怎么可以这么大？

“我懂了，谢谢你在关键时刻解救了我，我马上删了她。”

小虾米没有表示出任何高兴来：“我觉得没必要，你可以跟她发展成长期床伴啊，这样挺好的，再见。”

“喂，即便是我有时候小蝌蚪化成多巴胺腺素冲上大脑，你也不用把我想成那种人吧？”

“那你告诉我，如果不是我敲门给你一巴掌，你会不会上她？”

其实一开始我并没有想把焱焱如何，但是被小虾米这么一问，我反倒认真想了下。这是一个很难回答的问题，我无法想象如果焱焱接下来真的卸下自己的防备，我难道真的会无动于衷吗？就像是你饿了，突然有个朋友热情款待你，做好一桌美食摆在你面前，你真的就不吃吗？

我相信没有任何一个男人会拒绝这种事，虽然并没有发生什么，但是小虾米这么一问，我并不想欺骗她，毕竟我是一个正常男人。

“会，但是……”

其实一开口我就后悔了。在胡萝卜的耳濡目染下，我知道在男女的交往里，有很多事即便是事实，但是你并不一定要说出来，反倒是你换上一句甜蜜的情话，就会让原本分崩离析的关系迅速缓解。比如女生高价买了一件男生觉得很丑的衣服，还穿给你看，你吐槽了后还得吵架，既然这样，还不如调皮地说一句“你就算不穿衣服也很好看”。女生知道你在夸她好看，也就不会为难你了。道理我都懂，只不过……

“当了婊子还想立牌坊。”小虾米骂完没有给我任何解释的机会，推开我后愤然地走开了。

我知道这次再怎么追也没有用，也不想追了，我只是说了一个不是所有男人都会说的实话，有错吗？

（7）

之后，小虾米拉黑了我，胡萝卜我也联系不上，突然间我变得很孤单。

焱焱倒是时不时“勾搭”我下，但我都没回复。我想拉黑她又下不了手，只能屏蔽她的信息，在朋友圈里假装不认识这个人。

老赵那边催着我过去玩，而我却找不到去的理由。小虾米都不联系我了，我还做什么遗憾清单？

看着手中的邮戳本，我在想到底要不要再去前任博物馆一趟。

我犹豫了一会儿，还是放下了邮戳本。是啊，连前任博物馆都没有去的理由了……

清晨，手机闹铃响起，我拿过来按掉，但仔细一看，不是闹钟的声音，而是姑姑打来的电话。平时姑姑都是跟我微信交流，怎么一大早就打来呢？

我突然有一种不好的兆头，给姑姑回电话才知道原来母亲住院了，而且情况比较严重，言语不清还手足行动不便。

我吓傻了，连忙挂上电话，再给花姐姐发了一条微信就直接坐飞机回家了。一到医院才知道母亲因为三高的缘故脑卒中，所幸血管只是轻微阻塞且又在黄金四小时内送到医院，所以治疗及时，我到医院时母亲基本已经恢复。

看到她的第一眼我忽然想哭，心里想：只要她脱离险境、身体健康，我愿意用十年青春来交换。

但是看到母亲双眼已经哭肿了，我只能强忍着泪水帮她擦拭着，怕她看到我流泪之后再次哭起来，给眼睛造成伤害。

寒暄完后我想去趟洗手间，刚走出门口，泪水不知道为什么哗啦啦流了下来。

看着父亲远远走过来的身影，我赶紧擦干眼泪跟他打了声招呼，谁知道父亲直接忽视我径直走开了，留下我一个人傻兮兮地举着手。

母亲康复得很快，在医院住了不到一周就回家调养了。这一周里父亲都没正眼看过我，我的问候也直接被屏蔽。花姐姐天天问我什么时候回北城，我因为忙得心力交瘁都来不及回复他。

母亲基本康复后我也准备回去工作了，晚饭时爸爸喝了点酒，终于开口跟我说话了，而且一开口说话就是一顿痛骂。他让我别在

北城瞎折腾，赶紧回家找份安稳的工作，现在母亲是最需要人陪伴的时候，下次如果身边没个人在，出了什么意外怎么办？

我突然不知道该如何反驳父亲的话。是的，本来母亲住院我没有第一时间出现在她身边就是不孝，我找什么反驳的理由呢？

我在想，自己在北城漂泊这么多年一事无成，谈了多年的女友也劈腿了，最好的朋友也跟我闹翻了，北城还有什么可留恋的？也许是时候回头了。

但我没想到的是，到母亲房间里看她时，她还是一如既往地支持我闯荡。我说："妈，你都生病了，怎么还让我离得开你？"

母亲摸了摸我的头说："因为我要看到你真的长大。"

我突然有点哽咽，不知道说什么好，又怕落泪惹母亲伤心，只好紧紧地抱着母亲。

我出生在闽南，从古到今，闽南人北上求生、东南开台湾、南下拓南洋，四处漂泊的命数早已写入闽南人的基因里。"爱拼才会赢"早成了我们的座右铭，离开家乡仿佛成为我们人生的必修课。

小时候看惯了亲戚在异乡做水产、建材、水暖、卫浴生意，所以潜意识里认为只有离开家乡去拼搏才能闯出一片天地。因此成年后我便北上求学，之后成为一名北漂留在北城工作，十几年来，每年回家也只能回一到两次。

我忽然想起年少时每次离开后再归来的场景。年少求学时，每次放寒假我只要一下长途车，总能看到妈妈骑着摩托车在村口等着我，然后载着我一路有说有笑地回家，回到家也有早已煲好的我喜欢的鸡汤。

那时候通讯不发达，我很惊讶母亲为什么每次都能等到我，后来从旁边商店的阿姨告诉我："哪是你妈妈准时，她一大早就在那等着你回家。"听到这儿，我的眼泪当时就掉了下来，仿佛一下子

就长大了。

在离开家乡去北城的车上，母亲给我发了一条微信：“强儿，你守在我身边不一定就是孝，你要是在外面闯出一片天地给我带来骄傲，那才是真正的孝。”

我在车上泪流满面，仿佛明白离开是为了更好地归来。

第十章
所有的故乡都是远方，长大后我们都在流浪

（1）

回北城后，我并没有回合租房，而是直接回了公司。一周没管新媒体头条，几个文章阅读量就开始走低，客户意见很大。花姐姐为了补救竟然同意他们去刷点击量，结果偏偏赶上微信来了一次清理无效点击，很多公众号沦陷，公司的公众号也无法幸免，点击量直接从十多万惨跌到两万左右。客户要求退款也就算了，连我之前合作的几个商家都质疑并要求补偿。

我直接冲进花姐姐的办公室跟他理论，谁知道他却各种推卸责任，说是刷点击量我们部门的行为。

天知道，没有他的授意谁敢做？如果侥幸逃过清理完成了 KPI 考核，奖金也是他的；如果不幸，好比现在，所有客户都找过来了，这个黑锅就变成我的了。

我原本以为经过努力可以挽回这个局面，谁知道很多粉丝也知道这次是刷点击量的事情，纷纷取消关注。再加上这段时间是个人都能开公众号，写点鸡汤都能出本书，所以粉丝活跃度降得非常厉害，我们奋战了一周头条文章，点击量四舍五入才勉强到四万。

这下子之前合作过的很多客户都像抓到了把柄一样，拿着合同质问原来八万点击量是怎么来的。

再加上上次那个合作客户跟投资方很熟，直接问到了老板那，

花姐姐不愿承担责任，我作为公众号的负责人，不得不出来擦屁股。

我忽然想起这个客户的老板是学姐的叔叔，找她疏通下是不是能搞定呢？

我刚拿起手机要打电话想了想还是放下了。我想，和学姐都已经这样了，还找她干吗呢？

我知道，如果我不去联系学姐，我的处境会越来越艰难。果然，公众号连续两周没有广告，之前的合作方要求补偿并赔款，花姐姐推得一干二净，而且还拿出之前跟我微信聊天的截图。也怪我当时比较忙，他们做什么决定我都回复没问题，给他留下了把柄。

看来这黑锅我是背定了。我打开公众号看了看之前做过的无数个专题，叹了口气，按了关闭按钮，接着打开 Word 文档，准备敲键盘写辞职信。

信写完后我发给了花姐姐，不到十分钟他就招呼我去办公室。我想他应该很高兴我站出来承担这个所谓的责任救了他一命吧。

谁知道花姐姐竟然挽留我，我没听错吧？这到底怎么回事？

随后他问我是不是认识黄老板的小女友，是她帮了这个忙。

我说：“我怎么可能认识她呢？”

“那就怪啦，黄老板也是有家室的人，虽然他们关系乱得很，但是没想到还过来给我们求情，不知道是不是我的善良感动的她？”

我隐约觉得有些不对劲，连忙问花姐姐：“那个女的叫什么？”

“叫什么静来着？”

听到叫什么静的时候，我大体能猜到是学姐在暗地里帮了我这个忙，她应该也是时刻关注我的动态吧。说实话，我很感激她能帮我，但是这个情我不能领。

“花总，其实我已经想好了，谢谢您这段时间的栽培，请您批准我的辞职。”

花姐姐一脸诧异地问：“有人工资翻倍挖你？”

我摇头。

他又问：“有更高的职位？”

我又摇头。

“裸辞？”

我点头。

花姐姐差点吐血，让我好好休息一阵子考虑考虑。

上地铁时我心情异常低落。说实在的，我有点矛盾但又有点不甘心。

结果这一情绪低落，我一不小心又坐上了到霍营站的区间车。下车后我径直往出口走去，看着外面灰蒙蒙的天空，不知不觉又走到前任博物馆。

博物馆的门是开着的，我犹豫了很久，毕竟上一次从母亲那得知“琉塘境”就是我老家，至今仍心有余悸。

不过我想了想，黄小娟要想害我早就下手了。再说了，假如她真的是一个“冤魂”，肯定比我更懂这个世界，说不定她还能帮我解答很多疑惑。想到这里，我还是迈进了大门。

她依然一袭白衣坐在那泡茶，仿佛不曾认识我一般。

我走过去坐在她对面，她也没抬头看我。

我说：“无论你是人是鬼，我都想跟你聊聊。”

黄小娟给我斟了杯茶，简单地说了句“吃茶”。

我饮下一口说：“我突然觉得自己就是一个笑话。初恋女友劈腿了；跟最好的兄弟闹翻了；被一个非常好的学姐欺骗了感情；还跟一个最好的异性朋友闹撕逼……你说我还能再惨点不？”

她微微一笑说：“这世上没有过不去的坎，只是需要时间罢了，泰然处之即可。”

我总觉得黄小娟的安慰是一种冷漠的关怀，这让我无力吐槽。

“前阵子我回家想了很多，我来北城闯荡这么多年仍然一事无成，现在也裸辞了，所有朋友都离我而去，我妈妈的身体也非常不好需要人陪伴，我忽然不想漂着了，想着回家算了。”

谁知道她竟说：“那回啊。”

我一下子语塞，又饮了口茶说：“但我没有回去的勇气，我怕一事无成回去丢人，而且北城有我的梦想，我如果不实现不甘心。”

“那就留下。”

我抱怨：“你说怎么跟没说一样？”

“你心中自有答案，何必问我？”

我被她这句话击中，一时间竟不知该怎么聊天下去。。我想了想还是直接问出了这几天的困惑：“我前阵子问了我妈妈，你说的‘琉塘境’已经改名了，就是我老家，不过改名还是解放前的事了，你怎么不知道家乡现在的名字？”

“难怪我寻不到祖籍。我们家从祖父开始就搬迁，再后来就搬到了北城。”

我嘴角抽搐了下，我怎么没想到这个答案呢？怎么老想着是穿越鬼魂之类的？看来真是怪力乱神的小说看多了，还总是喜欢胡思乱想。

“闽南人都比较注重衣锦还乡、落叶归根，怎么你们家没有想过回去？”

她反问我：“那你呢？”

我一下子被问住：“我想过，但是已经回不去了。”

她又换了一壶茶，边泡茶边说：“人人心中都有一处博物馆。你总以为离家很远，其实故乡每时每刻都在召唤着你。平时你不在意，等哪天你走进了这个博物馆，就会发现里头全是故乡的回忆，全是亲人的思念。”

我笑了笑说：“怎么感觉你说的话像是一个概念似的？”

黄小娟没再说什么，边给我倒茶边哼着一个曲子，我细细听着，她好像唱的是：

你的故乡是别人的远方，
你的远方是别人的故乡，
所有的故乡都是远方，
长大后我们都在流浪，
只为寻找风的方向。

（2）

我仿佛明白了什么，便不再久留，离开了前任博物馆。

虽然黄小娟不曾给我任何答案，但似乎她又教会了我如何走向更远的远方。

第二天我还是递了辞职信坚决辞职，虽然说这次的事件只是辞职的一个导火线，但我还是想通了，我不会因为更好的诱惑选择离开，也不会因为涨工资而选择留下。留与离的标准，在于我能否与这个平台一起成长。当这个匹配度失去平衡，要么我离开，要么有更适合我的岗位或者有合适的人指引我继续前进。显然，现在我只能选择离开。

离开时我给焱焱打了个电话，聊了些有的没的。

挂了电话后，我给焱焱发了一部名叫《鸟岛》的纪录片，那里面有个场景是公天鹅一路护送被绑在摩托车上、即将被带走宰杀的母天鹅。摩托车停下的间隙，两只天鹅竟然以脖颈之交在“接吻”。

这场生死离别，很多人为天鹅的忠贞爱情落泪。

随后我在微信回复说：“如果你真的期待这世界有那么一个人为你而生，就来一场只约会不约炮的恋爱吧！让那个爱你的和你也爱的人陪你走完人生这条长路，陪你走到世界荒芜。那份爱虽平凡，

但也荡气回肠。”

最后我拉黑了她。

放下手机后我翻开邮戳本，看了看上面的情诗任务，对于写情诗这事，我还真是头疼。

毫无疑问，诗歌是最接近天堂的语言，而情诗呢？又是通往姑娘“盘丝洞”的钥匙。这个技能估计只有胡萝卜才掌握吧，可惜跟我闹翻后，我再也联系不上他了。

有时候我会想，我们都是重色轻友的人。什么“兄弟如手足，女人如衣服”都是骗人的。断个手是小事是因为我们还有第三只手，但是让你没有衣服穿然后天天裸奔你干吗？

所以胡萝卜跟我闹翻就闹翻个彻底，但是以我对他的了解，他不应该是这么小气的人啊？小虾米的事谁都没谱呢，他不至于争风吃醋玩得跟过家家似的。

此时，响起敲门声，我打开一看，竟然是胡萝卜。

果然，他还是一个重情义的人。

我笑着推了推他的肩膀说：“回家啦？兄弟没看错你。”

谁知道他很冷漠地说：“我东西落房间里了，取完就走。”

好吧，是我多想了，让开位置让他进房间。

胡萝卜打开抽屉看了下，走过来对我伸出手，像是讨什么东西似的。

我问：“怎么了？我没拿你什么吧？”

“还不承认？”

我忽然想起那天看他的道具确实比较多，就拆了一个看看，赶紧解释说：“我也是好奇，拿来当气球吹着玩玩。”

“承认就好，那你就是欠我债了，你只能让我继续住这儿当补偿了。”

听到这儿我愣了一下，半天才反应过来，然后张开双手抱住胡萝卜骂道：“你有本事你就别回来找哥。”

胡萝卜也抱着我拍了拍肩膀说：“没办法，谁让哥不忍心丢下你不管呢。”

“得，我下楼买一盒套套连本带利还你，你可以走了。”

“好啊，走，一起去。”

两个大老爷们并肩去便利店买套套，服务员看到这画面估计得丈量心里阴影吧？

当然，我们肯定不会去的，我们直奔老地方喝酒去了。

我举杯想表达下歉意，谁知道胡萝卜率先开口。他站起来双手举杯对月，突然慷慨激昂地说道：“精禽梦觉仍衔石，斗士诚坚共抗流。度尽劫波兄弟在，相逢一笑泯恩仇。”

好吧，这句诗是我虚构的，胡萝卜这个家伙是这样说的：“哥们想通了，不是我的旱地终究成不了稻田，也插不了秧，之前的事是兄弟不对，来，干杯。”

我愣了下。

胡萝卜纳闷地问：“怎么？不打算原谅兄弟？”

我摇头说：“不是，我原本以为我们兄弟和好会像电视剧演的一样，先是痛快厮杀一番，最差也是《水浒传》里宋江和李逵似的左一口‘哥哥’，右一个句‘弟弟’，然后各自挥泪，再来一段感天动地的独白，结果你一块田一根秧就完事了。”

“你真以为我们在演电影啊？现实本来就是那么简单，别磨叽，干杯。”

干完一杯后我说：“不过老胡你放心，以后我不会跟你抢小虾米了，反正她现在也恨死我了。”

胡萝卜诧异：“怎么回事？你套套都用了还没征服她？这不合

常理啊？”

我叹口气说：“这哪儿跟哪儿啊，套套我没用在她那儿啊。”

胡萝卜破口大骂：“你这禽兽，祸害了哪个良家妇女？你说！”

“不是啊，我没用上，浪费了。”

“什么？你还真拿去吹气球啊？”

随后我无奈地把跟焱焱的事和胡萝卜陈述了一番。

胡萝卜听完非常认真地问我：“你能不能把焱焱的微信号给我？我这个星座她还没集上。”

“滚！”

他笑了笑，转移话题说：“你记得在巴厘岛我表白的事吗？”

“记得啊。”

他问：“你知道后来小虾米怎么拒绝我的吗？”

我说：“我怎么知道。”

“她说她可能喜欢上一个不可能的人。”

我问：“什么鬼？”

“就是你这只鬼。”

“别瞎扯了，我不信。”

“信不信随你。”

胡萝卜跟我干了一杯后继续说：“其实你回来后，我跟你吵架并不全是跟你争风吃醋，也是看不惯你们两人之间的暧昧。”

“我们哪暧昧了？”

“那小虾米为什么跑酒店给你一巴掌？为什么拉黑你？”

我纳闷：“我哪知道？”

“你们压根就是相爱相杀。”

我说：“相杀有，相爱无，我不想为民除害。”

“那你还陪她暴走北三环？带她去巴厘岛破坏前任婚礼？你还不承认你心里有她吗？”

我又一次跟胡萝卜解释了前任博物馆的秘密以及小虾米的遗憾清单。

他叹了叹气说：“我不相信你精分出来的前任博物馆，不过心理上我是支持你写情诗追小虾米的。写情诗没有什么难度，你只要把你平时写的那些酸不啦唧的情话排列组合下就行。”

“你这简直是对诗最大的侮辱。”

“那行，哥们教不了你了。今晚我们喝酒不醉不归。来，老板再来一瓶啤酒。”

（3）

回到家里已是凌晨四点，为了庆祝胡萝卜回家，我特地把新买的四件套铺好，还买了非常舒服的荞麦枕头，顺便喷了点秒杀买的贴心香氛喷雾。

胡萝卜说：“头一次看你那么讲究，真是感动。”

“总不能永远这么邋遢，这样早晚把你吓跑。”

他说：“嗯，那今晚委屈你了，我先早点休息了。”

我摇了摇头说：“委屈什么，我不睡沙发。”

胡萝卜吓了一跳抱紧自己：“不是吧，才几天没见你口味变了？”

我说：“不是啊，床是我的，你睡沙发。”

“有没有搞错？这叫庆祝我回家？庆祝的话不应该是把床让给我吗？”

“正因为庆祝你回来，所以我要加倍对自己好，否则以后的日子只能更糟糕。”

胡萝卜不服：“反正我不管。”说完整个人就扑倒在床上，“床是我的，你要是不想被掰弯就睡沙发。”

他鸠占鹊巢我当然不服，伸手过去想直接拽走他，谁知道他威胁我说：“你再拽试试，再拽……”

我说：“拽你怎么了？你还能怎样？”

“你再拽我就叫了。”

“你叫啊！”

“我还脱衣服。”

“你脱啊！”

“我还开直播。”

“行，你牛，我睡沙发。”

胡萝卜说小虾米喜欢我，我总觉得他是在放屁，她怎么可能会喜欢我？

不过回过头来一想，一开始最讨厌你的人到最后都会喜欢上你，电视剧都是那么演的。我们该不会成为偶像剧里的狗血桥段了吧？这也太不写实了吧？

我本来以为我会失眠，可结果这一觉反倒睡得特别踏实。不过奇怪的是我竟然做了一个奇怪的梦。我梦见自己在海边等着心爱的女人，内心焦急得就像是在跑马一样。没想到小虾米突然出现我面前，我非常奇怪地默认她就是我女友，两人一起在海边吃酒看浪。这就像是确定关系后的第一次约会，我紧张得说不出话，嘴里像是嚼着辣椒一样。

小虾米说：“好美啊。”

虽然我嘴里说不明白，但我内心潜台词是：“不如你好看。”

谁曾想她竟然能听见我的心声，嘟着嘴对我说：“你就知道油嘴滑舌。”

我突然能正常开口说话了：“我不光油嘴滑舌，还要动手动脚。”

说着我伸手去挠她，小虾米起身就跑，我赶紧追了过去，我们跑着跑着就跑进了大海。

我看着小虾米，她竟然没有被海水打湿。

她指着我笑，我低头一看，自己下半身竟然湿透了。我看着她笑了起来，笑得傻傻的。

此时我忽然感觉下半身湿湿的，不是那种被海水打湿的感觉，而是由内到外的潮湿感。

糟糕！

我被吓醒，睁眼一看桌上竟然摆上了早餐，胡萝卜在摆着餐具。

“看着你的背影，我刚才恍惚了下，还以为你是我女朋友呢。”

“滚。”

“不过你什么时候学会的做早餐？”

胡萝卜笑了笑说：“其实我很早就会了，这撩妹一大技能，有效提升回床率。这么多年也没给你做过饭，兄弟，真是对不住了。”

“哎，现在我也辞职了，自己做饭比较省钱，要不以后我们凑合着过吧。”

“凑合你大爷。你是没人要，可哥有的是市场，晚上佳人请客。”

“真的假的？”

胡萝卜一脸得意：“怎么？想去蹭饭？”

“你都盛情邀请了，我怎么好意思不去。”

“滚，赶紧过来吃早餐。”

他一说滚，我就忽然想起一夜精华还没消受，连滚带爬地跑去洗手间。

胡萝卜一脸疑惑地问：“我晕，我让你吃早餐，你怎么跑洗手间去了？”

晚饭约在一家西餐厅。

我完全想不到的是出现在我面前的人竟然是小虾米，小虾米看到了我后也惊讶地站了起来。

场面顿时有些尴尬，其实这些天我有很多话想跟她解释，但是

真正遇到了却不知道说什么好，我迟疑了半天才蹦出几个字：“好久不见。”

小虾米勉强地笑了笑，点了点头说：“好久不见。”

我瞥了一眼笑得一脸淫荡的胡萝卜，心想：一定是这家伙故意组局帮我们。

入座后我们开始点餐吃饭，但我都不知道该怎么跟小虾米聊天，她的回应也比较少，趁着她去洗手间间隙，胡萝卜用手肘推了推我问：“情诗呢？”

我傻眼了：“没写啊。”

“那还不赶紧，趁着良辰美景。”

我说：“我写不出来啊，再说也没纸和笔。”

胡萝卜随手给我递了桌上的铅笔和餐巾纸：“你们能不能和好就看你了。”

“这怎么搞？”

“赶紧的，写好了放她位置上，要不待会儿她出来就看不到惊喜了。”

我摊开餐巾纸，绞尽脑汁想着情诗。不过说也奇怪，想着昨晚的梦，我一下子就灵感来袭，还真写了一首。

我写完后胡萝卜刚想看时，小虾米就走过来了，吓得他赶紧把餐巾纸折好放在她位置上。

小虾米坐下来看了看桌上的纸巾，愣了下，随后拿了起来，我内心又开始跑马。

哪知道她拿起来就直接擦嘴。

我赶紧说：“纸上有东西。”

小虾米打开看到上面有字先是惊讶了一下，随后就仔细地读起了里面的文字，读完后小虾米面色红润笑了笑。

我问：“怎么样？”

谁知道她突然脸色大变，把服务员喊过来大骂一顿：“你们怎么能拿这种纸给客人用，我还擦嘴了，万一中毒怎么办？”

服务员连声道歉，小虾米继续骂道：“而且你看，里面都写了什么东西？还什么偷偷撩起裙子？这么色情，当心我举报你们传播三俗！”

服务员一脸蒙，只能继续道歉，搞得我跟胡萝卜半天不敢说话。

晚餐结束时我实在憋不住说：“其实上面写的不是撩裙子，是撩起长发。”

小虾米疑惑：“是吗？那字跟蚯蚓似的，我看不太清楚。”

我郁闷：“那字体不是蚯蚓，而是隶书。”

“哦，这样啊，我也没细看，不过你怎么这么了解啊？”

我一脸黑线地说：“因为那首诗是我写的。”

“什么？”小虾米突然一阵脸红，“刚才真抱歉。”

“没事。”

“可惜我也没细看你的情诗，要不你念出来给我听听。”

我赶紧拒绝，谁知道胡萝卜在旁边起哄。半推半就着，我看着小虾米轻声读了出来。

我忽然发现小虾米也会有脸红的时候，她微微泛红的脸颊很美丽，我都找不出任何美好的比喻，就像是多年以后我们看着西湖泛着涟漪，杭州的三秋桂子、荷花十里，都不如你。

都说这世界特么大，
想带你去海边看烟花。
你没来时我嘴里藏着辣，
你出现时我心里在跑马。
说很想你会不会太浮夸？
想牵着你的手不放你知道吗？
还假装自己很优雅，

偷偷撩起你的长发，
在你耳边说一世的情话——
世界那么美，不如你好看。

（4）

也不知是我的情诗写得太过美妙还是今夜的月色太过撩人，小虾米竟然跟我和解了，还跟我连干三杯啤酒。

得知我裸辞，小虾米建议我和胡萝卜这两个无业游民合作一把，在网络连载漫画，并给我们这个组合取了一个非常好听的名字，叫“秋裤二人组”。

对于这个名字，我们严重抗议，不过两个集才华和颜值于一身的男人一起创作作品的事，我们说干就干的。

之后的日子，小虾米就像不用工作似的，有事没事就往我们这儿跑，时不时还给我打下手帮我上色，有时候忙得比较晚，她就直接抢占了我的大床房，害得我跟胡萝卜只能在大厅打地铺。

隔天醒来时，餐桌上已经摆好了早餐，要不是胡萝卜的呼噜声太大，我差点就有一种小虾米是我的老婆的错觉。

洗漱完，我坐在椅子上，小虾米给我倒好牛奶，笑着说：“怎么样？是不是发现我还有非常贤淑的一面？”

我说：“是啊，跟我妈一样。”

小虾米也不生气，说：“嗯，乖儿子好好吃饭。”

她摆好早餐就去工作了，这时候胡萝卜也过来坐下了，发现需要自己动手丰衣足食，于是倒好牛奶拿好出面包后瞪大双眼看着我。

“怎么了？”

胡萝卜一脸委屈说：“你竟然有蛋，为什么我没有？”

我纳闷反问：“你蛋怎么了，磕破了？”

“不是那个，我说的是鸡蛋。小虾米偏心，竟然只给你煎了鸡蛋，

我干啃面包。”

我说：“啊，哈哈，你胆固醇高又前列腺囊肿，少吃点鸡蛋。”

“你才前列腺囊肿。”

我不知道小虾米是特地给我煎了鸡蛋还是厨房的鸡蛋不够，也不知道这阵子她怎么变得那么反常——首先不再打我，其次看我的眼神总是怪怪的，有一种慈祥的感觉，就像母亲看自己刚出生的儿子一样。还有，我发现她厨艺大增，天天给我们做不同样的佳肴。

一切好像都挺好的，可是每次我跟小虾米交流时，却觉得我俩总是有那么一点点不在频道上。

胡萝卜说小虾米那么喜欢玩应该去过很多地方吧？

小虾米说：“是啊，东南亚各国、欧洲、南美……还有珠穆朗玛峰山脚也去过。”

我问：“南极去过吗？”

问完我才知道什么叫一句话把天聊死。

小虾米大概是为了缓和气氛，跟我聊家常，说一般大学学的专业跟以后从事的行业不一样，然后问我大学应该不是美术系的吧？

我说：“不是，中文系的，而且还是师范类的。”

胡萝卜赶紧说：“这个我能证明，他以前还去支教过呢，当过一段时间的老师。”

谁知道小虾米补了一句：“你有教师资格证吗？”

我突然不知道该怎么回答，想了想说：“没……”

本着继续缓和气氛的原则，我想把小虾米跟我调到一个频道，所以我问小虾米这么喜欢动漫，是什么系毕业的？

小虾米说：“数学系，没想到吧？”

我笑了笑说：“是啊，我还以为你是治愈系的。”

胡萝卜平时教了我太多撩妹技能了，这句话我一不留神就脱口

而出了。此时胡萝卜朝我吐了吐舌头，我真想用眼神杀了他。

小虾米迟疑了下说：“你当我是蔡文姬啊？我能治愈什么？又不是奶妈。”

“可你看起来不缺奶啊……”一说完，我赶紧闭嘴，心想自己真是嘴贱。

一旁的胡萝卜哈哈大笑，小虾米满脸通红说不出话来。

虽然我经常“口误”，但我都当那是开玩笑了。一开始我还觉得一切还算正常，直到胡萝卜说晚上有约要出去浪，让我们两个人先画着。不知道他是故意的还是真有约，孤男孤女共处一室，突然让我很不自在。

不过我还是比较专注工作的，小虾米也在一旁忙碌着。起初倒没有什么问题，可每当小虾米凑过来跟我讨论色调时，我总有一种莫名忐忑。

我在想自己为什么会有这种感觉？

难道就像是胡萝卜说的，我的心里开始有了小虾米？

一想到这里我赶紧打消这个念头，微信忽然闪动，我打开一看，是胡萝卜发来的消息。这家伙竟然留言说：“我十一点回家，你抓紧搞定。”

小虾米就在旁边看着，吓得我赶紧关掉微信窗口。

我尴尬地解释说：“胡萝卜催我们赶紧完成任务。”

小虾米回了一个字：“哦。”

虽然只是轻描淡写的回答，我却觉得她的眼神有点异样，连呼吸都变得急促起来。

我们沉默了很久，最后还是小虾米一本正经地把我俩带回到了工作上来。也不知道她是故意的还是只是为了找一个话题，指着女主的简介突然严厉地说：“你们直男的思维简直让人发指，女主的兴趣爱好搞得跟爷们似的。”

她突然这么一说，画风突然这么一转，我反倒有点尴尬了：“这个……那该怎么设计？”

“至少得贴近女性次元点。”

说到次元，我倒不认为我和胡萝卜的设计有误，我反驳说：“哪就不贴近女性次元了？”

“女性的世界你们直男不懂。”

“我……那你举例说说啊。比如你，你的兴趣爱好有什么是我不懂的？”

小虾米义正词严地说：“你懂什么！”

我不知道为什么明明好好的，怎么突然就变成争论了？不过我一下就想通了。空气中弥漫着如此异样的气息，如果不利用大声说话或者故意制造出来的争执缓和下，只怕下一秒我们会打破暧昧的边缘无法自拔。

于是我也不服输地说：“行，那你说你喜欢什么？”

小虾米也跟着抬杠：“喜欢猫可以了吧？”

“什么？你不是喜欢狗吗？怎么喜欢猫了？”

小虾米故意说：“喜欢狗都是和前任在一起时的事了，已经翻篇了。我现在喜欢猫，你有意见啊？”

不知怎么的，我并没有反驳，而是轻轻地“喵”了一声。

小虾米愣了下，突然扑哧一声笑了出来，然后说了一句：“你怎么可以这么萌？”

说着，她伸手要摸我的脸，在碰到的那一瞬间可能发现不太对劲，一下子就缩了回去，空气突然又安静下来。

为了缓和尴尬，我提议赶紧吃饭。可是饭都吃完了，我们还是一句话都不说。空气又凝固了半个多小时，我简直如坐针毡，好不容易小虾米开口说话了，结果还是那么尴尬的问题：“之前我们那么久没联系，你有没有去找我？”

我说：“没。”

“那你有没有想尽办法联系我呢？”

“也没有。”

“那总有偷偷想起我吧？”

“好像也没。”

“那你做噩梦梦到我总该有吧？我们失恋阵线联盟的革命友情不至于那么差吧？”

我说：“这还真有，还真是做噩梦梦到你。”

小虾米赶紧问：“然后呢？”

我心直口快地说：“梦遗。”

说完我发现自己真是嘴贱，想都没想就说实话了，此刻小虾米的耳朵应该红透了吧？

（5）

不知不觉已是九点过后了，北城的夏夜总是有那么一点点燥热。

而屋内的空气中也散发着一股有人即将搞事情的味道，我的心简直就像是久旱逢甘露的旱田，小虾米也是一脸躁动的样子。

“要不你先忙？我去洗个澡。”小虾米说。

我赶紧点头。她只要走开一会儿，哪怕是去洗手间，对我来说都是一种缓解紧张气氛的举动。

当听到“哗哗”的流水声时，我脑子不知道怎么了，竟然意淫起来。会不会洗到一半突然没电了？然后小虾米怕黑狂叫起来，最后我英雄救美冲进去……好吧，如果她不怕黑，来只蟑螂小强被吓得跑出来也是意外收获。可我又想，这小虾米会武术啊，应该是什么都不怕的吧，所以最好的情况就是跟狗血剧一样，不小心滑倒摔晕，然后我……

天啊，我到底怎么了？再这样下去我可以去文学网写爽文成大神了。

有一种定律叫“墨菲定律”，说的是如果你担心某种情况发生，那么它就更有可能发生。果然，卫生间传来了小虾米的尖叫声，我连滚带爬地跑过去准备冲撞大门，都快要撞上去时才听她说：“我衣服掉地上了。”

我赶紧停住脚，擦了擦额头上的汗说：“那你尖叫什么？”

“地上有水啊。”

我郁闷了：“这不废话嘛，你又不是干洗。”

小虾米愤愤地说：“那我待会儿穿屁啊？”

这倒也是，总不能让她光着身出来吧？或者让她裹着浴巾出来？一想到她裹着浴巾的样子我又开始想入非非，万一到时候我把持不住或者她一不小心弄掉了毛巾岂不是会铸成大错？于是我赶紧说：“要不我拿几件宽松的衣服暂时给你穿下？”

“也行。”

回到房间后，我看着凌乱的衣柜，在想到底挑哪件衣服给小虾米呢？

不到零点一秒，我像是从娱乐圈里选小鲜肉一样迅速找出一件白衬衣和牛仔裤，又以雷电般的速度跑到洗手间门口敲了敲门。

“我准备开门了，你别偷看，闭上双眼把衣服塞进来就行。”

我一副正人君子的语气说：“嗯，放心，你也没什么好看的。”

“你说什么？嫌老娘没料吗？”

我想着再怼下去她非得证明不成，赶紧告饶说：“不敢，你自带猛料，我闭上双眼了。”

听到门一打开的声音我就把衣服递进去了，递衣服这不到两秒的过程，我脑子里晃过一百种情景。比如我不小心滑倒了，然后直接推门进去又特别巧地扑倒了小虾米；再比如我没出事，而是小虾米主动开张，问客官要不要尝一尝刚出炉的热包子？

现实并不是狗血剧，而且有些时候还很喜欢跟我们开玩笑。我

的手臂突然一阵疼痛，于是大叫了一声，睁开眼一看，竟然是小虾米迅速关门导致门把我的手夹住了。

小虾米更是不解气地骂道：“你这臭流氓，想干吗？”

“你把门打开。”

“开门？你竟然叫我开门？找死啊。”说完她更是使劲关门，疼得我“哇哇”叫。

我委屈地说：“不是啊，你把门开一点点，我手被夹住了。”

“哦……”小虾米一看也发现不对，把门开出一小缝，我赶紧把手抽出来。

“疼死我了。”

小虾米边穿衣服边骂道：“谁让耍你流氓，下次直接把你剁碎。”

“我哪流氓了？我不伸手怎么递衣服啊？”

“那有必要伸那么远吗？”

我更委屈了：“你让我闭上眼的，我哪知道远近。”

“不跟你扯了。”小虾米说完把门打开了。我不知道用什么比喻来形容，只是记得来北方读大学，第一次去公共澡堂时，突然看到一个女生穿着性感的睡衣、甩着湿润的头发从里面走出来，我一下子惊呆了。

而眼前的小虾米，套着我的白衬衣，竟然没穿着……大家别多想，她有穿文胸，只是没穿我的牛仔裤，洁白的大长腿就像是北城的春风一样绵长。

“你的裤子太大了，又没给我皮带，我穿不了。”

我吞了吞口水说：“那我再去给你拿一件。”

说完我回到房间找了个遍，发现竟然没有合适的裤子。低头一看，也就我现在穿的这件比较合适了，我犹豫了一下还是把身上的长裤脱下换了一件短裤，然后把脱下的长裤给了小虾米。

小虾米瞪大双眼：“你什么意思？脱裤子给我换啊？”

我说：“我也没办法，只有这件合适，要不你别穿好了。”

“那不行，待会儿老胡回来就说不清了。”

“你还是赶紧穿上吧。”

小虾米拿着裤子犹豫了下后问：“你没什么不良嗜好吧？”

“我内心住着一台缝纫机算不算？”

她问：“什么鬼？”

我说：“就是抖腿，算不算？”

“我说的是那方面的爱好，昨晚你没做噩梦梦到我吧？”

一想到这个梗我就会心一笑：“没有。”

“那你今天有没有放屁？”

我无奈：“什么跟什么？再不穿，老胡回来我可不解释。”

小虾米也是相当无奈，但最终还是下定了决心。她准备伸脚到裤腿里时候，门就被打开了。胡萝卜探身一望，刚好看到这一幕：小虾米穿着我的白衬衣，一脚正套入我的裤子，而我穿着短裤，一脸“我会对你负责”的表情。

这下尴尬了。

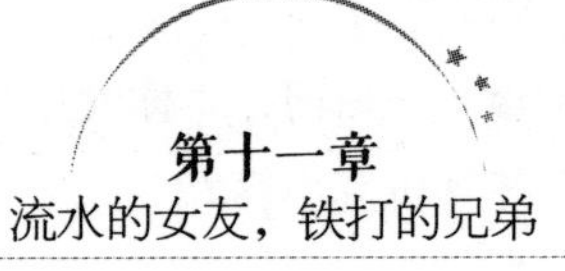

第十一章
流水的女友，铁打的兄弟

（1）

胡萝卜还秀逗似的问了一句：“你们是结束战斗了还是才刚开始啊？”

“老胡……”

“我什么都没看到，你们继续。”说完他马上关上大门，留下我跟小虾米面面相觑。

接下来该怎么办？难不成跟胡萝卜说的那样继续办事？

我可不能把小虾米的名声就这样糟蹋了，于是赶紧追过去找胡萝卜解释清楚，哪知道一打开门，胡萝卜整个人摔了进来。

原来这小子趴在门上偷听呢，想听我们是否继续战斗。

“那个，我、我是过来给你送战斗装备的。”说着胡萝卜从钱包里取出一个套套放在我手上，我赶紧拉着胡萝卜到走廊里争论。

“老胡你误会了。”

胡萝卜说：“啊？没事的，你不用担心我，我早想通了，不会误会什么的。”

我说：“你听我解释，小虾米只是洗了个澡，然后换了我的衣服而已。”

“理解，理解，完事都需要洗洗身子。”

“是天太热了小虾米才去洗澡，然后衣服掉地上湿了，我就拿我的衣服给她换，就这么简单，不是你想的那样。”

胡萝卜又“哦”了一声说：“我明白，没衣服穿了然后你送衣服进去给她换。”

我真想骂人，而此时小虾米一句话也没说，穿好裤子摔门出去。

我愤愤地对着胡萝卜：“老胡，你这样有意思吗？”

“当然没意思。”

“那你想搞什么？”

他不开心地说：“不是我想搞什么，是你们想搞什么？”

“我们没搞什么啊。”

“记得前阵子的晚餐不？我让你写诗那次。你以为是我组的局撮合你们啊？”

我不解：“难道真是巧合，天降神兵？”

他骂了一句，继续说：“你是真傻啊？是小虾米拜托我的。”

“好吧，虽然她比较冲动，但心还蛮细的。”

胡萝卜突然怒了：“重点不是这个。”

“那是什么？”

“她喜欢你。”

我说：“你神经病啊。”

他继续说：“你也差不多走出前任阴影了吧，小蝌蚪早就在你脑子里养成鲸鱼了，写的情诗也骚到家了，该进入下一段恋情了。你要是喜欢小虾米就大胆说出来，她都做到这个份上了，你是男生你要主动点。”

“这是哪儿跟哪儿啊，我跟她八字还没一撇呢。”

“我靠，你真五行缺心眼啊？哥们我告诉你，你要是不去追她，老子立马就掰弯你。”

我笑着说：“得了吧你，我还不知道你？你没那本事。再说了，我们的故事放小说网站只能放入‘纯爱 CP’小说频道。”

胡萝卜愣了下说：“你是真不懂还是真不懂？”

“你说都纯爱了，还需要 CP 干吗？”

“坑爹的网站啊。”

我跟胡萝卜并没有争执太久，凌晨一过我们就打算洗洗睡了，可是我却失眠了。

回想跟小虾米认识的这一路，不得不说，我一开始还是蛮讨厌她的，毕竟她的出现给我的生活带来了神奇的肥尾效应，一不爽就出铁砂掌，真是一个极端的暴力狂。万一跟她在一起了，她要是加入打男朋友协会的话，我可怎么办？

可我回头又想想，又觉得好像一开始的矛盾是我造成的。毕竟那晚我喝多了，真不知道对她做了什么。再说了，她虽然“心有猛虎”，但是关键时刻也是可以“细嗅蔷薇”的。我一有难，她就会仗义出现，帮我搞定老赵不说，还帮我识破“集星座”的焱焱，更不用提我们的“失恋阵线联盟”了。

原本我认为她是女生，需要给她更多呵护，所以每次她一有前任危机我都站出来替她挡枪；哪知道她也不示弱，我在前任面前遇到危机时，她也总能替我扭转危机。特别是巴厘岛那场前任婚礼，表面上是我陪她疗伤，实际上是她给我挽回了面子。

仿佛我们结成的是互帮互助的联盟，不是想着谁也不亏欠谁，而是都想着如何让对方活得更好些，所以我们都在为对方付出。

在这个故事里，我们相互尊重着对方，不是我有直男癌就我当家，她有铁砂掌就她当道。

又仿佛，我们即将进行一场势均力敌的恋爱。

一想到这里，我更加睡不下了，起身把小虾米的衣服装进背包里然后连夜去找她。

一路上我在想，我为什么这么着急非得大半夜就去找小虾米呢？

如果她大声质问我大半夜吵醒她是为了什么，我该怎么回答？看着映在车窗上的不断远去的灯火，我忽然明白，我会回答说：“因为想你。”

小虾米，因为想你，这个世界才变得如此美丽。

我很快就到了小虾米的门口，抬手敲门，敲了半天也没人回应。

我想她是不是在家睡得跟死猪一样，拿出手机正准备给她发条微信时，看见朋友圈有红点提示，上面显示的是小虾米头像，点进去一看，是她“睡闺密”的合影。

原来晚上她没回家，住闺密那去了……

（2）

隔天醒来我主动跟胡萝卜说要追小虾米，并拿出了遗憾清单给他看最后一项任务。

胡萝卜说：“这个不行，太疯狂了。你这新手刚上路就要飙车，我怕你没表白成功就变成车祸现场了。”

“那怎么办？”

“我教你一个简单的文艺表白法，要懂得借用身边的一切道具为我们所用。”说完后胡萝卜演示了一遍，“如何？”

我说：“果然是老司机。”

“那行，等小虾米待会儿过来你就找个时间展开攻势，成的话就一把推倒，不成你就火烧赤壁全身而退。”

我惊愕：“火烧赤壁哪是全身而退啊？”

胡萝卜说：“历史事件众说纷纭，也有史学家说火烧赤壁是曹操看打不下去了又不想把船留给孙权，就烧掉退兵了。”

“晕。”

“不扯历史了，这样显得你太没文化，我们还是聊聊撩妹的事。”

我们一直聊到中午，小虾米还是没出现。正当我们纳闷是不是昨晚搞得太过惹她生气了时小虾米忽然来电说，临时要去参加一场模仿秀，问我们能不能去帮忙？

胡萝卜说：“你去，我千万不能过去添乱。”

我说：“可是我不想过去扮伪娘啊。”

胡萝卜说：“你要换一个角度想想，也许以这样的身份更容易打入敌军内部呢？”

我说：“这也太牵强了吧？”

“牵强个屁，赶紧去。机不可失失不再来，搞不好你一打扮比女生还漂亮呢，记得拍照我看看。”

“滚！”

一到活动现场我才知道不需要扮伪娘，压在心里的石头顿时消失了。

小虾米说：“不过你需要表演胸口碎大石给大家看。”

“不会吧？”

“逗你呢，不过你还是需要 cos 一个角色。”说完她拿出一身黑色的服装。

我说：“包青天？”

“屁咧，你看仔细点。”

我打开一看，是一件道袍，配上精美的道冠。我心领神会用闽南话说道：“不属天，不属地，生于三界之外，不灭六道之中。莲开千叶，传奇万古，神人唯吾，千叶传奇。”

小虾米也会心一笑，随后说：“我们去换衣服吧。”

到了换衣间才知道房间全被占满了，可彩排马上要开始了。

小虾米说：“这样，前面有个隔板，你帮我拉上帘子我自己换

下就好。”

“不会走光吧？”

“当然不会，我比较聪明，早就穿好了防走光的内衣裤了。”

“那就好。”

说完我们赶紧行动起来。小虾米果然是经验老到，连我都没有任何瞥见她的机会，更何况是别人了。不过她的清香白莲道袍着实复杂，绑了几次都没弄好，我只能进去上手协助，结果衣服后背的绳线头分叉，根本就穿不过去，小虾米都穿好衣服了，总不能脱下重新穿吧？

我又没玩过针线活，肯定没那么快，小虾米又一直催着我，问我道：“进去了吗？”

我一下子恍惚了，此情此景让我如何安定。

小虾米又问：“好了没？”

“快好了，你别着急。”

“不是我着急，你赶紧的，活动马上开始了。”

我说：“那也急不来啊。”

小虾米回头看了看绳线，担心不够长绑不了，又问：“是不是太短了？”

我说：“怎么可能？”

我拍了拍她的腰，示意是她胖了才造成线不够用，随后双手拉着线准备以残酷的方式生拉绳子束腰：“准备好没？我用力了。”

她一脸奔赴沙场的表情，痛苦地点了点头说：“来吧。”

我一脚踏在门板上，双手一用力，小虾米被这样一束身弄得尖叫了一声，绳线终于拉出一节。也不知道是我用力太猛，还是小虾米的声线太好，木板竟然被我踏倒了。

倒了也没关系，可哪知道眼前竟然站着一排不明情况的围观群众，其中有一些还以侧耳姿势蹲着；再看看小虾米半弯着要背对着

我，而我一副双手握着手榴弹准备冲锋陷阵的架势。此情此景，我顿时像石化成一张涂在墙上铿锵有力的战士大字报，底下还配了“提高警惕，保卫祖国，时刻准备”，还是粗字号仿宋体的写成的。

（3）

接下来的演出，我跟小虾米扮演的千叶传奇、素还真同时出场，一黑一白本来就惹人围观，再加上刚才的奇遇，我们顿时成了朋友圈的热门。

胡萝卜还特地发来一条微信问候说：“你真火了。”

活动一结束，不少媒体过来采访，我跟小虾米打算从后门偷偷溜走。

“唉，以后我可怎么在 cos 圈里混啊？”

“你终于也体会到什么叫无地自容了吧？上次去巴厘岛的飞机上，你还一脸想杀我的表情。”

小虾米说：“不过那次我真的没有误会你。”

“怎么说？”

她一本正经地回答：“才两分钟，你不至于这么肾虚。”

“我晕。”

小虾米为了表示感谢说晚上请我吃饭，我心想这是一次好机会，可以展开第一轮攻势。

趁着饭后休息时间，我赶紧用胡萝卜教我的方案说：“小虾米，我昨晚做了一个梦。”

“不会又是噩梦吧？”

我赶紧解释说：“不不不，没这么频繁。”

她补刀一句：“我还以为你这么饥渴呢。”

我无奈，继续说：“我梦见我喜欢的女生了，想追她却不知道怎么办？然后你教了我一个方法。”

小虾米说：“还说不是噩梦？”

“这是哪儿跟哪儿啊？并不是每次梦见你都是噩梦、都有特殊反应啊，你能不能听我把话讲完？”

小虾米说：“那你讲。”

我顿时卡壳，“不对，你应该问我是什么方法。”

小虾米很无奈地说：“好，你用了什么方法？”

我笑着说：“你让我拿镜子给那个姑娘看，说喜欢的人在镜子里，然后姑娘拿起镜子照了照就懂了，最后我表白成功了。”

她说：“这破招一定不是我教你的，只有胡萝卜这屌丝才能干得出来。”

我晕，一听这话，我准备好的镜子都不知道该不该拿出来，场面很是尴尬。

《易》言：“穷则变，变则通，通则久。”幸好我也机智，赶紧打开手机自拍模式，递给她：“是啊，不信你看。”

她接过我的手机看了看，随后把自拍模式当镜子照了照自己，突然讶异道：“呀，妆没化好，我得赶紧补下。”

我非常郁闷，都不知道这天该怎么聊下去。

我回到合租房里，发现胡萝卜神奇地竟然在那儿练着书法，我心想：他在搞什么幺蛾子？

他倒是还很淡定地问：“怎么样？”

我丧气地说：“不怎么样。”

谁知道胡萝卜一反常态，并没有惊讶地质问我，而是淡然地说道：“锲而舍之，朽木不折；锲而不舍，金石可镂。”

他在搞什么鬼？我走过去质问着。

他叹了口气说：“我想了很久，是该给自己一个信念收山了，我不能天天用各种套路撩妹，还是要搞点正经的东西，比如写书法。”

我高兴地说：“你能这么想真是广大少妇的福分啊。”

“滚，你才喜欢少妇。”

我凑过去看胡萝卜的书法，其实他写得还不错，只是现在女生都不喜欢写书法的男生，要不他早就把这项技能列入“三板斧”中了。

第一行胡萝卜写道：窗外有月色和雨。

写得还蛮有意境的，第二行，他继续写道：被窝有情诗和你。

我骂道：“你真是江山易改本性难移，写书法还不忘撩妹啊？”

“啊，这个手顺了，我重来。”

我一脸鄙夷地看着他，顺便责令他停止练书法然后火力支援我的表白大计。

胡萝卜问：“上次你不是提什么唱民谣和热血运动吗？”

“之前你不是担心我翻车，所以强烈反吗？现在怎么支持了？”

他说：“拿破仑说了要随时调整战略部署，小虾米不是用浪漫能征服的姑娘，得给她来个大漂移。”

我纳闷：“拿破仑说过这句话吗？”

“重点不是这个，重点是飘移！飘移！飘移！能听懂不？”

“那行，你说怎么飘？”

“遗憾清单！”

经过缜密的讨论后。胡萝卜跟我打包票，让我安心学好吉他，剩下的交给他。

说来也巧，老赵又在催我，这次他不光催我过去学吉他，还说给我准备了一份惊喜。

我屁颠屁颠跑过去，刚见到老赵就想问他什么惊喜这么匆忙。

结果老赵就抢在我前头说：“待会儿有一个朋友过来，我到上面去躲躲。”

这是什么狗屁惊喜？

我问：“过来讨债的？”

老赵叹了口气说：“也算是，不过是情债。一个追我很久的小女生，得知我又单身了，现在又缠着我不放。”

“那你躲什么躲？喜欢就接受，不喜欢就再见。”

老赵说：“如果是她一个人来就好了。”

“难道她带一大波人来？”

老赵摆手说：“不是，还有另外一个女生要来。”

我说：“你不要告诉我这个女生也喜欢你，知道你单身现在也卷土重来？”

老赵狠狠地点了点头。

我说：“老赵，你知道什么叫吊死鬼打粉插花吗？”

他摇了摇头。

我说：“死不要脸！我这边一大罐水无花可浇，你那边百花丛中过，还叫我放下水过来帮你施肥，你这惊喜给得太大了吧？”

老赵赶紧解释说：“真不是你想的那样，我本来是有重要的事要跟你分享，谁知道她们同时联系我，来不及了，我先溜，你帮我顶着。”

“喂，老赵。”

“别叫我……”

我刚想骂爹，突然听到门口有人喊着：“老赵在吗？”

我仔细一看，来的人竟然是小虾米的美人痣闺密，我顿时有点慌：“在还是不在？”

美人痣闺密也认出我，笑着说：“你不是那个谁谁谁吗？”

我刚想回答“对，我就是”，她又补了一句：“想起来了，是老赵的表弟三胖子啊，几年不见，你最近瘦了很多啊？”

我一脸黑线：“美女你搞错了吧？你真是贵人多忘事。”

她大笑说：“好啦，开玩笑啦。小虾米每次跟我聊天都提到你，

我差点画个圈圈诅咒你。不过你们到底什么时候在一起？需不需要我助力？”

我呆住了。

她继续说：“可能你不知道，小虾米最听我的话了，有好几次她约你都是我出的主意，连发给你的微信都是我帮忙打的草稿，我跟她的关系可是纯正的姐妹花。只要你告诉我老赵在哪儿，小虾米那里我给你当间谍。”

我想这个时候我绝对不能为了一己之私出卖朋友，就义正词严地说：“我是那种见利忘义、重色轻友的人吗？”说着，手就不自觉地往楼上指着。

她心领神会地说：“那好吧，你先忙，我随便走走。”说完她自顾走上楼去。

我这口气还没松下来，又来了一个稍微有点丰满的女生。这个我倒是不认识，想着待会儿怎么把她打发走。真不是我“避重就轻”，要是再放她上去，老赵得让两个女生撕了。

这女生一进门也是问道：“老赵在哪儿？”

我说：“他早就出门了。”

“哪去了？”

“演出去了。”

她又问：“是不是去后海酒吧了？”

我赶紧回答：“是啊。”

谁知道她说：“扯淡，老赵从不去那演出。”

我晕，那你还问我，给我下套啊。我脑子一转，赶紧解释说道：“那可能先去那办点事吧，我也不是很清楚。”

“我看门口的摩托车，老赵没骑走啊，他打车去的？”

这是不是又是一个套啊？我不能迟疑太久，二选一吧：“嗯。”

“他出去多久了？”

蒙对了！我松了口气说：“有一小会儿了，估计现在也快到了。”

她又问：“楼上没人吧？”

妈呀，她是问题机吗？我弱弱地回答：“没人。”

此时楼上突然有东西摔到地上的声音。

我赶紧说：“可能是猫。”

突然又出现了女人的声音。

我又说：“可能是电视剧的声音。”

接着又出现了男人的声音，他奶奶的，上帝玩我啊？

她问：“这次你要说什么声音呢？”

我词穷了：“你猜呢？”

她走过来拍了拍我的肩膀说：“帅哥，下次说话前长点心，门外没有摩托车。”

说完，她也往楼上走去。遇到这种女人我都腿软得差点要跪了，难怪老赵要躲起来，我突然有点同情他。

不过现在楼上两女一男，不知道老赵接下来的命运会怎样？

（4）

五分钟过去了，楼上十分安静。

再五分钟过去了，丰满的女人先下来看了我一眼，没说什么就离开了。

随后美人痣美女下楼，她朝我走过来，跟我互换了下微信，说小虾米的事包她身上了后也离开了。

我十分纳闷，这短短的几分钟到底发生了什么？怎么世界突然就和平了？

我赶紧上楼去找老赵，结果没看到人影，心想着：难道他被毁尸灭迹了？

“她们走远没？”

是老赵的声音，但是他人呢？

“都走了。”

“扑通”一声，墙角的一个米开朗琪罗石灰塑像忽然直接倒了下来。

我走过去一看，它竟然动了起来，还朝我走了过来。

我是吓了一跳，再仔细一看，那竟然是老赵装扮的，我顿时明白过来，为了上演“空城计”，他可真是煞费苦心。

洗完澡换好衣服后，老赵终于跟我说了给我准备的惊喜。

“我找到了当年《大圣传》的残稿，就留给你当纪念吧。”

我接过老赵给的手稿，看着上面栩栩如生的齐天大圣，一半感慨一半惋惜。

我说：“谢谢你。”

“不要谢我什么，过了这么久我也没能帮到你什么。最近我要外出演唱一段时间，可能没法继续再帮你一起找画手了。”

“没事，这本来就是我一厢情愿。”

老赵说：“也不能这么说，毕竟这也是我最初的信仰。只是我迫于生计得天天跑，要不然我也很想再见到当年的 QF。”

“这份心意我心领了，谢谢你，老赵。”

“好了，趁着我还没离开，赶紧教会你吉他，再拖下去小虾米的生日就过了。”

这次我没有反驳：“唉，你懂的。对了，我写了一首诗，你看看能谱成曲吗？我想唱给她听。”

说完我就写给老赵看了看，他看完说了一句：“这写的是什么狗屎啊？”

我愣了下。

老赵大笑起来说：“哈哈，有抢我饭碗的潜质，不过歌词不能

这样写，我帮你调整下。”

吉他和歌曲我学得很顺利。虽然我五音不全，但是老赵说重在感情，如果实在是怕唱成车祸现场的话，可以考虑把歌词读出来。反正有了吉他，对那些没见过世面的小女生一定会造成杀伤力的。

可问题是小虾米是见过大世面的啊。

吉他弹唱这事还好搞定，毕竟重点在歌词，但是热血的场面……谁知道那个打了包票的胡萝卜突然撂挑子说搞不定了。

我说：“老胡，你没开玩笑吧？小虾米生日马上就要到了，你不会想让我到时候干巴巴地弹唱吧？”

胡萝卜说：“我本来以为靠着哥们远东第一巨星的面子应该能摆平，谁知道他们只认毛爷爷，又是一堆见钱眼开的家伙。”

我问：“行，那需要多少钱？”

胡萝卜伸出五个手指。

“五千？这么贵？行吧，五千就五千吧。”

“五千还不够塞牙缝呢，是五万，你这穷屌丝。”

“他们宰人啊？”

胡萝卜继续说：“我知道你就算把内裤当了也拿不出那么多钱，所以我想了另外一个方案。”

“什么方案？”

“我们可以放几个孔明灯意思意思下。”

我郁闷：“但是这个也太缩水了吧？”

“反正隔远了看都差不多，重点不在场面，在于你的诚意。”

“我再考虑考虑下吧，重点是前任博物馆那关能不能过。”

“你又扯什么博物馆了？你慢慢考虑，我先去整理脚本了。我的文好不容易有三百个收藏，再不更新读者都弃坑了。”

“好吧，那你先去整理，我也赶紧开动。”

打开漫画 App 查看时，我收到了一条私信，是一家漫画公司发来的问候，并留了联系方式。互相加了微信后我们表达了对彼此的欣赏并约了饭。

其实刚才听胡萝卜说已经到了三百个收藏我内心还是有点小激动的，开启漫画生涯这么多年，放弃一切重头开始，去认真做好一件自己喜欢的事已能让人欣慰，如今还能获得一部分人欣赏，我甚是感激。

在夜深人静的时候，我常会回想起自己义无反顾来到北城，从住在不到十平米的隔断间和吃着十块钱左右的盖浇饭开始一步步前进，这么努力为的是什么？还不是想要这点渺小得不值得一提的梦想被一点点认可？

晚饭时间，小虾米带着便当过来。

距离上一次表达恋慕之意被当空气已经两天了，又一次毫无准备地遇到她，总是让我有那么一种莫名的尴尬。

我在想：小虾米这两天没来是不是明白了什么，然后故意不出现？

或者说她想明白了她也有点喜欢我，所以就害羞了没来找我？但还是没忍住，特地带了爱心便当来看我？

一想到这里，我内心就美滋滋的，于是主动走过去搭手帮忙。

胡萝卜也是机灵，一感受到空气飘着不寻常的气息，马上起身说：“那个，晚上有妹子约我吃饭，我先走了。”

“得了吧。”

胡萝卜还没走到门口就被小虾米一句话吓得立在原地，小虾米说：“是谁在朋友圈说晚上没人约只能在家吃泡面的？还配上一张上个月拍的自拍的，说谎也不打草稿，回来坐着吃吧。”

“哦。”胡萝卜转身回来坐着。

说也奇怪，被小虾米这样一咋呼，接下来的吃饭时间变得很尴尬，我很想直截了当地问小虾米是否愿意当我女友，结果她一直低着头默默地吃着米饭，还不夹菜，我就更不好意思开口。

一旁的胡萝卜比我还着急，不停用筷子比画着，结果不小心惊动了小虾米，她说了一句：“没人跟你抢，你慢慢吃。”

他也是无奈了，于是偷偷给我发微信：你上次把她怎么了？她怎么跟失了魂似的？

我也偷偷回复微信：是不是她看破了我的恋慕又不好意思拒绝怕伤了我？所以……

“不可能，她要是真拒绝今天就不来了，她还带了便当，而且还多给你加了个鸡腿，明显就是故意来看你的。”

我回复：“晕，那你赶紧想想这个尴尬的场面怎么破解。”

“看来只能使出必杀技了。”

我懵逼：“什么必杀技？”

“哎哟……”胡萝卜忽然捂着肚子叫了起来，“肚子突然有点不太舒服，你们慢慢吃，我先出去下。”

说完，胡萝卜跟百米冲刺似的往大厅奔去，留下我跟小虾米面面相觑，空气又变得安静下来。

（5）

我突然想不出任何话题来作为开场白，说“How are you”会不会被打？

看着小虾米似乎要开口了，我不知道怎么了，抢词说：“Nice to meet you。”

小虾米回了一句：“你神经病啊。”

“这……”我赶紧圆场，“看你心不在焉，我跟你开个玩笑活跃下气氛。”

“嗯。”

说完小虾米又沉默了，我说：“要不我给你讲一个笑话吧？”

“讲吧。”

“你知道为什么大炮打不到星星吗？”

她摇了摇头。

我说：“因为星星会闪啊，一闪一闪亮晶晶，满天都是小星星。”

小虾米说：“好无聊。”

“好吧。”

此时，她的手机响了，是一个陌生号码，小虾米看都没看就直接按掉。

“怎么了？”我问。

“没事。”

“你跟我还隐瞒什么？我们都是一个战线联盟的，你再糟糕的事我都知道，还有什么不能对我说的？”

小虾米犹豫了下还是开了口：“是志贤，他换了手机号联系我。”

“这家伙有毛病啊？都结婚了还对你念念不忘，真是人渣中的战斗机。”

她接着说：“他们在办离婚，基本办完了。”

我先是愣了下，然后反问：“你是说他跟学姐离婚？”

小虾米点头。

“那关你屁事。”

“是不关我的事，只不过他过来找我复合。”

我生气地问：“然后呢？”

“我……我也不知道。”

看着她迟疑的样子我怒从心来，大声说：“你脑子是不是让马桶盖子给夹坏了？这还能犹豫？”

小虾米此刻就像是一只受伤的小兔子，柔弱地看着我说：“我

知道你是为我好，可是……”

看到她更犹豫，我就更加愤怒，大骂道：“你以为你爱情的火焰被人家无情地用一泡尿浇灭还能重新燃起来吗？一堆尿混合着汽油烧起来的火你闻着不臭啊？还是你就是一只没人要的丧家犬，给你一根骨头你就回头？”

第一次骂小虾米，其实我是很紧张的，生怕她一掌过来把我废了，但是不知道怎么的，我就是气从心来忍不住。

没想到的是她的眼泪流了下来，但又不想让我看见，于是别过头去擦干说：“对不起。”

我也是一阵心疼：“是我的错，刚才的话我收回。”

“你没错，我想我还是一个人先静静吧。”

说完，小虾米拎起包就转身离开。

听到关门的声音后胡萝卜从洗手间里出来，一脸疑惑地看着我问：“是不是你又表白了？然后把姑娘吓跑了？”

“狗屁。”

“那她怎么走得这么匆忙？”

“唉，说来话长，她那该死的前任离婚了，过来求复合。”

胡萝卜跳了起来：“这王八蛋志贤都风干成屎了怎么还来了个回马枪？强哥你可得注意了。”

“注意什么？”

“这回马枪不光是乱了小虾米的心，还破了你的阵。要知道任何一个懵懂的女孩子都是想要跟初恋过一辈子的，她们在潜意识里都认为初恋前男友就是自己的余生，哪怕分手过，只要他回头再召唤，依然是百试百灵。”

我诧异：“真的假的？”

“小虾米不就是活生生的例子吗？”

“好像是。”

胡萝卜一脸着急地说：“什么叫好像？简直就是一个经典案例好不好？正所谓防火防盗防前任，你现在还没表白，她又因为前任举棋不定，这情况危险了。”

“我晕，你能不能说点好听的话？”

“我这是向国产偶像剧小鲜肉男主靠拢你懂不懂？”

“来点干货行不？你说现在我该怎么办？”

“干了他。”

我纳闷：“干谁？”

“狗养的志贤。”

（6）

我一直都觉得我还算比较理性的人，可偏偏在感情方面总是容易冲昏了头，胡萝卜一怂恿，我真气一上升，二话不说直接跑去跟志贤打架了。

鉴于之前我有丰富的突袭经验，一见到志贤，我先声夺人占了优势来了几个花式组合拳，直接把他放倒在地，接着，几下佛山无影脚踢得他满地找牙……

哈哈，好吧，上面这事是我在路上意淫出来的。刚跑到志贤家门口我就犯难了，这家伙住的是别墅，大门紧锁我进不去，好不容易翻墙过去结果立马“中奖”，一条大狗追着我跑了一圈。要不是我从小擅长飞檐走壁又翻了出来，屁股一定会让这条狗啃成麻花。

等我翻出墙才看到迎头追来的胡萝卜，他停下脚步气喘吁吁地问：“打、打完啦？我怎么觉得是你被打了？”

“还说呢，你怎么才来？”

胡萝卜喘着气说：“谁叫你跑这么快？我根本追不上。”

我说：“那你说现在怎么办？”

“能怎么办？你的仇，哥们替你报了，走。”

“可是他有牧羊……”

胡萝卜头直接打断我说：“一只羊你怕什么？就算他们养老虎哥们也拼了，哥们是有备而来。”

说完胡萝卜从衣服里取出撬门的工具，直接撬开大铁门。铁门被他这么用力一拽竟然开了，我还没缓过神来就听到了一阵狗叫声，接着，胡萝卜跟丧家犬一样狂奔而出，那条大狗也是紧追不舍，害得我也跟着狂跑。

“你这衰神，这哪是羊啊？那明明就是吃荤的好不？”

我说：“你没听我说完啊，我说的是牧羊犬。”

“妈蛋，大狗就大狗，还什么牧羊犬？哎呀，老子的屁股……”

我侧头一看说：“没事，只是咬破裤子，屁股还在。”

“妈呀……”

追了两条街后，大狗就不追了，我捡了个空箱子让胡萝卜将就往身上一套，两人狼狈回家。

我说：“有句话我不知道当说不当说。”

“有屁快放。”

我继续说：“上次保洁阿姨说看你屁股是个肾虚的，今天一看还是没好转。我提醒你啊，没事多吃点秋葵，喝点枸杞水，身体是革命本钱啊。”

说完我哈哈大笑起来，气得胡萝卜半天说不出话。

也是赶巧，小虾米这时候来合租房了，吓得胡萝卜赶紧捂着屁股回房间。

小虾米问：“他怎么光着屁股？你怎么满头大汗？你们到底干什么了？”

我赶紧说：“你别误会，我们都是直男，他那个……得了痔疮。”

“哦，那得赶紧去治。”小虾米坐下来开门见山地问，“你们

刚才去哪儿了？”

我愣了下，心想她是不是发现了什么，但还是掩饰地说：“没去哪儿啊。”

“那你怎么一头汗水？”

“哦，刚才我们下去跑步锻炼了下身体。”

小虾米突然严肃地说：“你们跑步就算了，跑志贤家去干吗？”

“我……”

“你是不是又想去打架？”

我有点心虚地说：“怎么会？我又不是三岁小孩。我只是过去对他进行爱国主义教育，我是文化人。”

“志贤都把监控录像传给我看了，你翻墙走壁的，胡哥直接带家伙，这是好好说话的样子吗？”

“我……哎，这不是他家有大狗吗？我们这是自卫，所以……”

小虾米直接厉声打断我：“你算个屁自卫，你这是非法入室施暴，还带行凶工具，如果他出来打你，把你打死了也只能算防卫过当。你懂不懂？”

其实刚被小虾米质问的时候我还是想主动承认错误的，可我万万没想到她是往狠里怼我啊。我一来气也不好好说话了：“那小子根本没这个胆量，我们都进去两个回合了，这小子根本没敢露面。”

“人家那是不屑跟你见面，你流氓还有理了。”

我怒了：“我流氓我怎么了？至少我是在主持公道、讨伐不要脸的家伙。”

小虾米也愤怒了：“戴阿强，你能不能认真点？正视一下我跟你说的问题。”

“什么问题？他一脚踹了你跟别人结婚，然后离婚后又过来找你，你马上就傻兮兮回去？”

“你能不能正经点？我是告诫你以后别那么冲动，我的事我会

处理好。”

我说：“好，你会处理好，根本不需要我，是我自作多情。”

“你要这么说，我马上就走。”

“好啊，你立刻马上走。”

小虾米非常严肃问：“你确定？”

一看到她这么严肃的脸，我不知道怎么了，就是不想忍让：“非常确定，你走后我马上删了你微信。”

“阿强，你能不能别这么幼稚？”

我冷冷一笑：“我比你年纪大，比你更成熟，谢谢。要走你就走，别那么多废话。”

“那行，你删，你删了我就走。”

“刚还说我幼稚，明明是你更幼稚好不好？”

小虾米也急了：“我就幼稚怎么了？你他妈成熟，你他妈是男人，有本事你删啊？”

“好。”

说完我立马拿起手机删了她的微信，当然，我不可能真的删，而是假装做了几个动作。

没想到小虾米二话不说真的摔门出去。

这一刻我突然有种想冲过去抱住她不让她走的冲动，但内心里又突然有一丝不值一提的倔强阻止了我。

很多时候我在想，爱情的双方都是不愿意承认自己是已经长大的孩子，甜蜜的时候你侬我侬，哪怕牺牲掉自己的十年青春来换得对方一抹微笑也在所不惜；争吵的时候，大家一下子又小了十几岁，就像是一个任性的孩子，屏蔽微信朋友圈、相互拉黑，争着比谁更幼稚。谁都希望对方妥协、让步、宽容，最后落得彼此伤痕累累。

很多时候，两个人决定在一起，往往是因为一个非常小的细节，可能是因为你上公交车后，对方给你暖好上面的扶杆再让你把手放

上去。而两个人决定分开往往也是因为一个很小的事情吵得不可收拾，甚至小到饭后谁来洗碗。最后回想起来，都会怪自己当年太年轻太倔强。

而我跟小虾米从来就没在一起过，刚到了要表达恋慕之情，准备步入正轨时，偏偏又遇到这么多坎坷。爱情往往就是这么脆弱，更何况我们俩还是这么幼稚不成熟的人。

胡萝卜从房间走了出来，问了我一句：“不追？”

我反问：“有用吗？”

“应该……没有吧。”

我说：“那我还不如在家好好工作。”

“哎，可怜的家伙，不过有句真理还真是不得不信，‘流水的女友，铁打的兄弟’。放心，有哥们在，大不了晚上睡觉的时候借我的肩膀给你靠一靠。”

说完胡萝卜走到我床边拍了拍他的肩膀。

我一脚踢过去：“滚。”

第十二章
你若来，我满手玫瑰迎你到月台

（1）

都说人情场失意，职场会得意，毕竟事业才是男人的春药嘛。

原来前阵子跟我联系的是国内非常有名的漫画公司，他们的老板看了我们的作品后很喜欢，想请我和胡萝卜吃饭，聊聊合作的事。

我们的漫画事业好像隐约感受到了曙光，我跟胡萝卜差点换个特典皮肤、增加 120 点颜值赴约去，但最后挑了一条街，终于在最边角的地摊里挑了两套物美价廉的西服。但穿起来还是人模狗样的。胡萝卜还特地别了几个铁制饰品跟我区别开，配上他的长发俨然一股农村重金属气息，还特别不要脸地问我是不是很时尚？

一到达吃饭地点，我远远地就看到了跟我联系的朋友，对比了下他朋友圈的自拍确认无误后就走过去热情地跟他打招呼。

结果他竟然一脸嫌弃地说他不办理发卡。

我差点打人，哥们这么时尚的大咖，哪里像洗剪吹了？于是我只好无奈地指了指我手上打印好的漫画作品。

对方秒懂，一脸深深歉意：“不好意思，我刚才搞错了。”

我说：“没事，没事。”

他继续说：“真的太巧了。”

我说：“是啊。”

他说：“最近我刚好要在附近看房子，你们有合适的合租房推荐没？要独卫带阳台的。”

我内心一万只草泥马，你妹的，怎么还把我们当成房产中介了？

我愤愤地再次表明了自己的身份，对方反应过来后连忙道歉表示歉意。

进去餐厅的路上，我跟胡萝卜看着对方的衣服，都给对方的颜值点赞。怎么就被当成洗剪吹了？难不成漫画编辑的审美水平跟非洲兄弟一样？

一进入包间，主座的老师很热情地跟我们打招呼，给我们一种如沐春风的感觉，接着又热情地说：“服务员，帮忙倒点水。”

你妹……

席间我们聊得非常愉快，达成了初步合作，他们表示回去拟好合同就发给我们。

主编是一个四十来岁的资深从业者，闲聊的时候我给他看了手机里仅剩的《大圣传》。

他拿着我的手机感慨了一阵，说仿佛看到了当年国漫巅峰《齐天大圣》的影子，也叹息当年竟然没遇到这个画手，问我还能不能联系到他？

我摇头说我也在寻找，他疑惑反问。

我说这漫画书是我小时候在家里一大堆遗弃的杂志里无意中找到的，第一次看到时，我就深深地爱上了漫画，这也成了我最早的漫画启蒙。小时候，我的画基本都是在临摹《大圣传》，不过后来自己拼命学画画耽误了学习，父亲不仅很反对还把我所有画具和漫画都烧了。那本漫画书没藏好也被烧了，幸好当时我有拍下一张封面存底。

一阵可惜后我们切入了合作的话题，最后一些合作细节就在这么愉快的氛围中敲定了。

回到合租屋后胡萝卜并没有和我庆祝第一步的胜利，而是跑到

洗手间照镜子，一个劲地哀叹自己竟然会被当成洗剪吹。

我说：“还不是因为你的长发，一脸 QQ 秀的样子怎么会不被误会？”

胡萝卜反驳说：“我这时尚大咖怎么就 QQ 秀了？明明是他们没品位不懂好不好？”

我投之以鄙夷的目光后开始更新漫画，同时也赶紧打开 QQ 焦急地等待着漫画公司的协议。

我突然感慨挂 QQ 再也不是为了冲太阳等级了，而是为了方便接收文件。不一会儿，邮件来信提醒了，我赶紧去点击。可能我是太激动了，手抖了下就点到了 QQ 空间。记得上一次更新还是毕业后上传合影照片，这一晃就是十多年。

此时 QQ 空间动态提醒，放平时我肯定会不在意直接关闭，但是动态消息来自前任，我情不自禁地点了进去。不点不要紧，一进去才知道是前任更新了跟男友的合影照片。她的空间音乐依然是“周董”的《青花瓷》，这是我当时给她充的绿钻选的歌曲，不知道她是忘记改了还是故意放着当作纪念。

“天青色等烟雨，而我在等你……”

歌声响起，我眼眶瞬间湿润，想再仔细看一下她的照片，原本只是想作为告别的仪式，却忽然发现她打了耳洞戴了耳环。当初的我带她打耳洞，她带上耳环做我新娘的记忆顿时向我袭来。

可如今，不知道她是忘记了我们的约定还是她的男友继承了我的遗憾，也许与前任的爱情本来就是一场接力赛，我们只是这个比赛的领跑者，跑到属于我们的位置就要把爱情传递到另一个人手里，最后看着冲刺者带着这份爱冲向终点，就像带着曾经属于我们的故事走向幸福的彼岸。想到这里，我瞬间泪流满面。

刚好胡萝卜从洗手间叹息着走出来，我赶紧擦干泪水假装焦急工作。

谁知道胡萝卜看到这一幕，走过来拍了拍我肩膀安慰说：“哥们别伤心，别人不明白你可我懂你。你比我时尚，你是全宇宙的头等时尚。”

滚，什么鬼！

（2）

看完漫画公司发过来的协议后我们傻眼了，一开始谈的漫画分成合作变成了经纪约，而且一签是十年，分成是五五分，还不给任何宣传营销保证，唯一的好处就是每个月有一点点可怜的“低保”。

跟漫画公司沟通后他们表示这是行业惯例，基本不会修改，顶多“低保”可以提前发。知道是这么少的“低保”后我表示就算一天“三菜一汤”，也不签这样的卖身契。

胡萝卜疑问：“什么叫三菜一汤？”

我说：“榨菜、老干妈、馒头加白开水……”

胡萝卜说：“那我还是签卖身契拿‘低保’好了。”

我以为他只是跟我开个玩笑，没想到他还当真了。我们在创作和目标上非常一致，却在如何发展事业上产生这么大的分歧。

其实不怪胡萝卜，他想要稳定的生活我可以理解，只不过如果这个稳定的生活是建立在对未来的透支，和别人对我们的榨取上，我就无法接受。

胡萝卜没有给我更多的解释，而我也不知道为什么，也可能是因为刚才前任的耳环扰乱了心情，就非常不客气地跟胡萝卜争辩了起来，一言两语慢慢变成了大声吵架。

情侣之间吵架是比谁更倔强，兄弟之间吵架是比谁更大声，最后我俩不欢而散。只不过这次胡萝卜离开前倒是跟我说了是出去透几天气，并不会玩失踪，也会定期发邮件给我脚本。

但这比玩失踪更要命，他要是失踪我可以找、可以等，现在他

借口出去透气，明摆着就是在和我冷战示威。可能是我性格使然，越是一些原则问题我就越坚持，只不过这个坚持让我吃的第一份苦头不是没生活费，而是小虾米的生日礼物，我还指望着用这份浪漫跟她缓和关系呢。

可如果按胡萝卜之前的建议，先放孔明灯，我在下面弹唱，那肯定太小儿科了。小虾米什么场面没见过？看到这场面就算不扭头离开也会一巴掌拍死我。

我想了很久，打算还是按照中国最古老的方式搞定——钱。

我身上没多少钱，爸妈那边我也没敢问他们借，于是魔爪伸向了同学和死党，出于人道主义救援，他们一人出了两百。胡萝卜收到我的微信后虽然没回复，但还是从泡妞基金里拿出了五百。

其实我借的钱远远不够，才凑足五分之一，但是那老板看我这么锲而不舍，于是问我要做什么，当他知道我是为了追女孩子时笑了笑就同意了。他说他年轻的时候也曾想这么撩妹，可惜当时没勇气，他还说那天有很多爱好者会过去，到时候场面肯定很壮观。

赔上三次的漫画断更，我终于把给小虾米的惊喜准备就好了。可距离上次的不欢而散，小虾米也两周没来合租房了。我微信并没有删除了她，这点她看我的朋友圈应该能发现，可是有趣的是我看不到她的朋友圈，前几天我还担心是不是她被删了，还特地发了一个玫瑰花的表情，如果被删就不能发送消息了，如果只是被屏蔽朋友圈，那这次就当示好了。

消息发出去后显示发送成功，果然，是被屏蔽朋友圈了，不过她并没有回复我。

不知道什么时候起，两人吵架闹别扭，最先干的事不是把对方一顿痛骂，也不是给对方一巴掌，而是屏蔽对方的朋友圈，不看对方的，也不让对方看。

我正郁闷该如何缓和跟小虾米的关系，总不能到了生日那天来

一个霸道总裁式的表白吧？万一搞砸了怎么办？

说来也奇怪，我正郁闷时小虾米突然出现在我家门口。

我心想，她是过来和好的？

不对，看她的表情好像是少女跳过了青春期直接进入更年期的状态。

我正要开口说点什么时。小虾米劈头盖脸地质问我：“《山海御龙》怎么断更了？”

“我……那个……”

小虾米又问：“胡哥怎么不在？”

“他……那个……泡妞去了。”

“你别这么无耻好不？把他轰走了还说他去泡妞，他怎么就交了你这个兄弟？”

“不是……”

小虾米并不打算不给我说话的机会，直接打断我说：“你听我说完，别以为我什么都不知道，漫画公司的人是我朋友，是我推荐你们的漫画给他们的，结果他们就想签你们的作品了。天下掉馅饼的机会你竟然不要，你到底想闹哪样？”

“事情并没有你想的这么简单，他们……”

“别跟我扯这么多没用的，现在哪家公司不是签人？你以为你是大神能随便任性？”

“我不是任性，我只是想证明我们的作品值得得更好的对待。”

“那你怎么证明？断更？你这么不尊重读者，还希望别人认真对待你？”

“我这几天有更重要的事耽误了。”

小虾米质问：“什么更重要的事？”

“唉，一个朋友……”我心想总不能说实话吧？

“朋友个屁，你说谎能不能别写在脸上？当我傻子啊！前几天

我上王者荣耀还看到你在线开黑，本来昨天我就想过来跟你和好的，结果到门口听见你还悠闲地弹吉他唱歌，我当时扭头就走。我今天问胡哥，他说你受伤了，我赶紧过来看望你，结果你人好好的。你都断更了两周了哥哥，你真以为你很牛、能飞能成‘翔’啊？”

说实话，小虾米说的话很难听，我憋着一口气很想跟她彻底闹翻，但是想着这中间确实存在误会，所以她这么生气我也能理解。于是我忍着怒气解释说：“上王者荣耀是为了找一个同学借钱，不是玩游戏，遇到大学同学后Dota情怀马上满血，于是就被拉着开黑了。”

“你借钱干吗？你穷到揭不开锅啊？”

我想着编一个谎言得用十个谎言来圆吧，很多关系其实又都是死在一个小谎言上，于是我说：“给一个朋友弄生日礼物。”

“生日礼物？”小虾米迟疑下又说：“别说是给我准备的，别说断更也是因为我。”

我点了点头。

没想到小虾米竟然发火了：“我又不过生日，你给我准备什么狗屁礼物？你分不清孰轻孰重啊？”

也不知道我是哪根弦突然被触动了，我直接说：“你更重要。”

小虾米愣了下，大约有两秒的迟疑，但是这两秒异常漫长，她应该能听得懂我的意思吧。我原本想着来个浪漫的告白，结果告白突然变得这样唐突。随后，就见小虾米神情大变，朝我喊着：“你发什么神经？”

不知怎么的，此刻我内心刚刚憋着的那股劲突然被牵动了，仿佛是告白失败后的恼羞成怒，也仿佛是日积月累的结果，于是我朝着小虾米吼道：“是，我是神经病才想着要给你一个生日惊喜。今天我算是明白了，是我自作多情，是我犯贱才想着给你一个浪漫的告白，以后我他妈跟你没有半点瓜葛。”

说完我转身回房间，狠狠地甩上门，直接扑倒在床上。

其实关门的时候我就后悔了，想着在外面的小虾米知道我的心意反应过来后，会不会突然被感动了然后冲过来抱住我呢？

不过显然是我多想了，因为并没有敲门声响起。小虾米要是心里有我，肯定会来敲门，而我只听到了关门声，也就是说小虾米出去了。

我依然不愿放弃白日梦，握着手机想等着她回心转意打来电话，不过手机也并没有响起，但我打开之后却发现很多个胡萝卜的未接来电，他怎么这个时候联系我？

我再看了下，好几条未读微信也都是胡萝卜的。这家伙跟我说了一件很重要的事：“我跟小虾米说你受伤了，所以这几天断更，如果她去找你，你记得配合演戏。”

我内心响起一万句草泥马，小虾米都走了你才告诉我？这家伙在泡妞界纵横无敌难道不知道苹果手机如果静音连续拨打五次还是会响的吗？不会多打几次啊？真是不怕神一样的对手，就怕“小学生”一样的队友。

总之无论怎样，我跟小虾米算是彻底闹翻了。看着桌上摊开的邮戳日记本，我忽然想起这一路走来陪她完成的遗憾清单，如今看来我们还是会留下一堆遗憾。

思考了一会儿后，我决定再去一趟前任博物馆，归还小虾米的邮戳日记本。

（2）

“邮戳本不属于我，何故归还我。”黄小娟说。

我说：“可我是从这里取走的。”

“它也不属于这里，你还给它的主人吧。”

“可是我跟这本子的主人吵翻了。”

她反问：“所以呢？”

我说：“所以我还是还回博物馆吧，等她有机会来的时候你再还给她。”

“你怎知她一定会来？”

“你不是说这里是收藏前任物品的中转站吗？她还没走出前任阴影，所以她应该会过来的。”

黄小娟反问：“你怎知她未走出？”

“她前任回来找她，她立马就犹豫了。”

“你怎知她是为前任，而非他人？”

我反问：“你指的他人是谁？难道是我？”

“是你非你已无所谓，毕竟你已放弃。”

黄小娟的话里好像带着玄机。我跟小虾米的事从来没跟她提起过，但她就像是神一样开了上帝视角，什么都知道。

前任博物馆本来就是一个神奇的存在，而馆主更是一个奇妙的人，指不定她是什么神明也不一定。

于是我就像求仙问卦的信徒一样，小心翼翼地问：“那现在我该怎么办？”

她迟疑了下说：“泰然处之。”

我晕，我还想着她能给我确切的答案，结果说了跟没说一样。

我一生气直接把邮戳本放在前任博物馆就扭头走人了。

不走不要紧，一走马上出问题了。真不知道是心理作用还是冥冥之中命运的安排，胡萝卜给我发微信说让我看一个朋友的朋友圈。

我突然有一种不祥的预感，但还是点进去看了。果然，就像是在落日黄昏的小镇街头，周杰伦的歌声随着小巷的泥土气息扬起，青春里所有的失恋回忆扑面而来，泪水顿时掉落下来。

她还是结婚了。看朋友的留言，她在婚礼上说了很多话，她还

说感谢上天能赐给她这样一个能陪她走完余生的好老公。这样简单的话，我在大学的时候也听过，只不过这一次，最后的名词由男朋友换成了好老公，没想到这一换便是沧海桑田。

我回复胡萝卜说：“一切随风。”

胡萝卜说：“在老地方等着我，杠酒。”

我和胡萝卜坐在烧烤摊前，忽然跟他感慨道：“前任结婚了，我又跟喜欢的女孩闹翻了，也许你说得对，真是‘流水的女友，铁打的兄弟’。干脆我们都别找女朋友凑合着过好了，这样还能省点房租。”

“滚蛋，你自己是衰神可别拉我下马，老子还有一排奶茶店的妹妹等着我调教呢。”

我大骂说：“你这禽兽。”

胡萝卜哈哈大笑，可是我仿佛能从他的眼神里看出另外一种忧伤。他给我倒满酒说：“苏东坡有一首词写得很好，也是我仅会背的几首词之一，送给你。”

接着他开始富有感情地朗诵起来：“东武望馀杭。云海天涯两杳茫。何日功成名逐了，还乡。醉笑陪公三万场……”

读到这儿，他却忽然卡壳：“完蛋，后面的忘记了，没装好。”

我笑了笑接着说：“醉笑陪公三万场。不用诉离觞。痛饮从来别有肠。今夜送归灯火冷，河塘。堕泪羊公却姓杨。”

“没想到你这么牛也会背这首词，来，干杯。”

我一脸鄙夷地说：“干啊，这首很有名好不？小学生都会背。”

“行，行，我不是小学生所以我不会。来，干杯。”

很多时候我都在想，我们在人生中确实需要一个可以谈心的朋友的，无论你什么时候找他，他都能出来陪你彻夜喝酒畅谈；你喝得烂醉如泥他能把你送到家；你遇到困难时他能站出来替你阻刀挡枪，还会说一句“朋友就是用来两肋插刀的，来，插深点。”

也许，胡萝卜就是这样一个兄弟，除了整天花我的钱外。

胡萝卜扶着醉醺醺的我回到房间后，我直接扑倒在床，迷迷糊糊中，我看见床头柜上放着杨杨遗留下来的耳环，突然有一种不想再拥有它的感觉。于是我强撑着起身，拿起耳环把它狠狠丢到了垃圾桶里，然后倒头入睡。

我想，今晚应该不会再梦见她吧？

不过我没想到梦里出现的人是小虾米，只不过梦里她，留给了我一个离别的背影，衬着火车站里泛黄的白色墙壁，她转身开口对我说了两个字。

两个根本不可能从她嘴里说出的字。

她对我说："念你。"

（3）

再次见到小虾米是她来合租房拿走放在这里的东西，她说她要离开北城。

而恰好此时胡萝卜去买饭，整个房间里就剩下我跟她。

我们没有再做任何交流，我也没有主动挽留。因为我知道她想走谁也拦不住，她如果真的"念我"，肯定还会回来。

只不过多年以后的海边，我跟小虾米聊起后才知道我那天的想法是错的。很多时候女生收拾东西并不是真的想离开，如果她真想走会让别人来收拾，而不是自己来。她说离开其实是希望你挽留。只要你开口，她就会放下东西转身过来抱住你。但是如果你不挽留，她会走得很彻底。

可能是这两天因为和她的争吵以及和前任的伤疤被再次揭开，我竟然没去深思这些我天真的认为，她若来，便是打雷下雨我也满手玫瑰去迎接；她若离开，就算风和日丽我也不会送。

"靠，竟然在这里找到。"小虾米捡起地上的耳环感叹着，"不

是早就丢了吗？怎么跑到这了？”

我纳闷，这不是昨晚被我丢弃的前任爱情遗物吗？怎么成了小虾米的？没搞错吧？

从小虾米过来到现在，我们一直没怎么说话，没想到，我开口说的第一句竟然是：“这怎么会是你的？”

小虾米抬头看了我一眼，爱理不理的样子。

我本来想解释清楚，结果小虾米自言自语地说：“我明白了。第一次见面，某男喝多了跟我打架，应该是那时候从我那抓来的。对，就是从那天起我就找不到这只耳环。”

我一阵诧异，好像耳环也是那个时间段突然出现的，难道真的是我从小虾米那里抓来的？而她真的也买了一个一模一样的耳环？

此时我忽然想到了更多，而且细思极恐。也就是说，我日夜牵挂睹物所思的人并不是杨杨，而是——小虾米。

想到这里我忽然一阵恍惚，也没跟小虾米继续解释。她呢？似乎依然在不停地找着什么，又好像怎么都找不到，最后叹息了一会儿就提着东西离开了。

看着小虾米离开后，我的鼻子突然有点酸酸的，甚是感伤。我突然明白她刚才到底在找什么。其实她根本不是在找什么，她只是找个理由做了最后的逗留，希望能在这个房间里多待一会儿，期盼着我能过去拉住她。

想到这里，我的眼泪禁不住掉了下来，赶紧冲出去找小虾米。谁知道电梯这么不给力死活升不上来，我怒吼一声，想着跑楼道吧。嗯，没错，我住十六楼，拼了！

我几乎是以三级跳的方式跑完一层楼的，很快就跑到了第一层，结果一出来就看到小虾米乘坐的出租车渐渐驶向远方。我犹豫着要不要去追，但忽然想到电影里出现的情节：车在前面跑，一个人在

后面边哭边跑，于是就放弃了。

我知道这样可能会很感人，但是我宁愿站在原地看着她离开，不知道是自己太直男癌还是本来这份感情就不该是我的。

回到合租房后，我看到胡萝卜正坐在大厅吃着外卖。

“回来啦？饭买好了，赶紧吃吧。”

我说：“没心情，你吃吧。”

“你们怎么都这么奇怪？”

我看了下周围：“你们？还有谁？”

“小虾米啊，刚才在电梯口遇见她了。她本来都已经走了，不知道为什么又说回来拿什么东西，可是看了一圈也没拿什么，叹了口气就走了。她是不是过来找你的？”

我诧异：“你是说小虾米又回来了一次？”

胡萝卜反问：“她到底回来几次？你们没见到？”

“她什么时候走的？”

“刚才啊，你们没在电梯碰到？”

“靠啊！”原来刚才上车的人并不是小虾米，可惜我没看清就灰心丧气地离开了。她一定是放不下我，然后又重新回来了一次，而我那时在楼道里狂奔着，真是命运作弄人。

不过想到小虾米现在一定还在电梯里，我就马上来了精神，宛如瞬间被巅峰时期的飞人刘翔灵魂附体，立刻夺门而出。

不知道怎么的，我一不小心脚下打滑，直接摔倒在了楼道里……

（4）

脚倒无大碍，只是不能上演狂追出租车的狗血桥段，唉，生活还真的不是电影。

养好脚后我并没有第一时间去找小虾米，倒不是勇气消失了，

而是想先去前任博物馆拿回不该放弃的东西——邮戳本。

可是小娟告诉我邮戳本已经被人拿走了，无论我怎么追问，她也不告诉我是谁拿走的。

我非常愤怒，差点就火烧博物馆，不过看到她冷冷的眼神后马上就淡定了，只能灰头土脸离开，快走到门口时她问了一句：“你今后有什么安排？”

我迟疑下说：“做完遗憾清单里的最后一个任务，然后回家。”

说完后我笑了笑，她也会心一笑。

我不知道自己怎么会说出“回家”这两个字，不过想想也对，回家还需要什么理由？

很多时候我会在想，作为一个在外流浪这么多年的人，是不是当初选择了北漂就回不去了？是不是必须在北城买房落户扎根？

我满怀热情来到这座灯火辉煌的城市，带着我的梦想在这座城市谋生谋爱，虽然这座城市给过我太多的失望，但是我依然爱这座城市。

我把我的青春献给了它，它却不爱我，甚至我奋斗了十年也依然没有归属感，每当跟别人聊天，他们总会问我买房了吗？

我能说我买不起吗？

我没买房，我在北城是不是就没有家？

我本以为那些世俗的观念跟我无关，因为还有爱情和梦想支撑着我不断前行，可是过了二十五岁，逼近而立之年才发现，原来自己并没有拥有什么。而选择留在家乡的同学已经结婚生子，开着小车在小城镇里过着舒适的生活，然后我才明白，人所能承受的苦是如此浅薄。

十八岁的时候觉得爱情要像战斗一样，相爱相杀，要么你征服我，要么我驯服你。

二十五岁的时候觉得爱情是团购的电影票，期许的电影到了上

映的时间，就一起去看，慢慢走入幸福的殿堂。可到最后我才懂得，人有可能约不到，电影票也是可以过期的，就像是爱情也是可以死去的。

三十岁了我才明白，爱情是一场修行。奈何如今自己道行深了，缘分却浅了。

我累了，突然想回家了……

小虾米的生日礼物已经准备就绪了，可是最大的难题摆在我面前，小虾米会来吗？毕竟她已经在回贵阳的高铁上了。

不过对我来说，无论她来不来，我依然要在今天替她完成最后的遗憾，因为她在清单的最后一行写着：完成这些我们就结婚吧！

一开始，我帮小虾米完成遗憾清单是为了帮自己走出前任阴影，真正相识后发现，自己已经转变了角色，成了接力赛的运动员，从她的前任手里接过接力棒然后冲刺跑往终点。可到最后我才知道，原来我并不是最后一棒，完成这个清单后，我还得把接力棒交给另外一个值得小虾米托付终身的人。

想到这里，我竟然欣慰地笑了笑。

此时忽然有人拍了拍我的肩膀，我转头一看，发现是胡萝卜。

“兄弟没本事，没能帮你留住小虾米。”胡萝卜说。

“这个结果我能想到，依然谢谢你。

说完我起身准备自己一个人完成这个生日惊喜，谁知道胡萝卜突然拉着我的手说：“你真要自己一个人上啊？”

我点头：“当然，你不会让我带上你吧？”

“我可没这爱好。”

“那你还拉着我不放干吗？”

“我只是想说我没有留住小虾米，但是我把她带过来了。”

我瞬间开心得眼泪直接掉下来了：“你妹的，不早说。”

然后我发现小虾米就在不远处，于是赶紧擦拭了下泪水，只见阳光下的她笑得特别好看，不，是比好看还好看。

我说："生日快乐。"

她说："谢谢。"

我们用了一个多月的时间去争吵，可见面的时候我们只是说一句祝福就可以和好。我想，这便是两个人之间的心照不宣。

小虾米是被我用布条蒙上眼睛带上天的。

你们没听错，我真的是带她一起飞，一起翱翔到天黑。

当我拿掉她的布条时她诧异地尖叫起来，因为我们真的在天上。当然了，我们是坐热气球上天。

看着被夕阳西下羞红了脸的天空，还有漂浮在半空中无数五颜六色的热气球以及眼下一望无际的银杏林，小虾米兴奋得说不出话来了。我静静地看着在她夕阳映照下渐渐泛起红晕的侧脸，心里有无数爱慕想对她倾诉，可偏偏这个时候，我像是古井水一样怎么也波澜不起来。

于是我拿起旁边的吉他，给她弹唱了一首唱得不如狗叫、最后只能用哼唱的民谣《世界那么美，不如你好看》。

我说这个世界这么大，
想带你去海边看烟花，
你没来时我嘴里藏着辣，
你出现时我心里在跑马、
说喜欢你会不会太浮夸？
牵着你的手不放可以吧。

我说世界这么美，
都不如你好看。

如果那夜没有酒，
怕故事来得太慢。
这个世界这么美，
都不如你好看，
我曾想过的未来，
是陪伴你的明天。

我不知道是老赵的曲谱得太好还是我的词太过迷人，小虾米竟然感动不已甚至泪流满面。

落地后我边把纸巾递给她边说：“这是送给你的生日礼物，是我应该做的，你不用感动得直哭。”

小虾米扑哧一笑说：“不是。是风太大，辣眼睛，你的唱歌得又太难听了。”

“我们还能不能愉快开黑交朋友？”

小虾米没再说什么，只是过来给了我一个拥抱说：“我很感动，真的谢谢你。”

“咱俩还分要说谢谢啊。”

小虾米靠在我肩膀上说：“你好瘦啊，都没肉，跟瘦猴似的。”

我说：“对，虽然我是瘦猴，可我全身都很有力气。”

“拳头怎么了？想打人啊？”

“这我可不敢，江湖谁不知道你是铁砂掌第一人啊。”

小虾米扑哧一笑说：“以后我不打你了。”

看她刚才这么调皮，我也故意问：“就这样当报答我？”

“那你还想干吗？”

“哦。”

小虾米没听明白，半天反应过来说：“靠……你这老司机，太

污了吧。”

“喂，你们还要抱多久？这狗粮吃多了会腻好不好？”胡萝卜在一旁喊着。

我们连忙从温暖的怀抱中分开，我说：“这是小虾米的感谢拥抱，别多想，更别嫉妒。”

胡萝卜说：“我没多想啊，既然感谢你了怎么不顺便也感谢我下呢？”

小虾米说：“必须感谢啊。”说完就要过来抱胡萝卜。

胡萝卜说：“不要你的拥抱。”

小虾米说：“小女子只卖艺。”

胡萝卜说：“就算你不卖艺也卖不了别的啊。”

小虾米说：“滚。”

我说：“好啦，其实我也得感谢胡爷把小虾米带过来，拥抱就不用了，我还是请喝酒吧。”

“不，小虾米不方便拥抱，你还不能抱吗？”

说完他就过来抱住了我，还狠狠地拍了拍我的后背，差点把我拍死。

“你牛，还真拍啊。”

说完我也重重地拍了拍他的后背，一口一个好兄弟。

胡萝卜也是来劲，打鼓似的加快节奏。

我也不服输手脚并用，打得他哇哇叫。

小虾米实在看不下去了：“喂，你们也是够够的了，到底是在感谢还是在秀啊？这味道的巧克力一点都不好吃。”

（5）

“还是要回州城？”我问小虾米。

她点了点头。

胡萝卜笑着问：“开辣子鸡餐馆还是酸汤鱼餐馆？”

小虾米一脸鄙夷地对我说：“是去花果山找孙大圣。”

“好吧，那你什么时候走？”

小虾米说：“后天吧，我明天先把‘黑比’给志贤送去。”

我诧异，当初我们做了这么多努力就是不想让那负心汉得逞，怎么她现在又要把“黑比”送给他了？“难道他又开了一个天价？”我问。

小虾米说：“不是，是我主动送给他的。”

“你没开玩笑吧？”

她摇了摇头说：“像我这么财迷的一个姑娘，即便是志贤愿意出五十万我依然不愿把‘黑比’卖给他，并不是我在怄气，事实上我是想留下一个念想。即便是他离开了，我看到‘黑比’也依然觉得他生活在我的世界里。不过这阵子我想了很多，也突然明白了很多，也许是被你骂醒的。前任的爱情遗物我想还是送还给他吧，然后真正告别这段感情。”

我点了点头，举起杯子跟她干杯：“你说得对，前任的爱情遗物，还是物归原主彻底告别吧。”

“干杯！”胡萝卜赶紧举起杯子跟我们碰杯。

小虾米也举杯跟我们痛快畅饮，不知道为什么，喝完酒后我喉咙哽咽，心中竟然万分不舍，想留住她却怎么也开不了口。此时，突然吹来一股飕飕的凉风，就像是岁月留下来的歌曲，我只能把悲伤留给自己。

我想，我的心思她已然明白，该说的该做的我都摆在她面前了，是去是留她自有分寸，若要强求必然无趣。

不过过了耳听爱情的年纪后我才明白，对于女生来说，很多时候你说出来比做出来会好很多。比如你送玫瑰、做爱心早餐、买包包，很多时候都不如清晨醒来一句“我爱你”那么甜美。

几杯酒下肚，我知道再这样下去，小虾米早晚得给别人热炕头，一想到那画面我终于忍不住狠狠拍了下桌子站了起来，双眼瞪着小虾米。

她也看着我，四目相对，我深呼吸了下说：“祝你一路顺风。”

唉，键时刻我怎么还这么。

一旁的胡萝卜也骂了出来。

小虾米嘴角抽搐了下说：“谢谢。”

我头一次觉得谢谢这两个字如此苦涩。

小虾米问：“你呢？《山海御龙》连载完了，以后有什么打算？”

其实《山海御龙》还有很长很长的故事，但由于种种原因我跟胡萝卜商议宣布完结。虽然可惜，但是也是无奈之举，毕竟……

我说：“跟你一样，回家。我想我也厌倦了漂泊，最近忽然很想念故乡，是时候回去了。”

“回去后做什么呢？”

我迟疑下说：“收起画笔，找一份稳定的工作，可能去我爸的汽修厂里帮帮忙。”

小虾米一脸感伤，但不知道她是如何做到面带笑容的，可能也是担心伤到我吧：“拿画笔的手去拿扳手使不上劲怎么办？”

我喝了杯酒，也笑着说：“可以用双手啊，再说了，我摄影这么厉害，可以用第三只手啊。”

“什么第三只手？”

胡萝卜打岔说：“强哥喝多了，迷糊了。”

小虾米说：“什么迷糊，是太污，我是名副其实的‘小女污’，别以为我听不懂。”

“好吧，那我低估你了。”

“胡哥，你呢？有什么计划？”

胡萝卜喝了口酒，叹了口气说：“我跟你们讲一个故事，从前

有一个帅气的小孩，因为家里贫困从小活在自卑里，他长大后发誓一定要出来闯出点名堂找回自信。虽然他长得很帅但是一直都没有成功，所以也一直不敢回去，因为他吹牛吹得太大了，如果不开跑车回家乡的话会被鄙视死的，所以只要他一天没成功，他就得继续留在北城混吃混喝。”

小虾米说：“这个帅气的小孩是你吧？”

胡萝卜开心地说：“对啊，就是我啊，你怎么知道？是不是因为因为我很帅气？”

“对啊，刚好我也是这么想的。”

他们两个人开怀大笑碰杯喝酒，也招呼着我一起喝酒。

我忽然想起周星驰的《喜剧之王》，小时候看这部片子只是觉得搞笑，长大后再看便觉得悲从中来。影片的开头，屌丝尹天仇对着大海喊着“努力，奋斗”，不就是我们的写照吗？

我也仿佛明白了柳飘飘为什么笑得那么浮夸，其实她不是在笑，而是在哭，笑着哭。就像是今晚我们三个人的离别，明明是再说很低趣味的冷笑话，我们可以笑得那么开心，那么没心没肺，其实还不是因为我们彼此心照不宣，想让离别的气氛别那么悲伤。

电影里，柳飘飘说：“前面漆黑一片，什么也看不到。”

尹天仇说：“也不是，天亮后便会很美的。

而如今的我们呢，今晚散场后，明天天亮后是否会更美好？”

小虾米忽然被呛到，开始咳嗽起来，眼泪都呛了出来。

我一手拍着她的后背，一手给她擦拭着眼泪。

“喝慢点。”我说。

“快点喝容易醉。”她说。

她这话我能听懂，我说：“别这样。”

她忽然扑过来抱着我，大哭起来。

这突如其来的拥抱和哭泣让我有点不知所措，我竟然不知道说

什么好……

尹天仇问柳飘飘：“回家干吗？”

她说“上班啊。”

他问：“不上班行不行？”

她问：“不上班你养我啊？”

他笑着说：“我养你啊！”

我养你！此刻我很想像电影里的尹天仇一样对小虾米说这三个字让她别走，或者跟我一起走。

可是我发现自己竟然不如尹天仇，只会抱着她，就像是在阳光升起前抱着一个雪人，因为我知道太阳升起后她就会融化，就要离开。我也知道我抱得越紧温度就会越高，雪人就融化得越快，但我只能拥抱。

抱着抱着，我的眼泪忽然滑了下来。

当我要悄悄擦拭时只听到“哇”的一声，胡萝卜也大哭起来把我们紧紧抱住，我再仔细一看，这家伙竟然在擤鼻涕，而且直接擦我衣服上，靠啊！

我破涕为笑，笑着哭。

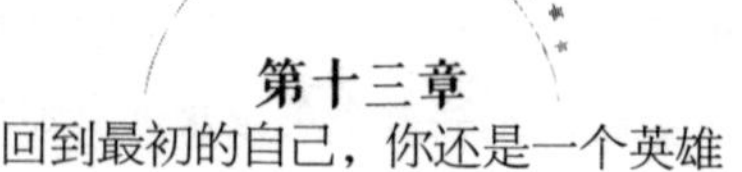

第十三章 回到最初的自己，你还是一个英雄

（1）

回家是一件开心的事，除了父亲时不时的冷嘲热讽，其他的都很顺利。

因为没事做，所以我平时也帮家里做点饭，但厨艺确实很一般，做得也比较慢，于是父亲开始挖苦我说不是说去北城学烤鸭准备回来大显身手吗？做的饭怎么难吃成这样？

这些话我倒也理解。毕竟当初我确实是趾高气扬冲往北城的，但现在却像是一个落败而归的战士一样，受点鄙视也正常。

只是日子久了，难免经常跟父亲吵架，苦的却是母亲。我想出去散心，避免在家踩到地雷，却发现同学都在各地工作，平时也很少回来。

说实话，离开北城的日子并没有我想的那么安心，反倒是有一种失落。习惯了北漂的高追求、快节奏，就很难适应小城市的慢节奏，甚至走在街上都会因为比其他人快一个节拍，显得格格不入，就像是被包养的情妇人老珠黄被遗弃回到家乡，再也没机会享受往日的繁华，却也不得不接受现实的贫瘠。

好不容易等到节假日高中同学聚会，却不知道从什么时候开始，同学聚会也变了样子。最开始的同学聚会，聊的是谁跟谁又在一起了，后来是吹嘘的是各自的大学生活，再后来是谈论毕业后在哪儿高就和残酷的身份对比；到现在，谈话的主题已经是买房、结婚、

生子……

如今大家的生活状况都拉开了差距，同学之间也慢慢形成了固有的圈子和阶级，而我非常不争气地存在于这个生物链的最底端。

我满怀期待地赴约，却发现工作后的同学聚会都已变味，就像是一场线下的王者荣耀，不够五个英雄永远上不了排位赛，好不容易凑够了资格拿到了“青铜”身份，但永远也进不去“星耀”身份的排位。

其实这也不能怪同学，我跟不上人家的步伐自然和他们没有共同话题，只能怪自己混得最不好，怨不了人情冷漠。只是看着大家聊得热火朝天我却格格不入，又不好意思提前离开，只能低头看着手机如坐针毡等着。

让我意外的是竟然有人过来敬酒，我抬头一看，是中学同桌。整个中学时代，都是我带着他翻墙逃课、打红警和魔兽，而他现在的身份是一家上市公司的老板。

更让我诧异的是，他竟然感谢我给他的中学时代带来无穷无尽的快乐，我们聊得最嗨的竟然是为了出去通宵玩游戏而跟老师打的游击战的经历。

到最后得知我现在回家待业，老同学立马表示给我一份工作，但考虑到他所在的是新能源类的公司，没有特别合适我的职位，不过可以让我先去 X 城当他助理兼司机，年薪三十万，等熟悉业务后再转管理层。

这真是天赐良机，我承认我心动了，但是我忽然想到，这一去就真的彻底告别我的梦想了。我虽然回了家，但是我还期待着这一万种可能，我答复再考虑下。

醉醺醺回到家后，我躺在床上，窗外夜深人静，能清晰地听到溪流声和虫鸣。

醉酒后的人总是会撕心裂肺地想着内心住着的那个不可能的人，在以往的很多年里，我想的全是杨杨，总会一不小心就发一条“突然好想你”的微信给她，发出去一瞬间又赶紧撤回。但不知怎么，今夜我发现自己内心住的那个人不再是杨杨，而是小虾米。

这个突如其来的变化令我防不胜防，我拿着手机点开小虾米的朋友圈，里面充斥着大火锅、剪刀手和嘟嘟嘴的照片，小女孩的心思真难懂。

但是当我看到她的照片时，不知怎么的，我的心里闪过一丝失去的酸涩。

我迟疑了一会儿，给她发了一条微信：想你。

发出去我就后悔了，正想要按撤回时小虾米竟然秒回我，她回的是：“最近可好？”

我回复：“还不错，就是感觉身边缺了点什么似的，你呢？”

她回复说：“温暖中带有点平淡。”

我说：“是不是因为少了我的存在？”

“对，都没人打了手很痒。”

正当我想问问最近她有什么计划、还有没有机会见面时她又补了一条：“我跟我妈妈一起睡，先不说了，晚安。”

我删掉打好的字，回复：嗯，晚安。

关上手机，我静静地看着铺陈着月光的窗台，记得年少时我也是躺在这张床上看着窗台的月光，不一样的是当年心境单纯，而今这颗心却满目疮痍。

我不知道州城是否也是这样的月色，小虾米的房间是否也有一个这样斑驳的窗台，她会不会也这样看着月光追忆着童年。

无论如何，童年已然不在，而月光留下的思念，和贵阳的山路一样遥远和崎岖，就像是我此刻对她的恋慕。

小虾米，念你，想你，晚安，你可否听见？

（2）

隔天醒来母亲因为清晨供血不足又送往医院，所幸并无大碍，医生嘱咐后，我们又匆忙回家。

看着憔悴的妈妈，又看着异常严肃但双鬓斑白的父亲，我突然感触良多。我仿佛明白了只要他们两人健康，一切挫折和付出都是值得的。

想到这里，我给那同学打了个电话表示同意去 X 城当他助理和司机。

同学却一脸蒙，在我强调几个细节后他终于想起来了，满口歉意地说喝多了。不过碍于面子他依然同意多招一个司机，但是月薪只能给五千，年终会给我发奖金。

我当时就想“呵呵”，不过考虑到他并无恶意，就委婉回绝了。

在我最艰难的时候上帝还安排了老同学跟我开一场玩笑，这人生还真是有趣啊。

晚饭后陪母亲散步时跟她聊了很多，突然意识到自己这些年亏欠母亲太多，这次回来真得好好陪她。

忽然接到胡萝卜打来的电话，我知道上帝又来跟我开玩笑了。胡萝卜这家伙估计没钱交房租过来求救，不过兄弟有难该伸手还是要伸的，大不了放高利贷。

电话一接，我马上就是胡萝卜那边的喊声：“强哥，你最近上网看《山海御龙》没？”

“怎么了？被抄袭了？”

“不是，我们之前不是没签约就没怎么被推荐，一直没热度嘛，现在也不知道怎么的，作品口碑瞬间上来了。”

我问：“可漫画不是完结了吗？”

“你是不是傻？可以更第二季啊。再说了，又有新的动画公司要高价合作，他们也同意单独签作品，我们的机会来了。”

我说：“哇，太好了，那你赶紧给我脚本，我这两天加班画第二季。”

“现在不着急画，你什么时候回北城？”

我纳闷：“回北城？”

“对，得先跟漫画公司谈判，这个你擅长。还有，定好了合作我们还得经常跟他们开会，他们会做全产业链开发，所以我们还得在北城工作。”

“可……”

胡萝卜继续劝着：“千载难逢啊强哥，我知道你回去是去疗伤，这次要是放弃就真的黄了。”

我看了看母亲说：“我考虑下吧。嗯，再见。”

挂上电话后我继续陪母亲散步，可她似乎能猜出我的心思似的，突然停下脚步跟我说：“刚才的电话内容我全都听到了。回去吧，阿强。”

“妈，我刚说要陪你，怎么能说完就食言，我在家也能画。”

母亲笑了笑说：“记得我跟你说过，闽南的男人好像生下来就注定漂泊，而闽南人的母亲都早已做好了准备，你不出去闯荡我反倒很不自在。”

我拉着她的手说：“但是你最近身体不太好，我还是留下来陪你吧。”

母亲拍了拍我的手说：“我能有什么大碍？再说了有你爸爸陪着我呢。”

“但我还是不放心。”

“不放心什么？我都跟你爸爸生活这么多年了……说到你爸爸，他年轻时也出去闯荡过，回来后整个人就变得很不得志，经常

借酒消愁，妈不希望你重蹈覆辙。”

“妈，我还是考虑下吧。”

“憨孩子，听妈的，后天我们戴家收族谱，结束后你就出发。”

我咬了咬嘴唇，点了点头。

“不过还有一个事你也得听妈的。”

我赶紧说：“知道啦妈，我会赶紧找到一个‘水查某’（闽南话：美女）当老婆，否则过年时又是一个人回家，会对不起列祖列宗的。”

“不是这个。”

我惊讶：“啊，还有其他事？你不会让我把孩子也带回来吧？按十月怀胎的原则来说也赶不上啊？”

她笑了笑说：“妈要说的是出发前跟你爸打下招呼，你已经快一个月没跟他说过话了。”

“妈，你放心，我懂。”

收族谱是中华民族的一个传统，由于种种原因，只有在南方一些有祠堂的宗族里才保留，我们戴氏也是几十年才有一次。所以到了这个日子，全世界的宗亲都会派代表过来庆祝，也会把他们的子嗣信息收入族谱内。

一大早我跟母亲去祖宅，依稀记得我小时候经常在祖宅里玩捉迷藏，一晃已经十几年了。

当我迈进祖宅时忽然震惊起来，眼前的祖宅竟然跟前任博物馆一模一样，一开始我想着是不是闽南的古厝建筑都差不多，但是仔细一看，里面的很多细节都如此类似。

特别是古厝里也有一只慵懒的胖白猫，它也是一副整个房子都是朕的、住在古厝的人都是朕的奴婢的傲娇模样。我过去想摸它一下，它却躲开了，估计它的内心潜台词一定是：“你这刁民，哪儿凉快哪而待着去。”

看着看着我突然有些感伤，这里曾是我小时候的乐园，我也曾跟奶奶来这里喂过鸡鸭，长大后我竟然不记得了。我就像是做梦一样，想努力抓住童年，想叫住每一个打算离开的人不要离开，醒来却什么也留不住。

忽然明白小娟说的博物馆存在于每个人的心中的含义，那是故乡的回忆、是对亲人的思念。

正如她所说的那样，每个人心中都有一处博物馆，无论你在哪儿，它都在你心里，时刻提醒着你，那是故乡的印记。

我仿佛也明白了，所有的故乡都是远方，长大后我们都在流浪。

而心中的博物馆，是故乡在指引着我们前行的方向。

离开家的前一天晚上，我犹豫了很久，还是没鼓起勇气见父亲。因为之前每次出发的前一天晚上，我都会跟他吵架，已经落下了心理阴影。但最后我还是给他发了一条道别的微信。

不一会儿，响起敲门声。

是父亲的声音，他说："出来喝点酒。"

我着实蒙了下，这不是鸿门宴吧？

桌上摆好了烧酒，父亲没有说话，径自给我斟了一杯，吓得我差点站了起来。

因为这是父亲第一次主动给我倒酒，后来我求证过很多朋友，问他们什么时候开始觉得自己长大了，他们都说当父亲给他倒酒说一起喝两杯。

"谢谢爸。"

父亲依然没有说话，几杯酒下肚，他终于开口说了几个事，而且是惊天大逆转的事。

父亲说他支持我辞职去当一个漫画家，之前之所以反对我是因

为不想我重蹈他年轻时候的覆辙。不过这阵子他想清楚后就明白了，每个人都有追求自由的权利。他年轻的时候也是一个爱追梦的少年，趁着年轻，我该上路。

我不清楚父亲年轻时有过怎样的遭遇，但今晚的话让我觉得自己仿佛不那么恨他了，甚至多了份温暖。

父亲还说了很多家长里短，我头一次发现他终于成了一个话很多的老年人，不过我喜欢这样的父亲，褪去了平日里的严厉，多了份父爱的慈祥。

他说我发的微信他看到了，觉得我长大了，但是他不太会用微信，写了很多错别字，于是就干脆不回了，就借着酒劲说给我听。

我内心骂了自己一顿，怎么忘了父亲不会打字呢？还一直抱怨他冷漠。

就在此时，小虾米给我打电话说她上次去拿东西时，不小心把我的《大圣传》带回家了。非常巧合的是她的父亲刚好是当年的读者，还跟画手通过信，知道他名字，等她父亲找到信就把画手的姓名发给我。

好事来临，挡都挡不住。一个是父亲终于认可我，一个是我终于找到了最初的灵魂导师。内心的喜悦让我恨不得把红色内裤外穿变成超人直冲云霄。

此时微信提示音响起，我看着屏幕显示的名字，愣了下，再仔细一看，确认无误——是父亲的名字。

我看了一眼眼前的父亲，一个非常普通的汽修厂老工人，我很难将两人之间关系联系起来，是不是重名了？

我也没敢问父亲，默默地给他倒了一杯酒，我们又默默地喝完了一瓶烧酒。

我准备再开一瓶的时候，父亲说：“少喝点，回去早点休息，

明天你还得早起。”

说完他就起身离开了。

我看着他转身回房间灯下昏黄的背影，突然间眼眶有些湿润，仿佛明白今夜的对谈对饮其实是属于我们父子的一场仪式，一场移交家庭重担的仪式。现在疲惫的父亲终于认为我已长大，足以负担起整个家庭的重担。

关于父亲是不是《大圣传》的作者，我去求证了母亲，母亲并不清楚《大圣传》，只知道父亲曾经也选择去北漂画漫画。据说父亲画得不错，但是不会讲故事，作品反响非常一般，连载到一半还夭折了。独自在老家的母亲生了我后生活就更加艰难，而且当时他们又没有收入，最后父亲选择放弃了梦想，回老家选择了一份稳定的工作。

隔天清晨我去父亲的工具房里翻箱倒柜寻找证据，果然在一个箱子里找到了纸笔。看到残存的画稿，我恍然间明白了为什么父亲这么反对我画画，而且看到《大圣传》后还一把火烧了它——原来这是他的伤痛。他是真的希望这一切不要在我身上重演，而我却一直误解着他。

趁着还有两个小时的时间，我带上纸笔找到了父亲。

他看到我手里的东西愣在原地，我说：“爸，我们一起画一幅画吧？”

他迟疑了下，随后点了点头。

父亲熟稔地铺开了纸，握着笔在纸张上画着，我瞥了一眼他双布满老茧的手，就像是黄河退水后的沟壑一样分明。

我长这么大还是头一次这么近距离看着父亲，能很清楚地看到他染了白霜的双鬓，在我眼前的也不再是之前那个苛刻的父亲，而是一个带领我走向灵魂圣地的导师。

父亲画得很慢，觉得不满意马上就修改，画了一会儿叹了口气又把画笔递给我。我补上几笔，父亲脸上忽然就泛起了微笑。

父亲是一个不苟言笑的人，我更是很久没见过他在我面前笑过。我的突然内心一阵暖意，大概是因为他谅解了我成长的任性。

我们画的依然是齐天大圣，画完时父亲突然热泪盈眶，然后深深地吸了一口气。

此情此景，我忽然想去抱一下父亲，但还是怕太矫情，只得把笔递给他，让父亲留下当年的笔名，他犹豫了下还是写上了 QF。

我会心一笑……

坐上北上的列车，一路上我忽然想起很多往事。就像是我小时候崇拜那只放荡不羁爱自由的猴子一样，我也曾年少轻狂，也想过不可一世。

就像是《悟空传》说的：“我要这天，再遮不住我眼；要这地，再埋不了我心；要这众生，都明白我意；要那诸佛，都烟消云散！”

孙大圣是我儿时的英雄，也指引我去追求不平凡的英雄梦。

跟父亲酒后谈心后我才发现，原来自己寻求了那么多年，绕了一个圈又回到了起点，我要寻找的英雄是我的父亲。

我不知道父亲为什么会在我三十岁的时候跟我喝酒讲那么多话，也许在他心里我已经成长成另一个他，继承了他未了的英雄梦。我的英雄梦亦是我父亲的英雄梦。

而立之年的我，已近花甲之年的父亲，以及芸芸众生的你我都一样，谁年少时没有点年少轻狂的梦想？只是长大后被现实的残酷磨得一点脾气都没了。回头想想，忽然发现这个英雄梦廉价得不值一提，还要时不时被嘲笑一下，就像是小时候调皮留在身体上的伤疤，时刻提醒着你。可你还是不愿意这梦醒来。

也许，我们生来就是孤独的，总是在各种嘲笑和异样的眼光里

孤独长大，就像我们儿时的英雄齐天大圣一样，不会惧怕前路有多少妖怪，只怕突然放弃了自己。

想到这里，我不禁流下了眼泪，又怕被邻座的看到，连忙擦去泪水。

也许，回到最初的自己，我们还是一个英雄。

（3）

回到北城，签约很顺利，我们终于也不用被当成杀马特QQ秀了。

为了庆祝胜利，我跟胡萝卜决定告别北苑西桥下的烧烤摊，换一个高大上的地方庆祝，最后经过商议，我们来到了北太平桥下的烧烤摊。

我问老胡：“说好的高大上呢？”

老胡解释说：“这儿毕竟是三环内，在古代也算是在皇城内了，还不高大上？”

两杯酒下肚，胡萝卜问：“你跟小虾米到底如何了？什么时候把她喊过来？”

我叹了口气说：“我回家后一直跟她联系着，可是我们一直都不冷不热的。”

胡萝卜破口大骂表示不相信，一定是我这小子又做了什么不好的事。

我跟他详细陈述了下回家这几天跟小虾米的尴尬交流，每次她听到我的表白就回复晚安上床睡觉。

胡萝卜打岔说：“她连续跟你说了几个‘晚安’？”

我说：“很多啊，回家到现在都是啊。”

胡萝卜说：“说你是小学生你还不承认，你没听过‘每句晚安都是我爱你’吗？”

我纳闷：“什么鬼？”

“你把晚安的拼音排开，是不是‘WANAN’？连起来看是不是‘我爱你爱你’。”

我疑惑：“是可以这么解读，但我不太相信跟我有关系，我喜欢她，整个朋友圈都知道了，她到底在含蓄什么？”

胡萝卜叹扣气说：“她不是含蓄，而是没安全感。”

我问：“怎么说？”

“上次你给她准备生日惊喜，她却准备回家，但你知道最后她怎么就不回去了吗？”

我纳闷：“不是你把她劝回来的？”

“小虾米一直不让我说。事实上，是她自己回来的，找我当理由而已。可关键是你这白痴没发现这是一个规律吗？每次到了关键时刻小虾米总是放不下你，从巴厘岛的前任婚礼到你们吵架，再到上次她收拾东西又折回来。你傻了吗你？”

“我是傻了，我就是找不到突破口啊，该做的我都做了啊，她又不是没看出来。”

胡萝卜一脸恨铁不成钢的表情：“你是做了，但是你每次都做不到点上，就算飞上天也没用。关键时刻她要走，你却不留，当时你只要有这一个小举动就搞定了。”

我恍然大悟：“好像是这个道理，可现在怎么办？”

胡萝卜手起刀落：“杀。”

“杀什么？”

“杀过去，杀到州城去！”

我说：“好。”

我说干就干，第一时间定了凌晨飞往州城的飞机，准备过去杀她个措手不及，并打算凯旋后顺便把小虾米带到北城。

我举起酒杯准备跟胡萝卜告别赶赴机场，谁知道胡萝卜忽然让我等等。

“怎么了？”

“你看看她的朋友圈。”

我点进去一看才知道，小虾米离开州城是去甘城旅行，刚落地兰城。

“上帝玩我啊？”

胡萝卜安慰说：“不要紧，一鼓作气，重新买一张到兰城的机票。”

“就这么办。”

买完机票后我再次举杯，胡萝卜再次让等等。

我说：“你想跟上帝一起玩我啊？”

“不是我玩你，是小虾米。你再看看她朋友圈的最新信息。”

我点开一看，干啊，是一个旅行单，她只是在兰城转机，而且一天飘一个地方，她这是跟上帝、胡萝卜一起斗地主玩我啊？

好不容易缓过神来，我发微信问小虾米怎么突然离开？

她说想换个生活方式，旅行一段时间，边走边拍，晚上写公众号。其实她在州城这段时间已经开始写作，赚了点稿费，还有打赏和广告费，过得还不错。

我说：“好啊，那我在北城等你回来。”

胡萝卜叹了口气跟我碰杯。

我说：“老胡你也为了我的事操碎了心，三十岁的人了，该有一个着落了。”

“那必须的，我最近准备生一大堆猴子。”

我傻眼了：“老胡，你别想不开啊，还是你是想出去捐？可关键你的质量怕通不过啊……”

“你怎么说话的？兄弟我找到真爱了。”

“真的假的？”

胡萝卜倒了杯酒跟我干杯：“还记得我的初恋不？我终于找到她了。”

“恭喜啊，贺喜啊，以后就不用担心你嫁不出去赖上我了。”

“唉，可是她都有孩子了。”

我连忙说：“老胡，破坏人家家庭不太好吧，要不你就死心吧？去祸害别人吧”

他说：“可是她离婚了啊。”

我愤然说：“那关你屁事，你怎么就不能忘掉她？你自己跟我说过男人忘不了初恋都是因为当初没为爱情鼓过掌。等你真正达到了目的，也许你又想开始你的浪荡生活，所以赶紧打住。”

胡萝卜沉思了一会儿，突然抬头看我，拿起整瓶啤酒对我说：“好了，今天是庆功，别扯这么多没用的，‘醉卧沙场君莫笑’，来，喝酒。”

“好，我们不醉不归。”说完我看了看杯子，发现没酒了，于是转头对老板喊着，“老板……”

还没喊完老板马上递过来一瓶啤酒，一脸贱兮兮地说：“一瓶酒，‘不醉不归’是吧？”

我抬头一看，这老板竟然是那个“御厨世家”的老板。

老板说：“你们的喝酒之路好漫长，从北五环一直喝到三环内。”

我笑了笑说：“老板怎么也到这儿了，开分摊啊？”

老板说：“哪有什么分摊，一摊都保不住，那儿查得严，我战略转移就到这儿了。”

胡萝卜说：“懂了，北漂的人都不容易。老板我支持你，这样，我再要一瓶啤酒你送我两个大腰儿，大家相互抱团。”

老板：“滚犊子！”

（4）

我醉醺醺地回到家，然后扑倒在床上，记忆翻飞。

最开始认识小虾米还是那个喝多了的夜晚，由于误会，她给了我一巴掌，从此以后开启了我被铁砂掌各种击杀的宿命。

那时候，嫉妒厌恶她的我骂她是凶神恶萝莉，而她给我了一脚，骂我不是V不是I，就是一个P。

那时候，我们不打不相识，成了对方爱情世界里的群众演员，我们各自扮演对方的男女朋友，她帮我骂前任，我帮她打前任，我们的故事就像一个前任斗殴魂斗罗。

那时候，我对她说暴走三环看到隔天升起的太阳就能走出失恋阴影，她带我去酒吧大醉一场借酒消愁还踢了一个肌肉男的下档。那晚北城下起了小雪，雪中我仿佛从她沉睡的面庞里看到了春天。

那时候，我们在海边吃酒看浪，她就那么一笑都那么好看，我都不知道该怎么办。

那时候，我们无数次的见面就像是约会一样，她没来时我心里在跑马，她出现时我嘴里藏着辣。

那时候，我们在热气球上看着夕阳下的稻田，我唱着巨难听的民谣。

那时候，我想听到她夜里最美的情话——坏蛋，你又压到我的头发。

那时候……我们之间有许许多多的那时候。记得《大话西游》里有一句经典台词：“有一天当你发觉你爱上一个你讨厌的人，这段感情才是最要命的。”

现实却是要命，我在原地等待，小虾米四处流浪，我想她心里应该有我，只不过我们一直在错过。

很多时候爱情就像一场旅行，世界那么美，而正好你有空。

也许，人生就像是在点灯，一盏灯思念一个人，人生缺的并不是遇见，而是合适。

我翻开小虾米的朋友圈，看到她说这次自由行终于把人生的遗憾一个个都实现了，很开心。而这些遗憾竟然是在雪中拍一张裸照

留念，蹦迪蹦到高潮……都是些什么乱七八糟的？

我发微信问小虾米：“坐热气球上天、听民谣演唱会，不都是你的遗憾和梦想吗？怎么变画风了？”

“嗯？什么遗憾？”

我心想：小虾米这演技真是了得。

我也直截了当地问：“你确定不是在跟我开国际玩笑？”

“没有开玩笑啊，那不是你给我的生日惊喜吗？还是……”

我不可能拿错邮戳本吧？搞了这么久别告诉这是假的？

“就是邮戳本啊，里面盖满邮戳还夹着一份遗憾清单，你别说那不是你的，我可是从你的书包里翻出来的。”

“我真没有什么邮戳本啊，那么文艺又矫情的事肯定不是我的菜啊。”

我突然有点蒙了，继续说：“反正这是从你那个背包里拿出来的，不是你的也是你前任的，这不是重点，重点是夹在里面的遗憾清单，希望前任许给你的浪漫。”

她反问：“什么清单？我怎么不知道？”

我：“……”

合着从暴走北三环到吃酒看浪， 再到之前的飞上天我都白忙活了？

一阵争吵后小虾米就是死活不承认，我想着继续纠结可能会打起来，而且小虾米真的不像在演戏的样子，也许这一切只是她前任的一厢情愿？我只能一笔带过当作是误会草草说晚安？

月色依旧，我越想越觉得不对劲，决定起身去了前任博物馆。

都这么晚了，小娟依然端坐在那整理着她的丁香花。

她好像早有准备，茶几上正放着邮戳本，我拿起来质问：“这邮戳本怎么不是小虾米的？”

“这得问你。”

被小娟这样一问，我又蒙了。也对，从头到尾一直都是我在说这邮戳本是小虾米的，她并不知情啊。

我打开邮戳本，一页一页翻开，发现里面的邮戳是按日期分布的。足迹从东南沿海的城市开始，一直蔓延到西南、西北，记录着它的主人去过的地方。再后面就是一些英文的邮戳，我英文很不好，但奇怪的是我仿佛知道这些邮戳的归属地，更是奇怪的是邮戳所在的城市我仿佛都去过。

我想，我本身就是一个旅游达人，去过也很正常。

看到最后，我发现有些不对劲，于是问小娟：“不对，那张任务清单怎么不见了呢？”

小娟说：“问你。”

我更是诧异，“又问我？我没有拿走啊，上次我是整本还给你的啊？”

小娟坐下来倒了杯茶水推给我后淡淡地反问：“你确认？”

我直接蒙了，完全不知道她在说什么，只能礼貌性地拿起茶杯斟酌细思。

她继续说：“能帮你的并非别人，而是你自己。”

我更不解，反复思考着到底怎么回事？

我越想越觉得奇怪，为什么我对那些邮戳那么熟悉呢？就像是自己带着邮戳本去每一个邮局盖的一样。

就像是这邮戳本根本就不是小虾米的，而是自己的，是我自己不小心放入书包带过来的，可这么久了，我怎么一点印象都没有呢？

我看着眼前的小娟，她忽然横抱琵琶弹唱着南音：

怎忍忆。

一曲琵琶雨。

秋水涨愁阑珊处，

往事如烟人如暮，
夜深灯千户。

听着古老的南音我似乎想起了什么，这个邮戳本好像是前任送我的生日礼物，也是我跟前任的旅行印记。说好把它盖满邮戳，记录我们环游世界的回忆。而我之所以记不起来仿佛是我失恋后强迫自己忘记前任的一切，又或者是前任博物馆，或是黄小娟催眠了我？

可是遗憾清单跟我有什么关系呢？

曲终，她说：“可否忆起？”

“不可能……”

我拿着邮戳本疯狂地跑出了前任博物馆。

我一路狂奔回到合租房，完全想不到竟然会是这样。这个清单明明是小虾米的，是我陪她走完所有遗憾，一定是。

我发疯似的在书架上找着我的日记本，我几乎是把所有书都翻到地上找着，好不容易在最底层找到了。

果然，里面有一页被撕掉。

我再翻到最后一页，是的，它被我夹到最后面。

是的，是那张遗憾清单。上面写满了我对前任所有的爱慕之情，我发誓要带着她暴走北三环、吃酒看浪、在热气球上弹吉他表白……完成所有任务后娶她。

最后的落款，是我的名字。

这曾是我最真挚的心，失恋后，我就把这张清单撕掉了。不知道怎么的，又夹到了邮戳本里，然后放进了小虾米的背包里带到了前任博物馆。

我所想的帮小虾米完成所有遗憾，带她走出失恋阴影，原来所有的一切都是小虾米陪着我完成我所有的遗憾，是她陪我走出失恋

阴影。

我仿佛明白小娟说的话，原来能帮我走出失恋阴影的并不是别人，也不是前任博物馆，而是自己。

我如此，小虾米亦然如是。

一路走来，我以为自己在是追求无数种可能，以为是在帮身边所有的人，以为是在创造一个奇迹。到了最后才发现，原来一切都是迷失的我是在找回那个最初的自己。

想到这里，我的眼眶突然有点湿润，我非常慌乱地找到了手机，给小虾米发了一条微信：“你现在哪儿？我去找你。”

不一会儿她回复说：“你的故乡，Q 城。”

我说：“别再走了。等我，我马上去找你。”

她问：“为什么过来找我？”

我说：“因为想你。”

是的，姑娘。半夜里我忽然想起你，就像吃着炸鸡喝着啤酒，就想彻夜飞去寻你，不会太久。

小虾米，不想用太多道理。因为我想你，所以我去找你。

因为想你，这世界才如此美丽。

她回复说：“好，等你，念你。”

坐在出租车上的我看着手机上出现的“念你”两字，突然一阵感动。风吹来，打在我脸上，眼泪忽而滑落。

（5）

在一个夜深人静带有点海风咸湿的味道的夜晚，我在一个盛产鸡爪的小镇找到了小虾米。

她穿着我熟悉的白色连衣裙坐在东溪的旧桥头上，背对着我，灯光折射在她身上，落下一个窄窄的剪影，像是海岸线一样明朗。

我在她身后想了无数个让她转身的理由，内心里也打了 N 个表

白的草稿，这些却突然都派不上用场。

小虾米可能不知道我的到来，不一会儿就想起身走开。我一着急，连忙冲过去抱住她喊了一句：“别走，当我女朋友吧。”

“真的吗？”

那声音听起来怪怪的？

该不会转身过来的是《唐伯虎点秋香》里的如花吧？

不想被我猜中了，转身过来的还真是一个阴阳怪气的家伙，我还没弄清楚这人怎么穿着小虾米的衣服站在这时，他突然张嘴要亲过来，吓得我差点跌倒，也不知道他是想拉住我还是想推我一把，直接把我从桥上推了下来。

妈呀，五米高的桥，他直接把我推下去，这是要我命啊？

我还没反应过来，就听“扑通”一声，我直接砸水里了。

小时候我经常在东溪游泳，对桥也熟悉，所以这一推倒不会要我命，只不过远道而来想要表白却被这么一搞，简直是灰头土脸。

浮出水面后我隐约听到一个熟悉的道歉声：“兄弟，对不起啊，我本来只是想给你一个惊喜的，结果一不小心……”

什么？怎么会有伪娘扮成小虾米搞事情啊？

我正想破口大骂时，忽然看到一个身影从桥上跳下来。

我心想。该不会有人想不开吧？赶紧游过去看看，正要靠近时，一个熟悉的面孔浮出水面，是的，她是小虾米。

不知道这是他们故意设计好的桥段还是今天有什么节日，四周竟然开始燃放起烟火。

烟火下的小虾米美极了，她只是看着我轻轻一笑，这一瞬间我忽然想对她说：“任何美景都比不上你的笑。”

而我还没来得及开口，她忽然就扑过来强吻了我。

我心想：我这样一个纵横江湖多年的高手就这样被一只小虾米

给强吻了，而且还是在我的地盘，传出去多没面子，我必须扳回一局。

于是我一个翻转，顺势压过去，只不过我偏偏忘了自己还在水里，结果肉没吃着还呛了口水。

回到岸上，我们找了一处别人留下的烧烤点生了堆火，小虾米承认是听了胡萝卜的点子搞了这一局。

我说：“你们不带这样玩我啊？”

小虾米说：“你还记得我们第一次见面吗？”

我说：“你指的是你开着车溅了我一身水，还打我那次？”

小虾米一脸鄙夷说：“那是你喝醉，想脱衣服游泳，还想着调戏我好不好？”

“这……”

“其实之前我就认识你了。”

我一脸疑惑：“认识我？”

“对啊，那时候你在网上很火，什么‘局部裸泳男’，记得不？”

“我晕，当时我失恋嘛，所以……”

小虾米笑了笑：“所以啊，我当时打你也是理所当然。再后来听老胡说这曾是你的遗憾，想着你给我那么多惊喜，所以就联合我的朋友演了这一出戏……”

“你们……好吧，那烟火呢？也是剧情一部分？”

小虾米笑了笑：“上次你唱那个巨难听的民谣不是说都说世界这么大，想带你去海边看烟花吗？所以我就搞了一场烟火。不过你放心，我是一个勤俭持家的贤妻良母，没有乱花钱，我掐好放烟火的时间，直接借用过来。”

“我……”

小虾米抱着我说：“好啦，不要生气嘛。”

我笑了笑说：“我没有生气啊，我只是疑问，刚才谁说自己是

贤妻良母的，我都没说要你呢，怎么就主动送上来呢？”

“什么？你说什么，风太大没听清。”

“你这调皮的小妖精，竟然敢没听清？竟然敢出来祸害人间，看我如何消灭你？”

本着报刚才的一箭之仇，我顺势压过去准备来一个壁咚，然后挠痒痒，谁知道小虾米竟然十分强烈地反抗。

我想着女生都是象征性地挣扎，一会儿就会顺从，于是继续“强行推塔”伸手过去挠她的腰。

“等下，等下，还有……”

大战一触即发，怎么能停下呢？

不过下一秒我就后悔了，小虾米让我停下并不是害羞，而是……

一束灯光照在我们身上，我们两的姿势就像是武松骑着老虎一样解释不清楚。

我正想着如何去解释，看到拿着手电筒的人直接蒙了。

如果那人是警察倒好解释，我可以找借口说我们在看 UFO，或者我们在这里排练一出很烂俗的话剧，名字叫《玩命爱一个姑娘》。

但是出现在我面前的人是——我爸妈。

他们端着蜡烛蛋糕唱着生日快乐的歌，旁边还有我的七大姑八大姨。

看到我们的姿势，所有人都呆住了，还能有什么情况比现在更让我尴尬的？我忽然想唱《无地自容》。

时间凝固了大约有两秒，父亲出声打破尴尬：“那个，我们只是路过，什么都没看见。”

爸爸说完招呼着所有人赶紧走。

一旁的姑父补了一句：“你们继续，我去给你们把风……”

“你误会了，我只是……”

谁知道我爸爸还特地回头说：“我懂的，爸也玩过 CF，你们慢

慢来。”

小虾米跟我解释说本来是想借着我的生日让叔叔和阿姨见证下我们的爱情，结果没想到我这么猴急，变成他们见证我们……

听到这儿我真是欲哭无泪。

（6）

回去时我正想着把小虾米安排在哪家酒店里比较合适，谁知道她直接把我拉到我家，还轻车熟路地整理着我的房间。

原来她已经在我的房间住了几天了，真是鸠占鹊巢。

晚饭时妈妈一直在给她夹海鲜，我说：“妈，怎么感觉我是捡来的，她才是亲生的。”

妈妈用闽南话说：“你看她这么瘦，屁股都没肉，得多吃点。”

小虾米偷偷问我：“阿姨在说什么呢？”

我笑着说：“我妈说你屁股太小，不能生胖娃。”

她差点又使出铁砂掌打过来，可能忽然想起这是在我家，但来不及收功了，搞得整个人扑在我身上。

我连忙解释说：“妈，谁说她屁股小了，你看咱们家这椅子都承受不了。”

小虾米配合地笑了笑，一手使劲地掐我。

入夜，我们当然被残酷分开。

小虾米发微信给我：“感觉一切很神奇啊。”

我问：“神奇什么？”

她回复：“睡你的床啊，这里满满都是你的味道。”

我说：“这什么神奇的？我又不在。要不要我偷偷过去，让你闻下真正的味道？”

“臭流氓，你敢来我就剁了你的手。”

我说：“可别，我这手对你有很多好处，剁掉了就没了。”

“我怎么感觉有股污污的味道？”

我赶紧说：“别误会，我的意思是说我有一双温暖的手，而且早已洗干净剪好指甲。”

“这还不误会啊？”

我正想解释这是文艺表达时，小虾米又回复：“你剪好指甲有什么用？你能解我衣扣，解我忧愁不？”

我嘴角抽搐下，回复：“你确实是真正的‘小女污’。”

这一晚，我们隔着一堵墙壁聊了很多，好几次我都想偷偷跑回自己的房间，但又怕爸妈发现，只能忍着，敲击着墙壁。

小虾米好像懂我的意思，也敲击墙壁回应着我，伴随着窗外呦呦的虫鸣，这仿佛是夏夜里最美妙的思念。

隔天天未亮，妈妈就把我们叫醒了，挑上祭祀品到寺庙里“竖灯”。一路上车水马龙灯火交融，由于路途遥远，路上的家家户户都会摆上免费茶水供信徒饮用。

记得上一次来“竖灯”还是孩童时期，如今一晃已是十几年后。故乡依旧是记忆里的故乡，但我的身边却多了一个心上人。

小虾米倒是从来没有见过这种活动，一到现场，看着复古的场景和人群，直接进入蒙了。然后她一脸惊讶地跟我说：“这才是逼格最高的模仿。”

我一脸黑线。

午后我带着小虾米去爬了趟雪峰山。

一路上，小虾米好奇地问我：“怎么感觉你们这儿到处都是寺庙啊？”

“对啊，闽南人从古时候起就比较注重传统文化，所以朱熹说‘此地古称佛国，满街都是圣人’。”

“怎么听着有点迷信的感觉？”

我捏了下小虾米说：“小时候我也这么认为，现在我更愿意把它当作一个信仰。长大后我们太容易被这个物欲横流的世界所改变，曾经坚持的初心和原则太容易被打破。可是信仰，哪怕是一个简单的宗教信仰，都会让我们在做事时有个底线，头悬三尺神明，心里要有所畏惧。”

小虾米笑了笑说：“好像也对哦。还有一个事，早上我一路走过去，发现家家户户都有茶具，都在泡茶，还免费提供，你们怎么比成都人还爱泡茶啊。”

我说：“你还真说到点上了。都说闽南人一辈子只做一件事，男的泡茶，女的烧香拜佛。”

小虾米感叹说：“真是一个神奇的地方，而且你们方言我还听不懂，还有很多海鲜，真的有种来到异国他乡的感觉。”

“看把你乐的。”

小虾米又问：“那你泡茶如何呢？认识这么久我都没喝过你泡的茶。”

“必须很厉害啊。”

在山下餐厅坐着等吃晚餐时我特地给她泡了壶功夫茶，用的是碗盖壶。小虾米以为很简单，试着泡了一下，结果马上烫到手。

“没想到这还挺难的，你们都是从小就被强迫学泡茶吗？”

我说：“并没有强迫啊。闽南的男人都明白，泡茶、泡茶，泡好茶还不是为了泡好姑娘。”

小虾米一脸鄙夷：“这有什么关系？现在姑娘都喝咖啡了。”

我说：“这就是你不懂了。茶有另外一种气质，泡茶的男人最有诗意。其实泡茶还不是别有目的，千山万水去看你，你泡茶，我泡你’。”

“我以前怎么不知道你这么甜啊？”

我说：“还不是因为你嘴里有糖。”

“糖？”小虾米忽然秒懂，拍了我下说，“你太坏了。”

我说：“别空腹喝太多茶，我们赶紧点菜吧，你想吃什么？”

小虾米思量了下说：“主食是你，配菜什么都可以。”

我：“……”

我只能说，厉害了，我的小虾米。

到家夜已深，洗漱后我们依然各自回房间休息。

刚躺下，小虾米就给我发微信，问我能不能过去？

我说：“明天就回北城了，你着什么急？忍一忍。”

小虾米发来一个如来神掌表情，又说：“你想太多了，我是想让你带点针线过来。”

我说：“不是吧，你这么重口味啊？”

“你再污我就截图了。”

“我还不是被你带坏的。本来挺讲究的一个美少年，愣着被你带成了一个老司机。”

“你继续喊冤，要不要翻聊天记录给叔叔阿姨看，让叔叔阿姨主持公道？”

“我投降。”

回复完，我赶紧带上针线去房间找她。怕吵醒爸妈，我小心翼翼地开了门。

小虾米更是“做贼心虚”，连说话都降了三个音调，可能是上次在东溪被误会成CF心有余悸。

看到满床的Cos服，我才知道她要抓紧缝补这些衣服，回京后她马上就要参加一场漫展。

针线活这事肯定得小虾米亲力亲为，我帮不上什么忙。可是鉴于工作量实在太大，如果全部让小虾米一个人来，估计得弄到天亮。

本着“心有猛虎，细嗅蔷薇”的原则，我也拿起针线帮起忙来。一开始我以为小菜一碟，可真的上手才知道这是一门技术活，一不小心还扎到手指，我“呀”的一声叫了出来。

小虾米瞪了我一眼，我连忙捂住嘴，生怕吵到爸妈。所幸他们睡得比较死没听到动静，要不我就是跳进黄河也洗不清了。

“你还是别动针了吧，打下手就行。”

我点了点头。毕竟再多扎几次，肉疼不要紧，关键那声音太销魂了，我真的怕吵到邻居。

于是由我帮小虾米摆正衣服，她来缝补。

也不知道是我太困还是真的不擅长针线，一不小心弄错了位置，结果小虾米直接扎到自己，又是“呀”的一声。

小虾米也是习惯性动作，一个铁砂掌打来，我怎么可能不叫出声呢。

一个“呀”，一个“哇”，彼此起伏，怎么不让人浮想翩翩？也不知道怎么的，家里的狗突然叫起来，我正想着我们的声音没这么大啊？不可能惊动它啊。

不到三秒，周围的狗也都叫起来，十秒后全村的狗都在叫了。我的神啊，我们“销魂”的声音就这样惊动全村的狗了，会不会被载入县志，然后取名曰《闽夫妇夜吟引犬吠》？

小虾米一紧张一手抓起衣服，结果又扎了一下，疼得又叫了起来。我本能地过去帮忙，也可能是紧张过头，结果还在慌乱中不小心补了一针。小虾米可能也是泄气了，直接惨叫起来，跟狗叫声比赛着大小，我也是欲哭无泪。

我想着趁着爸妈还没起床赶紧逃出这个犯罪现场，快步去开门，哪知道爸妈恰好就站在门口看到了这一幕，他们的世界观不知道会不会瞬间被刷新了？我在想，他们下巴一定是焊接上的，否则早就掉下来了。

“爸、妈……”

我正想解释，爸爸打断我说：“可能是地震了，你们赶紧穿好衣服出门躲躲。”

我痛苦地点了点头，可关键是我们都穿着衣服啊！

（7）

隔天傍晚，我们带着爸妈别样的期许回了北城。临走前，妈妈还不忘补了一句下次回来应该是大肚子了吧？

小虾米半天没听明白，等上飞机才醒悟，于是对着我一顿狂，我也是相当郁闷。

一路上，小虾米问起当时生日提到的遗憾清单是怎么回事？我跟她详细说了说前任博物馆。

我说：“胡萝卜打死也不相信这事，你信不信？”

小虾米说：“当然……不信！这是怪力乱神，不过我倒是希望有这样一个前任博物馆，就像是闽南的传统文化一样，人总是要有信仰的，每个人心中都留有一个前任博物馆。”

我说：“这哪儿跟哪儿？”

小虾米继续说：“不过我倒是认可你说的前任博物馆是一个线下体验店。毕竟每个人心中都住着一个挥之不去的前任，他们都可以来前任博物馆体验，离开后都能跟前任和解。我觉得这个概念真的很棒，你带我去那逛逛吧。”

我点头。下飞机后正好是夜晚，我带着小虾米直奔前任博物馆。

可是找了两个小时还是没找到，跟之前我带胡萝卜去的情况一模一样。

这难道是传说中的“鬼撞墙”？还是……？

正当我没法解释时，忽然看到之前频繁遇见的老阿婆。记得我

第一次去前任博物馆也是她阴错阳差指的路，而且她就住在这一带，应该对这里很熟悉吧。

“阿婆您好，您知道这附近有一个前任博物馆吗？”

她可能神志不是特别清楚，半天没听明白我说什么，一个劲地摇头。

我费了老大的劲解释那是个红砖砌成的古厝，她马上听懂领着我过去，但给我领到的却是一处刚拆迁的废墟地，我跟小虾米都是一脸蒙。

我说：“阿婆，不是这儿，这而都拆迁了，没有古厝。”

阿婆一个劲地说肯定就是这，还带着我们四处参观，一手指着哪是大门，哪是天井，哪是房间……

虽然她描述的方位是对的，可眼前这明明就是一片废墟，哪来的古厝？更不用说前任博物馆了。

折腾了十几分钟后我们也失去了耐心，简单道别后我跟小虾米赶紧逃离，哪知道阿婆一脸委屈，坐下来开始哭了起来。这让我们很是尴尬，走也不是，不走也不是。

我们好不容易哄好了阿婆，她又开始说些疯疯癫癫的话，搞得我只能拉着小虾米赶紧逃离。可我刚跑出十几米就不小心被绊倒了，我起身想着赶紧继续跑，却在无意间瞥见绊倒我的木板上面似乎有字，虽然已经被风雨侵蚀，但是依稀能看清楚上面写的字。

上面写着“饮冰冷”。

我忽然想起了前任博物馆门前的对联：一人独饮冰冷酒，从山对看丁香花。

由于当时我搞不明白这副对联，所以对它的印象特别深刻，字体跟对联上面的一模一样，可是我突然不懂它怎么会被侵蚀成这样呢？按这个程度看，这里起码得有十几年了。

小虾米想拉着我离开，我拉住她说：“等等。”

我走回刚才阿婆指认过的位置，在“厅堂”上掀开废墟，努力寻找着一些踪迹。果然在里面找到一些红色的砖头，这种砖头在北方是很少见的。

可这能说明什么？说明前任博物馆被拆了？

但是按木板和砖头的损坏程度至少得拆了十几年了吧，这怎么解释呢？我穿越了？还是进入了一个平行空间？

这明显是不可能的事，打死我也不相信。

我看了一眼阿婆，她的眼神似曾相识，仿佛像小娟一样忧伤。

不。

这不可能是真的，这不科学。我拉着小虾米赶紧跑开。耳旁似乎传来熟悉的南音，似乎是阿婆唱的：

怎忍忆，

一曲琵琶雨。

秋水涨愁阑珊处，

往事如烟人如暮，

夜深灯千户。

后来我跟小虾米又来过几次，依旧没找到任何踪迹，之前的老阿婆也没再遇见，再后来，这里重新盖了房子。

关于前任博物馆的奇遇，胡萝卜跟我讲了“游仙枕”的故事，我也怀疑我是不是在幻想，或者本来就是一个梦，但是我们把这个奇遇编成了“游仙八方盒”故事，画进了我们的《山海御龙》里，很受读者欢迎。当然，这是后话。

而小虾米如福尔摩斯附身一般，说也许这一切都是奇怪的阿婆给我进行的催眠，茶和冷酒都是特殊的幻想药剂。阿婆本身没有恶意，只不过在跟我讲她的故事罢了，而前任博物馆本身也是存在的，只不过在很早之前就被拆迁了。

当我说到邮戳本和遗憾清单时，小虾米又说不明白缘由，唯一能解释清楚的是我喝多了，然后把邮戳本和遗憾清单放她包里了，结果错上加错。

可我怎么会连自己的邮戳本和日记里写的遗憾清单都会忘记？

我咨询了很多心理医生，最后一个莞城的心理大师告诉我，这是我失恋后为了忘记前任，强迫自己认定前任的回忆和物品跟自己没关系，最后形成心理上的一种既定事实。

听完这个非常专业、靠谱、科学的解释，我对那个心理大师说："放狗屁。"

后来我跟胡萝卜合作的《山海御龙》顺利完结，也集结出版成了一个不错的 IP，被一家非著名影视公司买去改编成了动画电影。小虾米买了一瓶威士忌提前给我们庆祝，结果项目拖了好几年都没启动，搞着搞着就黄了。

也许我们的人生真的不是电影，屌丝逆袭只存在于少数人的故事里。

虽然神话没有降临，但天一直降着"大任"。我跟胡萝卜还继续工作着，这就是现实生活。

小虾米也一边写着东西，一边经营着自媒体，闲暇时我们回南方一起把祖宅改造成了一个线下体验店，名字就叫前任博物馆，还养了一条白色的猫，取名叫煤老板。

每一个来博物馆的人都跟前任和解了，这是我跟小虾米最欣慰的事。

闲暇时我也会带着小虾米一起打排位秀恩爱，一登场我就喊着"谁要是敢杀我女朋友我就疯狂杀他"，很快小虾米就被击杀，然后我奋发图强对敌人紧追不舍，最后成功被五连杀。结束后，小虾米狠狠地瞪了我一眼，强迫我把游戏卸载了。

也不知道怎么的，我们的前任博物馆突然就火了，很多文艺青年慕名而来，我在不知不觉中就成了所谓的馆主，回北城的时间越来越少。

在窗外有月色的夜里，我跟小虾米刚收拾好茶具，突然就走进来一个醉醺醺的长发男生。

我仔细一看，这个人竟然是——胡萝卜。

而且他好像不认识我……

- 完 -

2017.05.06　初稿

2018.01.11　修改

（十六）

《锁和钥匙》

诗_戴日强

世间有那么多种锁
金做的
银做的
铜做的
铁做的
不是金子做的钥匙
就可以开任何的锁
钥匙开锁和材质无关
一把钥匙开一个锁
一盏灯思念一个人
人生最难的不是遇见
而是合适

(十五)

《我想和你在一起》

诗 _ 戴日强

有个地方叫远方
那里流水有失眠的感觉
那里炊烟有沉醉的味道
还可以听见窗外的月光
我给那个地方取名故乡

有个地方叫天涯
那里夕阳西下
那里枯藤上站着昏鸦
还有老树下的瘦马
那里我想给你一个家

有个地方叫故事
那里专门生产回忆
那里我想和你在一起
那里……
我走得太远就成了风景
离得很近就看见了人生

（十四）

《你是我的小确幸》
诗 _ 戴日强

遇见你，我拿着爱情地图也迷路
人生始懂得什么叫恋慕
想着有天你在我怀里撒娇
羡煞路人，看我们打情骂俏

你那么好看你爸妈知道吗
反正你一出现我就心猿意马
突然搂着你说姑娘别害怕
只想陪你说一世的情话

一日不见花房便如此冷清
你一定是只欠收拾的小妖精
在你嘴里讨水你可得答应
因为你是我的小确幸

(十三)

《我们生来孤独》

诗 _ 戴日强

我们是离家的孩子
我们生来就孤独
让我再听一次马背的呼唤
让我再看清楚你沉默的侧脸
野花与十月死在众神的海平面

你像是一只放假的鲸鱼
那般淘气，那般居无定所
我把思念沉入大海
等到春暖花开的季节
看着你浮出水面
喷出最美的浪花

当远方升起烟火
当鱼忘了回家
我还在等待
你手里那个温暖的黎明

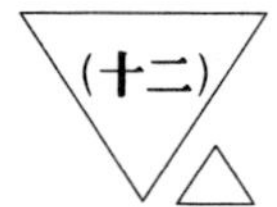

《故乡的雨》
诗＿戴日强

离家的时候故乡下着雨
淅沥沥的雨水像是
奶奶讲的故事
那是我儿时未来得及
收藏的美丽

在我的记忆中
故乡的雨总是下个不停
我总躲在温暖的被窝里
细数着屋瓦上的春意
以及溅起来的雨

如今，窗外不停下着雨
就像是我无时无刻不在想着你
我还没有准备离开
故乡早已下起了雨
这是一场离别的雨

有些事还没来得及说再见
就已经逝去，就像是故乡的雨
就像是北五环漂泊的秘密
就像是童年的哭泣
还有那些回不去的记忆

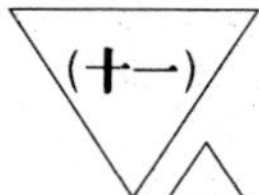

《木桩马》
诗_戴日强

青海湖上空飘荡的
除了白色的盐
还有白色的马

坐西朝东的人们
他们朝拜升起的太阳
还有围着村庄的木桩

孤独的人总有孤独的向往
通往昆仑山脉的旅程
上面长满马蹄一般的梦

凌晨做梦的时候
梦见自己是一匹白色的马
马的头部长着云朵

人们看着车窗里的自己
就像是这一匹自由的野马
奔跑在开满向日葵的铁轨

（十）

《每句晚安都是爱你》

诗_戴日强

没有你的夜晚整个人都睡不着
就算安眠药也无效
不曾相思的人怎知晓
世间最美的风景是你的笑

任何情话都可手写
就是写不出你的妩媚
想你成一条通亮的长街
所有孤独都土崩瓦解

睡前发觉甚是想你
想这只调皮迷人的女子
只愿回到最初的自己
每句晚安都是爱你

（九）

《陪你走到世界荒芜》
诗＿戴日强

此生最幸运的是
人海中遇见你
而你刚好甲意我
这命运都不把握
此生就错肩而过

姑娘，你在犹豫是怕什么？
其实我最怕
怕不能在一起

所以姑娘，如果可以
人生这条长路
我陪你走到世界荒芜
读懂你为什么深夜在哭

【注解：甲意：中意，喜欢。】

《突然喜欢一个人》
诗_戴日强

下班时吃一碗面
回家时听一首歌
周末看一场电影
旅行时看一片云
思念时喝一杯酒
孤单时忆一片海
突然喜欢一个人
那人名字叫做你

（七）

《你一笑就酿出整个盛唐》

诗_戴日强

听说你有两个爱笑的酒窝
在水池的悠远处
那里酿着一壶酒

我提着酒壶去沽酒
你依在夕阳的门口
桃花有几许
春风也有几许
看着笑起来会酿酒的你

水查某，帮我装满这壶酒
你说等太久酒已干涸
那我就去云深处寻你的腰窝
那里还住着田野和远方
将稻谷种满趁着这月光
你一笑就酿出整个盛唐

【注解：水查某（闽南语）：漂亮女人。】

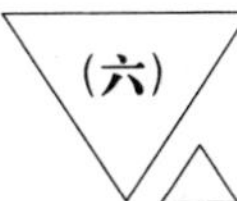

（六）

《遇见最美好的你》

诗_戴日强

去过很多喧嚣的城市
看过很多繁华的风景
尝过很多味道的美酒
拍过很多孤独的照片
却只在最合适的年纪
遇到最美好的你
可不可以我觉得你不错
恰好你也有点甲意我

【甲意（闽南语）：喜欢。】

（五）

《我的月亮》

诗＿戴日强

你在天涯
我在海角
月亮在我们之间

月亮从海边升起的时候
我总会想起你
想你的时候
我也总抬头看看月亮

月亮会有阴晴圆缺
正如我们会有悲欢离合
月亮又总如期出现在天边
正如我们总是不离不弃

月亮也会落下
好比有天你会离开
可月亮终究在天上
恰似你永远在我的思念里

每一个月亮
都有一个美好的传说
我习惯把这个美好的传说
叫做你的微笑

（四）

《遇见你后》

诗＿戴日强

早上起来发现北京下雪了
下雪的时候我离开了故乡
这是立春来的第一场雪
仿佛是始乱终弃的离别

而关于那场烟花般偶遇
就像雪人一般，如果再不抱紧
它将在日出时融化
我拿着地图行走在雪地里
依然在寻你的路上迷失了方向
我不知道此刻你躲在谁的身旁
只有冰冷的雪花落在我手中
我能清晰分辨出哪片映出你的微笑

假如没有遇见你
这世界又该是如何的模样
遇见你后
人潮人海每张面孔都将有你的模样

(三)

《抱着你的夜晚才能晚安》

诗 _ 戴日强

如果不是那个下雨天
怎知晓你与水牛一般性感
有你的夜晚甚是美妙
只是彻夜看着你
都不忍闭眼睡觉

后来发觉你更像 wifi
恨不得整天都围在你裙边
寻思着问你是否想困眠
钻进你的被窝才算温暖
抱着你的夜晚才能晚安

(二)

《你南我北》

诗 _ 戴日强

在同一座城市
不见得爱得有多深
南北之隔
不见得思念有多浅

一路向北
曾是年少追梦轻别离
也是北五环夜的凄迷

一路南开
你在别人胸怀
还是等我归来

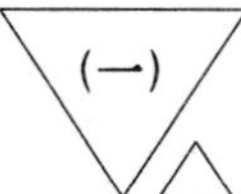

《世间始终你美》

诗 _ 戴日强

人潮人海里遇见了你
却不敢去搭讪相识
擦肩而过的日子里
每次遇见都会有你的影子

梦里几次梦见了你
醒来却不能吻到你
那么甲意你知道否
想说出口却大舌头

水查某
世间始终你美
最甜的味是你的嘴
水查某
我已备好大闸蟹和黄酒
你来不来还得犹豫多久

【注解：水查某（闽南语）：漂亮女人。
甲意（闽南语）：喜欢。】